Os crimes do amor
e
A arte de escrever ao gosto do público

Obras do autor na Coleção **L&PM** POCKET

Os crimes do amor
O marido complacente

MARQUÊS DE SADE

Os crimes do amor
e
A arte de escrever ao gosto do público

Apresentação de MARÍLIA PACHECO FIORILLO
Prefácio de ELIANE ROBERT MORAES
Tradução de MAGNÓLIA COSTA SANTOS

www.lpm.com.br

L&PM POCKET

Coleção **L&PM** POCKET, vol. 194

Título original: *Les crimes de l'amour*

Publicado pela L&PM Editores em formato 14x21 cm, em 1991, na *Coleção Clássicos Libertinos,* coordenada por Marília Pacheco Fiorillo.

Primeira edição na Coleção **L&PM** POCKET: abril de 2000
Esta reimpressão: novembro de 2014

Tradução: Magnólia Costa Santos
Capa: Ivan Pinheiro Machado sobre desenho de Alex Varenne
Revisão: Renato Deitos e Andrea Vigna

ISBN 978-85-254-1004-7

S125c

Sade, Donatien Alphonse François, marquês de, 1740-1814
  Os crimes do amor e A arte de escrever ao gosto do público / Marquês de Sade; tradução de Magnólia Costa Santos. -- Porto Alegre: L&PM, 2014.
  192 p. ; 18 cm -- (Coleção L&PM POCKET ; v. 194)

  1. Ficção francesa. I. Sade, Marquês de 1740-1814. II. Título. III. A arte de escrever ao gosto do público. IV. Série.

CDD 843
CDU 840-3

Catalogação elaborada por Izabel A. Merlo, CRB 10/329.

© da tradução, L&PM Editores, 2000

Todos os direitos desta edição reservados a L&PM Editores
Rua Comendador Coruja 314, loja 9 – Floresta – 90.220-180
Porto Alegre – RS – Brasil / Fone: 51.3225.5777 – Fax: 51.3221-5380

PEDIDOS & DEPTO. COMERCIAL: vendas@lpm.com.br
FALE CONOSCO: info@lpm.com.br
www.lpm.com.br

Impresso no Brasil
Primavera de 2014

Sumário

Apresentação – *Marília Pacheco Fiorillo* 7
Um outro Sade – *Eliane Robert Moraes* 9

Nota sobre romances ou A arte de escrever ao gosto
    do público 23
A dupla prova 51
Rodrigo ou A torre encantada 114
Dorgeville ou O criminoso por virtude 132
A Condessa de Sancerre ou A rival da filha 156

Cronologia 181

Apresentação

*Marília Pacheco Fiorillo**

O divino marquês, que passou quase metade de sua vida entre prisões e sanatórios, extremado individualista, ateu convicto, capaz de escandalizar gerações e ser censurado um século e meio após sua morte, até mesmo ele teve seu momento de fraqueza. Pois o Sade dessas novelas acaba capitulando diante de uma ideia que combatia obsessivamente – o amor. Eis o verdadeiro Sade clandestino, aquele que observa as convulsões dos sentimentos, em vez dos desregramentos dos sentidos. Nem por isso deixou de ser criminoso – só que, aqui, são crimes cometidos por amor, não meramente por prazer. A Condessa de Sancerre e Dorgeville, dois dos personagens destas quatro novelas inéditas, continuam devassos, mas, ao contrário do que ocorre em Justine, sua devassidão é ditada por um certo enternecimento. É por isso, inclusive, que encontramos nessas histórias, para além do filósofo e do criador de categorias psicológicas, o escritor em estado puro – o Sade estilista, que se exercita no gênero contos orientais, por exemplo. Daí o interesse em publicar conjuntamente um texto seu sobre literatura, "Nota sobre os romances", onde o marquês examina a ficção de seus contemporâneos e predecessores, confessa-se fã inveterado do Dom Quixote, e dá algumas recomendações ao jovem escritor. O Sade de *Os crimes do amor* segue à risca os conselhos que

---

* Doutora em História Social e professora da Escola de Comunicação e Artes da USP. Autora e organizadora de diversos títulos de literatura e filosofia.

prescreve, e se ocupa em "pintar os homens tais como são". E já que os homens, tais como parecem ser, não são perfeitamente sádicos, é-lhes permitido alguns deslizes, como o de enamorar-se. Aparentemente, *Os crimes do amor* podem soar mais ligeiros em termos da contabilidade de perversões e atrocidades. Mas o compromisso com o vício é ainda maior. Porque a indecência do marquês, nessas novelas, vem do fundo do coração.

Um outro Sade

Eliane Robert Moraes*

O que esperar de um livro assinado pelo Marquês de Sade? Todos nós sabemos: monstruosas máquinas de tortura, lâminas afiadas, ferros em brasa, chicotes, correntes e outros aparatos de suplício cujo requinte está em mutilar lentamente dezenas de corpos a serviço da volúpia libertina, fazendo escorrer o sangue dos imolados e o esperma dos algozes, em cenas que têm o poder de produzir simultaneamente a dor das vítimas, o orgasmo dos devassos e o profundo desconforto dos leitores. Sim, todos nós sabemos; e até mesmo aqueles que jamais abriram um desses livros sabem o que eles contêm. (E não foi justamente esse conteúdo maldito que produziu a "lenda Sade", divulgada no nosso século sob o pretexto científico que traz o nome de "sadismo"?)

Os que conhecem as obras mais famosas do criador da "Sociedade dos Amigos do Crime" não deixarão de compartilhar a expectativa, e mesmo quem tem o cuidado de dissociar o escritor Sade do conceito de "sadismo" sabe que a principal marca de sua literatura é a associação radical do erotismo e da crueldade. Basta lembrar o primeiro romance do autor, escrito na Bastilha, em 1785, onde são explicitadas as bases de seu sistema através da progressão de seiscentas paixões sexuais, classificadas em quatro classes – simples, complexas, criminosas e assassinas – ao qual ele dá o nome

---

* Doutora em Filosofia e professora de Literatura Brasileira na USP. Possui vasta publicação sobre Marquês de Sade e o erotismo na literatura.

de *Les 120 journées de Sodome ou l'école du libertinage*. Basta abrir, ao acaso, qualquer página de *Justine* ou de *Juliette* para que nos salte aos olhos uma terrível cena de tortura sexual ou um inflamado discurso sobre as prosperidades do vício, devidamente ilustrado por numerosos e insólitos exemplos.

Prepare-se, entretanto, leitor, para uma surpresa. Nas novelas reunidas sob o título *Os crimes do amor*, o autor parece tomar caminho diverso, um desvio talvez, como se tivesse a firme intenção de nos revelar um outro Sade. Nenhuma palavra obscena, nenhuma descrição de atos eróticos ou de crueldades físicas, nenhum discurso justificando o crime. Pelo contrário, o marquês não só utiliza aqui um vocabulário que sua época convencionou chamar de "vocabulário da decência", como também parece tomar o partido da virtude, fazendo com que ela triunfe implacavelmente sobre o vício. Lê-se em *Dorgeville* este candente apelo do narrador: "Ó vós que ledes esta história, possa ela vos convencer da obrigação que todos nós temos de respeitar os deveres sagrados, cuja perda torna-se insuportável quando deles nos desviamos. Se, contidos pelo remorso que se faz sentir na quebra do primeiro freio, tivéssemos a força de nos determos ali, jamais os direitos da virtude se destruiriam totalmente; mas nossa fraqueza nos conduz à perdição, conselhos terríveis corrompem, exemplos perigosos pervertem, todos os perigos parecem dissipar-se, e o véu só se rasga quando a espada da justiça vem enfim deter o curso dos acontecimentos"[1].

Que Sade é esse, a nos causar estranhamento? Como reconhecê-lo nessas palavras comprometidas com os "sagrados deveres da virtude"? A questão é importante, sobretudo, porque abre a possibilidade de abordar sob ângulos diversos um autor tão estigmatizado pelo conteúdo de sua obra. Perseguido e condenado em vida, suas estadias em prisões e sanatórios, durante o Antigo Regime e após a Revolução Francesa, somam quase trinta anos dos setenta e quatro que viveu; após a morte, em 1814, seus livros continuaram condenados a um profundo silêncio durante todo o século XIX, prestando-se apenas à leitura perversa dos psiquiatras e clandestina de alguns poetas; e, ainda que tenha provocado grande interesse na geração que se reuniu em torno do surrealismo nas primeiras décadas de nosso século, influenciando de forma decisiva autores como Guillaume Apollinaire, Georges Bataille e André Breton, a obra de Sade chegou a ser julgada pelos tribunais franceses na década de 50, quando editada pela primeira vez por Jean-Jacques Pauvert, sob a alegação de afronta à moral e aos bons costumes. Some-se a isso um certo rumor de que a literatura sadeana é monótona devido às excessivas repetições que o autor impõe a seu texto.

Não cabe, no espaço desta apresentação, discutir as razões pelas quais essa obra foi objeto de tantas proibições no decorrer de três séculos, nem tampouco avaliar a atribuição de monotonia por parte de críticos que descartam de forma excessivamente fácil sua leitura, certamente motivados pelo desconforto que ela causa. O que se faz importante assinalar é que Sade foi durante muito tempo – e talvez ainda continue sendo – admitido enquanto categoria psicológica ou exemplo sociológico, mas negado enquanto *texto*. O que importa, portanto, aqui, é perceber que todas essas construções acabaram por desfigurar o autor, ocultando exatamente o Sade que, de forma muito especial nesses *Os crimes do amor*, se apresenta ao leitor. Refiro-me ao escritor.

"Não é pela crueldade que se realiza o erotismo de Sade; é pela literatura" – as palavras são de Simone de Beauvoir, num belo ensaio dedicado ao marquês.[2] Se concordarmos com ela – e é preciso fazê-lo –, devemos buscar nestas páginas não o filósofo do mal ou o apologista do crime, mas o homem de letras que Sade sempre reclamou ser. A erudição deste leitor evidencia-se em *Idée sur les romans*, texto teórico de grande importância para a história da estética romanesca, onde ele busca as raízes do romance com o objetivo de examinar criticamente a produção literária setecentista. O rigor deste escritor pode ser comprovado na arquitetura dessas novelas que nos revelam um Sade bem mais preocupado em excursionar com segurança por gêneros literários consagrados em sua época do que em expor seu sistema filosófico.

Nos dois últimos anos de sua estadia na Bastilha, às vésperas da Revolução, Sade dedica-se a escrever uma série de aproximadamente cinquenta historietas, contos e novelas com o objetivo de reuni-los em uma publicação que alternasse "textos alegres" e "textos sombrios". Ao redigir o *Catalogue raisonné des Œuvres de M. de S.*, em meados de 1788, ele anota: "Essa obra compõe quatro volumes com uma gravura a cada conto; as histórias serão combinadas de maneira tal que uma aventura alegre e mesmo picante, mas sempre dentro das regras do pudor e da decência, seja imediatamente sucedida por uma aventura séria ou trágica"[3]. O projeto inicial, contudo, não se realiza completamente: em 1800, o editor Massé, de Paris, publica a seleção de textos que compõem *Os crimes do amor* sob um subtítulo que revela outro critério de compilação – "novelas heroicas e trágicas".

As razões dessa escolha são sugeridas numa passagem do texto que precede as novelas, provavelmente escrito na época da publicação, onde o marquês afirma: "À medida que os espíritos se corrompem, à medida que uma nação envelhece, na proporção em que a natureza é mais estudada, melhor analisada, que os preconceitos são melhor destruídos, tanto mais necessário se torna conhecê-los. (...) quando o homem sopesou todos os seus freios, quando, com um olhar audacioso, mede suas barreiras, quando, a exemplo dos Titãs, ousa erguer até o céu a sua mão intrépida e, armado apenas de suas paixões, como aqueles o estavam com as lavas do Vesúvio, não mais teme declarar guerra aos que outrora o faziam tremer, quando os seus *desregramentos* não lhe parecem mais que *erros* legitimados por seus estudos, não se deverá falar-lhe com a mesma energia que ele próprio emprega em sua conduta?"[4]. A seleção do autor responde, portanto, às exigências que ele atribui à época: nesses anos conturbados que sucedem a Revolução Francesa, Sade já não vê sentido em publicar suas historietas e contos alegres, preferindo expressar-se através do "trágico" e do "heroico"[5].

A edição original dos *Crimes* comporta quatro volumes, a saber: Tomo I: *Juliette et Raunai, ou La conspiration d'Amboise, nouvelle historique; La double epreuve*; Tomo II: *Miss Henriette Stralson, ou Les effets du désespoir, nouvelle anglaise; Faxelange ou Les torts de l'ambition; Florville et Curval ou Le fatalisme;* Tomo III: *Rodrigue ou La tour enchantée, conte allegorique; Laurence et Antonio, nouvelle italienne; Ernestine, nouvelle suedoise*; Tomo IV: *Dorgeville, ou Le criminel par vertu; La Contesse de Sancerre, ou La rivale de sa fille, anecdote de la Cour de Bourgogne; Eugénie de Franval.* Dessas onze novelas, publicamos aqui, por razões de ordem prática, apenas uma seleção, cujo critério orientou-se pelo ineditismo dos textos em português e pela diversidade dos gêneros ensaiados pelo autor.

É justamente a diversidade que nos permite abordar algumas das fontes literárias da escritura de Sade, herdeiro de toda uma tradição francesa e europeia. Inicialmente é necessário evocar o *Decameron* de Boccaccio, que o marquês tanto apreciava a ponto de projetar em 1803 uma outra seleção de contos seus sob o título *Le Bocacce Français*, assim como o *Heptameron* de Marguerite de Navarre, e, ainda, mais próximo dele, a própria novela, que conheceu grande desenvolvimento a partir do século XVII. Sabe-se que a segunda metade desse século, sobretudo na França e na Inglaterra, foi marcada pelo triunfo da novela curta e do romance de pequena proporção, em detrimento do grande romance épico que imperava anteriormente. A novela se desdobrará, a partir de então, numa grande variedade de formas, e Sade é bastante consciente das inúmeras possibilidades que lhe oferece o chamado "gênero breve" para manejá-las com rigor e originalidade. Vejamos particularmente os textos publicados neste volume.

Em *A Condessa de Sancerre* é possível encontrar, de um lado, a marca clássica da novela histórica, a exemplo das *Nouvelles françaises* de Segrais ou de *La princese de Montpensier* de Mme. de La Fayette, que Sade admirava profundamente. Mas o histórico, aqui, se mescla com o trágico, ou, melhor dizendo, com o dramático, remetendo-nos também a um gênero menos nobre porém muito popular, as "histoires tragiques", filiadas à sensibilidade barroca da França setecentista. Surgindo no século XVII com a imensa obra de Jean Pierre Camus, o bispo de Belley, este tipo de literatura floresce durante o século XVIII numa profusão de narrativas melodramáticas, pretensamente históricas ou verídicas, que têm como tema privilegiado os infortúnios, e se apresentam ao público como histórias exemplares de propósitos morais e edificantes. E aqui não encontramos também *Dorgeville*, o "criminoso por virtude"? Mas, diferentemente de *A Condessa de Sancerre* – onde o trágico resulta de maquinações, é mais cerebral, segundo o espírito clássico da transparência e da distância –, *Dorgeville* apresenta um personagem perdido na obscuridade de seu destino, engendrando cegamente sua própria tragédia.

É importante lembrar que Sade escreve essas novelas já no final do século XVIII e que, não obstante elas estejam estruturadas segundo as tradições do gênero, há também uma profunda sintonia entre elas e a atmosfera sombria do *roman noir*, prenunciando a sensibilidade romântica. Nesse momento, o trágico se desdobra no horrendo, no terrível, e a "febre gótica" que contamina os escritores da época faz surgirem os cenários sinistros, onde são encenados cruéis combates entre o vício e a virtude. Atento ao imaginário de sua época, o marquês escreve: "Convenhamos apenas que este gênero, por muito mal que dele se diga, não é de modo algum destituído de certo mérito; ora, ele é o fruto inevitável dos abalos revolucionários de que a Europa inteira se ressentia. Para quem conhecia todos os infortúnios com que os malvados podem oprimir os homens, o romance tornava-se tão difícil de escrever como monótono de ler; não havia um único indivíduo que não tivesse experimentado, em quatro ou cinco anos, uma soma de desgraças que nem em um século o mais famoso romancista da literatura poderia descrever. Era, pois, necessário pedir auxílio aos infernos para produzir obras de interesse, e encontrar na região das quimeras o que era de conhecimento corrente dos que folheavam a história do homem neste século de ferro"[6]. Munido dessas razões, o marquês apresenta-se como escritor filiado ao gênero, ao se referir às novelas dos *Crimes* em seu *Catalogue raisonné*: "Não há, em toda a literatura da Europa (...) qualquer obra na qual o *genre sombre* tenha sido levado a um grau mais apavorante e mais patético"[7].

Certamente *Rodrigue ou la tour enchantée* é um notável exemplo desse Sade que escreve dentro dos parâmetros da estética *noir*. Mas, neste "conto alegórico", o gênero gótico é combinado com o histórico, e o autor admite, em *Idée sur les romans*, ter buscado inspiração no relato de um historiador árabe, Abul-coecim-terif-aben-tario, "escritor pouco conhecido dos literatos de hoje". Segundo Maurice Heine, Abulcacim Tarif Abentarique foi o suposto historiador ao qual Miguel de Luna atribuiu a composição de seu romance *La verdadera hystoria del Rey Don Rodrigo*, publicado em Granada (1592-1600) e traduzido pela primeira vez para o francês por Le Roux, sob o título *Histoire de la conquête d'Espagne par les mores*, em 1680. A Lenda do Rei Rodrigo foi objeto de inúmeras recriações antes e depois de Sade: consta da *Crônica geral de Espanha de 1344*, esta provavelmente baseada num manuscrito árabe que narrava uma lenda criada em torno do último rei godo, difundida nos séculos IX e X entre os habitantes do sul da Espanha, então sob o domínio muçulmano.

Outros estudiosos dessas novelas sugerem que a fonte oriental de Sade deve ter sido o *Livro das mil e uma noites*, o que também é bastante provável já que a paixão do marquês por esse livro era tal que ele se orgulhava em dizer que o sabia de cor. Convém lembrar ainda que o *roman noir* gerou uma fértil vertente oriental, a exemplo do *Vathek* de William Beckford, e que os contos árabes proliferaram durante todo o século XVIII, seduzindo inúmeros escritores fascinados pelas possibilidades ficcionais do chamado "exotismo oriental". Não há dúvida que *La double epreuve* é uma novela filiada à tradição milenoitesca, com suas longas descrições de cenários paradisíacos, de festas suntuosas, de jardins das delícias. Aqui, o gênio do autor vai combinar a vertente orientalista da literatura da época com a atmosfera dos contos de fadas, a chamada *feérie*, também tão em voga no século XVIII.

Não é simples, como se vê, seguir as tradições literárias presentes na obra de Sade, dada a complexidade com que ele estrutura seus textos, numa sutil combinação de fontes. Vale lembrar que, na prisão, o marquês dedicava todo o seu tempo a ler e a escrever; vale evocar a famosa frase de Jean Paulhan, que os intérpretes sadeanos tanto gostam de citar: "Sade leu tantos livros quanto Marx"[8]. Estamos diante de um leitor erudito. E de um grande escritor.

Há ainda algo a dizer a respeito do título deste livro, bastante revelador, na medida em que ele enfatiza que os crimes aqui examinados têm como justificativa o amor, e não o prazer, como seria de se esperar dos heróis sadeanos. Com exceção de Rodrigo, os outros protagonistas destas histórias são todos apaixonados – da inescrupulosa condessa de Sancerre ao ingênuo Dorgeville –, o que evidencia a opção de Sade por abrir mão da característica fundamental de seus personagens libertinos, a saber, o gosto pelo vício, sem qualquer sentimento a justificar os atos criminosos. Do ponto de vista da libertinagem sadeana, é sempre a gratuidade do mal que fundamenta o prazer, e este o único motivo que os devassos reconhecem para a prática do crime.

Sabe-se que os libertinos de Sade rejeitam todo tipo de relações que impliquem dependência entre indivíduos; a compaixão, a caridade, a fidelidade, a solidariedade, a fraternidade, são sentimentos reservados aos que preferem se escravizar ao invés de deixar fluir o curso livre de suas paixões. Em resumo: as virtudes são feitas unicamente para os fracos. Daí, por consequência, o desprezo absoluto ao amor, signo da falta, marca da carência. A lúbrica Mme. de Saint Ange confidencia em *La philosophie dans le boudoir*: "Amo demais o prazer para ter uma só afeição. Infeliz da mulher que se entrega a esse sentimento! um amante pode fazê-la perder-se, enquanto dez cenas de libertinagem, repetidas a cada dia, se ela assim desejar, se desvanecem na noite do silêncio logo que consumadas"[9].

A entrega amorosa opõe, portanto, à sucessão de prazeres, que faz do devasso senhor absoluto de seu destino. Ao amor, que escraviza, se contrapõe a libertinagem, força libertadora que emancipa o indivíduo das indesejáveis dependências, fazendo-o recuperar o estado original de egoísmo e isolamento de que foi dotado pela natureza. "E cada um de nós não é para si mesmo o mundo inteiro, o centro do universo?", conclui, categórico, o cínico Dolmancé.[10]

Alteridade absoluta em relação ao devasso de Sade seria um outro personagem setecentista, Werther. O apaixonado vivencia seu amor por Charlotte como perda de si mesmo, colocando-se diante da amada sob a mais extrema condição de carência. "Charlotte é sagrada para mim; todos os meus desejos se calam na sua presença. Junto dela perco toda a consciência de mim mesmo..." – confidencia em uma de suas cartas.[11] O personagem de Goethe vive intensamente todas as figuras do amor-paixão – a espera, a ausência, a entrega, o sofrimento e a morte –, evidenciando um comportamento que merece total desprezo por parte dos libertinos, pois, ainda segundo Dolmancé, "não existe amor que resista aos efeitos de uma sã reflexão". E reitera, explicando: "Oh! Como é falsa essa embriaguez que, absorvendo os resultados das sensações, coloca-nos num tal estado que nos impede de enxergar, que nos impede de existir senão para esse objeto loucamente adorado! É isso, viver? Não será, antes, uma privação voluntária de todas as doçuras da vida? Não será permanecer, voluntariamente, nas garras de uma febre arrasadora que nos devora e absorve sem nos deixar outra felicidade que os gozos metafísicos tão semelhantes aos efeitos da loucura?"[12].

Se, para Werther, o objeto do desejo é um ser em permanente ausência, que jamais realiza o gozo, para o libertino só a presença do objeto é que conta. Presença e presente; é o momento que lhe interessa, o movimento, a repetição do gozo. Esse elogio a uma vertiginosa sucessão de prazeres o devasso sadeano compartilha não só com os cortesãos libertinos do príncipe regente Philippe d'Orléans, mas também com outros personagens da literatura setecentista: diz uma das lendas sobre o conquistador Don Juan que em seu catálogo constavam os nomes de 2.065 mulheres (640 na Itália, 230 na Alemanha, 100 na França, 91 na Turquia e 1.003 na Espanha – segundo anuncia seu criado no ato I da ópera *Don Giovanni*); uma das libertinas criadas pelo novelista Andréa de Nerciat revela ter tido 4.959 amantes, classificados em categorias: "nobres, militares, advogados, financistas, burgueses, prelados, homens do povo, criados e negros"; a cifra aumenta nas lendas sobre as aventuras amorosas de Casanova, chegando a contabilizar 5.675 mulheres.

No caso dos hiperbólicos heróis sadeanos, esses números assumem proporções ainda maiores: Mme. de Saint Ange, aos trinta anos de idade, confessa ter tido doze mil amantes no espaço de doze anos dedicados às volúpias da libertinagem, ou seja, a média de mil homens por ano! E, como essas volúpias atingem seu ápice no assassinato, vale lembrar ainda o número de mortos no incêndio que Juliette e seus amigos provocam em Roma, atingindo a casa de vinte mil pessoas. À sucessão de prazeres os devassos sadeanos somam a sucessão de corpos que, se destruídos, evidenciam ainda mais sua contabilidade. Assim é que, no final das *120 journées*, Sade apresenta um sucinto balanço das atividades no Castelo de Silling a seus leitores:

> "Massacrados antes de 1º de Março
>   nas primeiras orgias 10
> Depois de 1º de Março................... 20
> Sobreviventes que regressaram..... 16 pessoas
> Total .... 46[13]"

Nada mais oposto, portanto, ao princípio da libertinagem que essa passagem dos *Fragmentos de um discurso amoroso* de Roland Barthes, definindo o amor: "Encontro pela vida milhões de corpos; desses milhões posso desejar centenas; mas dessas centenas amo apenas um. O outro pelo qual estou apaixonado me designa a especialidade do meu desejo"[14]. Para o libertino, trata-se justamente do contrário: é a intercambialidade dos corpos – e mais: de todos os corpos do mundo – a lhe designar a especialidade de um desejo que jamais se reconhece no outro, que jamais se perde num objeto, posto que absolutamente centrado em si mesmo. Os milhões de corpos que encontra pela vida para ele têm plena equivalência; e servem unicamente para objetivar seu desejo insaciável de destruição. "Gostaria de devastar a terra inteira, vê-la coberta por meus cadáveres" – diz, incisivo, um personagem da *Nouvelle Justine.*[15]

Como, então, entender a presença do amor em Sade? Será suficiente explicá-la unicamente pela filiação desses *Crimes* à estética pré-romântica? Certamente não. Uma possível resposta pode ser buscada logo nas primeiras páginas de *Idée sur les romans*: "O homem está sujeito a duas fraquezas que se relacionam com a sua existência, que a caracterizam. Onde quer que esteja tem de *orar*, onde quer que esteja tem de *amar* e eis a base de todos os romances; fê-los para pintar os seres a quem *implorava*, fê-los para celebrar os que *amava*"[16]. Entendamos, pois: o amor, assim como a religião, são fraquezas humanas. Para discorrer contra essas fraquezas, Sade, o filósofo do mal, dedicará a maior parte de sua obra, concebendo um indivíduo absolutamente soberano, de um ateísmo radical, de um individualismo extremo, imaginando – talvez como nenhum outro pensador jamais tenha imaginado – o que seria a condição do homem sem o amor, nem a fé.

Nesses *Crimes*, entretanto, mais uma vez o escritor vem se impor ao filósofo: se ao segundo cabe a difícil tarefa de conceber o indivíduo a partir das bases do sistema que expõe em sua literatura filosófica, ao primeiro cabe "pintar os homens tais como são", "surpreendendo-os no seu interior". O escritor, portanto, se permite excursionar com liberdade por regiões interditadas ao filósofo comprometido com o mal. E, para Sade, essas regiões proibidas seriam justamente a fé religiosa e a paixão amorosa. Eis um ponto fundamental dessas novelas.

Não exageremos, contudo: o amor em Sade aparece de mãos dadas com o vício, e não deixaremos de encontrar, nesses castos *Crimes*, o incesto, a violação, o assassinato. Se a crueldade aqui é mais psicológica, se a tortura é mais cerebral, se o suplício é mais fantasmático – deixando o corpo em silêncio –, nem por isso a dor é menos pungente. Pelo contrário, talvez seja ainda mais aguda – remetendo-nos imaginariamente aos chicotes, aos ferros em brasa, às correntes, e a todo aparato imagético que associamos ao marquês. Este outro Sade é, no fundo, o mesmo.

Notas

[1] Sade, "Dorgeville", *Les Crimes de l'Amour*, Œuvres Complètes, Paris, Pauvert, 1988, p. 457.

[2] Simone de Beauvoir, "Deve-se queimar Sade? in *Novelas do Marquês de Sade*, S. P., DIFEL, 1961, p. 34.

[3] Citado por Gilbert Lély, *Vie du Marquis de Sade*, Tomo II, Paris, Gallimard, 1957, p.558.

[4] Sade, "Idée sur les Romans", *Les Crimes de l'Amour*, Œuvres Complètes, Paris, Pauvert, 1988, p. 77 / 78.

[5] As historietas e contos serão publicados somente em 1926, reunidos por Maurice Heine como *Historiettes, Contes et Fabliaux*, editados no Brasil sob o título *O Marido Complacente*, tradução e notas de Paulo Hecker Filho, Coleção "Rebeldes e Malditos" nº. 8, Porto Alegre, L&PM, 1985.

[6] Sade, "Idée sur les romans", *Les Crimes de l'Amour*, Œuvres Complètes, Paris, Pauvert, 1988, p. 73.

[7] Citado em Gilbert Lély, *Vie du Marquis de Sade*, Tomo II, Paris, Gallimard, 1957, p. 269.

[8] Jean Paulhan, *Le Marquis de Sade et sa complice*, Bruxelas, Complexe, 1987. p. 37.

[9] Sade, *La Philosophie dans le boudoir*, Œuvres Complètes, Paris, Pauvert, 1986, p. 424.

[10] Sade, *La Philosophie dans le Boudoir*, Œuvres Complètes, Paris, Pauvert, 1986, p. 470.

[11] Goethe, *Werther*, Lisboa, Guimarães, 1984, p. 54.

[12] Sade, *La Philosophie dans le boudoir*, Œuvres Complètes, Paris, Pauvert, 1986, p. 480.

[13] Sade, *Les 120 Journées de Sodome*, Œuvres Complètes, Paris, Pauvert, 1986, p. 449.

[14] Roland Barthes, *Fragmentos de um discurso amoroso*, Rio de Janeiro, Francisco Alves, 1981, p. 14.

[15] Sade, *La Nouvelle Justine*, Tomo II, Œuvres Complètes, Paris, Pauvert, 1988, p. 193.

[16] Sade, "Idée sur les Romans", *Les Crimes de l'Amour*, Œuvres Complètes, Paris, Pauvert, 1988, p. 63.

Nota sobre romances
ou
A arte de escrever ao gosto do público

Chamamos romance a obra de ficção composta a partir das mais singulares aventuras da vida dos homens.

Mas por que esse gênero tem o nome de romance?

Em que povo devemos procurar sua origem, quais são os mais célebres?

E quais são, enfim, as regras que é preciso seguir para chegar à perfeição da arte de escrever?

Eis as três questões que nos propomos a tratar; comecemos pela etimologia da palavra.

Já que nada nos instrui sobre a denominação dessa composição nos povos da antiguidade, devemos, parece-me, tentar descobrir o motivo que trouxe até nós esse nome que ainda lhe damos.

A língua *romana* era, como se sabe, uma mistura do idioma céltico e do latino, em uso na época das duas primeiras dinastias de nossos reis; é bastante razoável crer que as obras do gênero que mencionamos, compostas nessa língua, levaram esse nome, e dever-se-ia dizer uma *romana* para exprimir a obra que tratava de aventuras amorosas como se diria uma *romança* para falar dos lamentos do mesmo gênero. Em vão procurar-se-ia a etimologia diferente dessa palavra. O bom-senso não oferecendo nenhuma outra, parece simples adotá-la.

Passemos, pois, à segunda questão.

Em que povo devemos encontrar a origem dessa espécie de obra, e quais são as mais célebres?

A opinião comum crê descobri-las nos gregos, de lá tendo passado aos mouros, de quem os espanhóis a tomaram para, em seguida, transmiti-la aos nossos trovadores, dos quais os romancistas de cavalaria a receberam.

Embora respeite essa filiação e a ela submeta-me às vezes, estou, contudo, longe de adotá-la rigorosamente; com efeito, não seria ela bem difícil nos séculos em que as viagens eram tão pouco conhecidas e as comunicações tão interrompidas? Há modos, usos, gostos que não se transmitem; inerentes a todos os homens, nascem naturalmente com eles: por toda parte onde existem homens, encontram-se traços inevitáveis desses gostos, usos e modos.

Não duvidemos disso: foi nas regiões que primeiramente reconheceram os deuses que os romances tiveram origem, o que vale dizer no Egito, berço certo de todos os cultos; mal os homens *supuseram* seres imortais, fizeram com que eles agissem e falassem; desde então há metamorfoses, fábulas, parábolas, romances, em suma, eis as obras ficcionais, a partir do momento em que a ficção se apossa do espírito dos homens. Há livros de ficção a partir do momento em que existem quimeras: quando os povos, inicialmente guiados por sacerdotes, depois de terem sido degolados por suas fantásticas divindades, armam-se enfim, por seu rei e sua pátria, a homenagem oferecida ao heroísmo faz com que a superstição se abale: não apenas colocamos, então, muito prudentemente, os heróis nos lugares dos deuses, como também cantamos os filhos de Marte como celebráramos os do céu; acrescentamos as grandes ações de sua vida ou, cansados de ouvir falar delas, criamos personagens que se lhes assemelhem... que os ultrapassem: e logo surgem novos romances, sem dúvida mais verossímeis, e muito mais apropriados para o homem do que aqueles que só celebravam fantasmas. Hércules*, grande capitão, deve ter combatido valorosamente seus inimigos, eis o herói e a história; Hércules destruindo monstros, partindo gigantes ao meio, eis o deus... a fábula e a origem da superstição: mas da superstição razoável, já que essa não tem por base a recompensa do heroísmo, o reconhecimento devido aos libertadores de uma nação, em vez daquela que forja seres não criados, nunca percebidos, cujos motivos são apenas o medo, a esperança e o desregramento de espírito. Cada povo teve, portanto, seus deuses, seus semideuses, seus heróis, suas histórias verdadeiras e suas fábulas; alguma coisa, como acabamos de ver, pode ter sido verdadeira no que concernia aos heróis; de resto, tudo foi forjado, fabulado, tudo obra de invenção, foi tudo romance, porque os deuses só falaram pela boca dos homens que, mais ou menos interessados nesse ridículo artifício, não deixaram de compor a linguagem dos fantasmas de seu espírito, de tudo o que imaginaram mais adequado para seduzir ou assustar e, consequentemente, mais fabuloso. "É uma opinião consagrada (diz o sábio Huet)[1] que o nome romance outrora era dado às histórias, e que foi aplicado, depois, às ficções, o que é uma prova incontestável de que umas vieram das outras."

Houve, portanto, romances escritos em todas línguas, em todas nações, cujo estilo e fatos estavam calcados nos costumes e opiniões nacionais.

O homem está sujeito a duas fraquezas inerentes à sua existência, que a caracterizam. Por toda parte cumpre *que ele reze*, por toda parte cumpre *que ele ame*, eis a base de todos os romances: fê-lo para pintar os seres a quem *implorava*, fê-lo para celebrar aqueles a quem *amava*. Os primeiros,

---

* Hércules é um nome genérico, composto de duas palavras celtas, *Her-Coule*, que significa *senhor capitão*. *Hercoule* era o nome do general do exército, o que multiplicou infinitamente os *Hercoules*; em seguida, a fábula atribuiu a um só homem as ações maravilhosas de vários. (Vide *História dos Celtas*, de PELLOUTIER.) (N.A.)

ditados pelo terror ou pela esperança, deviam ser sombrios, gigantescos, cheios de mentiras e ficções; assim são os *Livros de Esdras*[2], compostos no cativeiro de Babilônia. Os segundos, cheios de delicadeza e sentimentos, como Teagenes e Carícleia, de Heliodoro[3]. E como o homem *rezou* e *amou* em todas as partes do globo onde habitou, houve romances, isto é, obras de ficção que ora pintaram os objetos fabulosos de seu culto, ora os mais reais de seu amor.

Não é preciso, portanto, tentar procurar a origem desse gênero de escrita nesta ou naquela nação privilegiada; devemos nos persuadir, pelo que acaba de ser dito, de que todas o empregaram razoavelmente na proporção do maior ou menor pendor que tiveram para o amor ou para a superstição.

Agora devemos dar uma olhadela rápida nas nações que melhor acolheram essas obras, nas próprias obras e naqueles que as compuseram; puxemos o fio até nós, para colocar nossos leitores em condições de estabelecer algumas ideias de comparação.

Aristides de Miletos[4] é o mais antigo romancista de que fala a antiguidade, mas suas obras não mais existem. Sabemos apenas que os chamava *Contos Milésicos*: uma passagem do prefácio do *Asno de Ouro* parece provar que as produções de Aristides eram licenciosas: *Escreverei neste gênero*, disse Apuleio[5] no início de seu *Asno de Ouro*.

Antônio Diógenes[6], contemporâneo de Alexandre, escreveu num estilo mais castiço os *Amores de Dínias e Dercilis*, romance cheio de invenções, sortilégios, viagens e aventuras extraordinárias, que Le Seurre copiou em 1745 num opúsculo ainda mais singular; pois não contente de fazer, como Diógenes, com que seus heróis viajassem por países conhecidos, levou-os a passear ora na lua, ora nos infernos.

Em seguida vêm as aventuras de Sinonis e Rhodanis de Jâmblico[7]; os amores de *Teagenes e Carícleia*, que acabamos de citar; a *Ciropeia*, de Xenofonte[8]; os amores de *Dafnis e Cloé*, de Longos[9]; os de *Ismeno e Ismenia*, e muitos outros, traduzidos, ou hoje totalmente esquecidos.

Os romanos, mais inclinados à crítica e à maldade do que ao amor e às preces, contentaram-se com algumas sátiras, tais como as de Petrônio[10] ou Varro[11], que deveríamos nos abster de classificar como romances.

Os gauleses, mais próximos dessas duas fraquezas, tiveram seus bardos, que podemos tomar pelos primeiros romancistas desta parte da Europa onde hoje habitamos. A profissão desses bardos, diz Lucano[12], era descrever em versos as ações imortais dos heróis de sua nação, e cantá-los ao som de um instrumento semelhante à lira; desses, pouquíssima coisa restou. Em seguida tivemos os feitos e gestos de Carlos, o Grande[13], atribuídos ao Arcebispo de Turpin, e todos os romances da Távola Redonda, os *Tristão, Lancelote do Lago, Perce-Forêts*, todos escritos com o intento de imortalizar heróis conhecidos, ou inventar a partir deles; adornados pela imaginação, ultrapassam-nos em maravilhas. Mas que distância há entre essas obras longas, tediosas, empesteadas de superstição, e os romances gregos que as precederam! Que barbárie, que grosseria sucederam aos romances cheios de gosto e agradáveis ficções, cujos modelos os gregos nos deram; pois ainda que tenham havido outros antes deles, esses, pelo menos, eram conhecidos, então.

Em seguida surgiram os trovadores, e embora devamos vê-los mais como poetas do que como romancistas, a infinidade de belos contos que compuseram em prosa, conferiu-lhes, com justa razão, um lugar entre os escritores de que falamos. Nada melhor, para convencer-se disso, que lançar os olhos aos seus *fablieux*[14], escritos em língua *romana*, no reinado de Hugues Capet[15], que a Itália copiou com tanta diligência.

Essa bela parte da Europa, ainda lamuriante sob o jugo dos sarracenos e distante da época em que devia ser o berço do renascimento das artes, quase não teve romancistas até o século X; e surgiram quase na mesma época que nossos trovadores em França, e os imitaram; mas ousemos acatar esta glória; não foram os italianos que se tornaram nossos mestres nessa arte, como diz La Harpe[16] (página 242, vol. III), e sim o contrário, conosco eles se formaram; foi na escola de nossos trovadores que Dante[17], Boccaccio[18], Tassoni[19] e até Petrarca[20], em menor escala, esboçaram suas composições; quase todas as novelas de Boccaccio encontravam-se em nossos pequenos *fabliaux*.

Diferente é o caso dos espanhóis, instruídos pelos mouros na arte da ficção, tomada dos gregos, dos quais possuíam todas as obras desse gênero traduzidas para o árabe; fizeram romances deliciosos, imitados por nossos escritores, e a eles voltaremos.

À medida que a galantaria assumiu uma nova face na França, o romance aperfeiçoou-se, e foi então, no início do último século, que Urfé[21] escreveu seu romance *Astreia*, o que fez com que a justo título preferíssemos os encantadores pastores de Lignon aos valentes extravagantes dos séculos XI e XII. Desde então o furor da imitação apossou-se de todos aos quais a natureza inclinara para esse gênero. O espantoso sucesso de *Astreia*, que ainda se lia em meados deste século, pusera fogo às cabeças, e foi imitado sem qualquer êxito. Gomberville[22], La Calprehède[23], Desmarets[24], Scudéry[25] pensaram ultrapassar o original, ao colocar príncipes ou reis no lugar dos pastores de Lignon, e com isso caíram no defeito que seu modelo evitava; Scudéry cometeu o mesmo erro que o irmão; como ele, ela quis enobrecer o gênero de Urfé e acabou colocando tediosos heróis no lugar dos belos pastores. Em vez de representar na pessoa de Ciro um príncipe tal e qual Heródoto o pinta, compôs um Artameno mais louco do que todas as personagens da *Astreia*... um amante que só sabe chorar da manhã à noite, cujos langores exorbitam em vez de interessar; os mesmos inconvenientes são vistos na sua *Clélia*, tomada emprestada aos romanos, que ela desvirtua; as extravagâncias dos modelos que seguia nunca foram tão desfiguradas.

Que nos permitam regredir um instante, para cumprir a promessa que fizemos de dar uma olhada em Espanha.

Certamente, se a cavalaria inspirara nossos romancistas de França, em que grau ela teria subido às cabeças além-montes? O catálogo da biblioteca de Dom Quixote, graciosamente feito por Miguel de Cervantes[26], demonstra-o com evidência; mas, fosse o que fosse esse catálogo, era certo que o célebre autor das memórias do maior louco que o espírito de um romancista pôde conceber não tinha rivais. Sua obra imortal, conhecida na terra inteira, traduzida para todas as línguas e que se deve considerar como o primeiro de todos os romances, possui, sem dúvida, mais do que todos, a arte de narrar, de dispor agradavelmente as aventuras, e, em particular, de instruir divertindo. *Esse livro*, dizia Saint-Évremond[27], *foi o único que reli sem entediar-me, e o único que gostaria de ter feito*. As doze novelas do mesmo autor, cheias de interesse, sal e finura, contribuem para colocar à frente de todos os outros escritores o célebre autor espanhol, sem o qual, talvez, nunca teríamos tido a encantadora obra de Scarron[28], nem a maior parte das de Le Sage[29].

Depois de Urfé e seus imitadores, depois das Arianes, Cleópatras, Faramundos, Polixandros, de todas essas obras, enfim, nas quais o herói, suspirando ao longo de nove volumes, tornava-se feliz por casar-se no décimo, depois, eu dizia, dessa mixórdia hoje ininteligível, surgiu a Mme. de La Fayette[30] que, embora seduzida pelo tom langoroso estabelecido pelos que a precederam, resumiu muito, e, tornando-se mais concisa, fez-se mais interessante. Disseram, porque era mulher (como se esse sexo, naturalmente mais delicado, mais apropriado para escrever o romance, não pudesse, nesse gênero, pretender mais louros do que nós), pretenderam, eu dizia, que La Fayette foi infinitamente auxiliada, e não teria feito seus romances sem a ajuda de La Rochefoucauld[31] quanto aos pensamentos, e a de Segrais[32] quanto ao estilo. De qualquer modo, nada é mais interessante do que *Zaída*, e nada é escrito de modo mais agradável do que *A princesa de Clèves*. Amável e encantadora mulher, se as graças seguravam teu pincel, então não seria permitido ao amor guiá-lo de vez em quando?

Surgiu *Fénelon*[33], e pensou tornar-se interessante ditando poeticamente uma lição aos soberanos, que nunca a seguiram; voluptuoso amante de Guyon[34], tua alma precisava amar, teu espírito necessitava exprimir-se; abandonando o pedantismo ou o orgulho de aprender a reinar, teríamos tido de ti obras-primas, em vez de um livro que não se lê mais. O mesmo não acontecerá contigo, delicioso Scarron: até o fim do mundo teu romance imortal fará rir, e teus quadros nunca envelhecerão. *Telêmaco*, que aparentemente só viveria um século, perecerá sob as ruínas desse século que já termina para que, caro e amável filho da loucura, teus comediantes de Mans divirtam até os leitores mais graves, enquanto houver homens sobre a Terra.

No final desse mesmo século, a filha do célebre Poisson (a Sra. de Gomez), num gênero bem diferente do dos escritores de seu sexo que a precederam, escreveu obras não menos agradáveis, e seus *Dias alegres*, bem como suas *Cem novelas novas*, sempre constituirão, apesar dos defeitos, a biblioteca básica de todos os amantes do gênero. Gomez entendia sua arte, não se poderia recusar-lhe esse justo elogio. Com ela rivalizaram a Srta. de Lussan, as Sras. de Tencin, de Graffigny[35], Élie de Beaumont e *Riccoboni* cujos escritos, cheios de delicadeza e gosto, certamente honram seu sexo. As *cartas peruanas* de Graffigny sempre serão um modelo de ternura e sentimento, como as cartas de *milady* Catesbi, da Riccoboni, servirão eternamente àqueles que pretendem apenas a graça e a leveza de estilo. Mas retomemos o século que havíamos deixado, pressionados pelo desejo de louvar mulheres amáveis que, nesse gênero, davam tão boas lições aos homens.

O epicurismo de escritores como Ninon de Lenclos[36], Marion de Lorne[37], marquês de Sevigné[38] e La Fare, Chaulieu[39], Saint-Évremond, enfim, de toda essa sociedade encantadora que, de volta aos langores do Deus de Citera[40], começava a pensar, como Buffon[41], *que não havia nada de bom no amor, senão o físico*, logo mudou o tom dos romances;

os escritores que surgiram na sequência sentiram que os insossos não divertiam mais um século pervertido pelo regente, o século que esquecia as loucuras da cavalaria, as extravagâncias religiosas e a adoração das mulheres; e, achando mais simples divertir ou corromper essas mulheres do que servi-las ou endeusá-las, criaram acontecimentos, quadros, conversas mais de acordo com o espírito do momento; envolveram cinismo, imoralidades, com um estilo agradável e maroto, às vezes mesmo filosófico, e pelo menos agradavam, se não instruíam.

Crébillon[42] escreveu *O sofá, Tanzaí, Os desvarios do coração e do espírito*, etc. Todos eles romances que adulavam o vício e se afastavam da virtude, mas que deviam pretender o maior sucesso quando surgiram.

Marivaux[43], mais original em seu modo de pintar, mais nervoso, pelo menos ofereceu retratos, cativou a alma, e fê-la chorar; mas como, com tamanha energia, podia ter um estilo tão precioso, tão amaneirado? Ele é a prova de que a natureza nunca concede ao romancista todos os dons necessários à perfeição de sua arte.

A finalidade de Voltaire[44] fora completamente diferente; não tendo outro refúgio senão colocar a filosofia em seus romances, abandonou tudo em favor desse projeto. Com que diligência teve êxito! Apesar de todas as críticas, *Cândido* e *Zadig* sempre serão obras-primas!

Rousseau[45], a quem a natureza concedeu em delicadeza e sentimento o que dera em espírito a Voltaire, tratou o romance de modo bem diferente. Quanto vigor e energia na *Heloísa*! Quando Momus ditava o *Cândido* a Voltaire, o amor traçava com sua luz todas as páginas ardentes de *Julie*, e com razão pode-se dizer que esse livro sublime nunca terá imitadores. Possa essa verdade fazer com que a pena caia das mãos daquela multidão de escritores efêmeros que, há trinta anos, não param de nos dar cópias ruins desse original imortal; que eles sintam, pois, que é preciso ter uma alma de fogo como a de Rousseau e um espírito filosófico como o seu para atingi-lo, duas coisas que a natureza não promove duas vezes no mesmo século.

Enquanto isso, Marmontel[46] nos dava contos que chamava *morais*, não que (como diz um apreciável literato) eles ensinassem a moral, mas porque pintassem nossos costumes, embora no gênero um tanto amaneirado de Marivaux. Aliás, o que são esses contos? Puerilidades escritas exclusivamente para mulheres e crianças, e que nunca se crerá terem saído da mesma mão que fez o *Belisário*, obra que bastaria, sozinha, para fazer a glória do autor. Aquele que escreveu o décimo quinto capítulo desse livro não devia, portanto, pretender a pequena glória de nos dar contos cor-de-rosa.

Por último, os romances ingleses, as vigorosas obras de Richardson[47] e Fielding[48] vieram a ensinar aos franceses que não é pintando os fastidiosos langores do amor ou as tediosas conversas das vielas que se pode ter sucesso nesse gênero, e sim traçando retratos viris que, vítimas e joguetes dessa efervescência do coração conhecida pelo nome de amor, nos mostram dele, a um só tempo, os perigos e infortúnios: só daí se podem obter desdobramentos, aquelas paixões tão bem delineadas nos romances ingleses. Richardson e Fielding nos ensinaram que só o estudo profundo do coração humano, verdadeiro labirinto da natureza, pode inspirar o romancista, cuja obra deve fazer com que vejamos no homem, não só o que ele é ou o que demonstra – esse é o dever do historiador –, mas o que ele pode ser, ou no que pode ser transformado pelo vício e agitações das paixões. É preciso conhecê-las todas, é preciso empregá-las todas, se se quer trabalhar esse gênero. Com eles aprendemos também que não é fazendo com que a virtude sempre triunfe que despertamos interesse; que é necessário aplicá-la tanto quanto possível, mas que essa regra, que não está nem na natureza, nem em Aristóteles[49], e somente em nosso desejo de que todos os homens a ela se sujeitem, para nossa felicidade, não é de modo algum essencial ao romance e nem mesmo deve despertar o interesse, pois quando a virtude triunfa e as coisas são como devem ser, nossas lágrimas são contidas antes mesmo de correrem; por outro lado, se depois das mais duras provações, vemos, enfim, a virtude aniquilada pelo vício, inevitavelmente nossas almas se dilaceram, e tendo a obra nos comovido excessivamente, como dizia Diderot[50], *ensanguentado nossos corações pelo avesso*, indubitavelmente deve produzir o interesse que, por si só, garante os louros.

Que respondam: se depois de doze ou quinze volumes o imortal Richardson tivesse *virtuosamente* convertido Lovelace e fizesse com que ele *pacificamente* desposasse Clarissa, ter-se-iam vertido, quando da leitura desse romance, tomado no sentido contrário, as lágrimas deliciosas que ele obtém de todos os seres sensíveis? É, pois, a natureza, que cumpre captar quando se trabalha esse gênero, é o coração do homem, a mais singular de suas obras, e nunca a virtude, pois a virtude, por bela e necessária que seja, é apenas um dos métodos desse coração espantoso, cujo estudo profundo é tão necessário ao romancista, e cujos hábitos o romance, espelho fiel do coração, deve necessariamente traçar.

Sábio tradutor de Richardson, Prévost[51], a ti devemos ter feito passar para nossa língua as belezas desse escritor célebre, e a ti, por tua própria conta, deve-se igualmente um tributo de elogios tão merecido; não seria a justo título que poderiam chamar-te o *Richardson francês*? Só tu tiveste a arte de criar por muito tempo interesse com fábulas emaranhadas, sempre sustentando-o, embora dividindo-o; só tu sempre dispuseste muito bem teus episódios, para que a intriga principal ganhasse com sua variedade ou complicação; assim, essa quantidade de acontecimentos, que La Harpe te censura, não é apenas o que produz em ti o mais sublime efeito, mas, a um só tempo, o que há de melhor, a bondade de teu espírito e a excelência de teu gênio. "*As memórias de um homem de qualidade*, enfim (para acrescentar ao que pensamos de Prévost o que outros igualmente pensaram),

Cleveland, História de uma Grécia moderna, O mundo moral, sobretudo, *Manon Lescaut**, estão repletos daquelas cenas enternecedoras e terríveis que maravilham e cativam; as situações contidas nessas obras, manejadas com felicidade, levam a momentos em que a natureza estremece de terror etc." Eis o que se chama escrever romances, eis o que, na posteridade, garante a Prévost um lugar onde nenhum de seus rivais chegará.

Em seguida vieram os escritores da metade deste século: Dorat, tão amaneirado como Marivaux, tão frio, tão pouco moral como Crébillon, mas escritor mais agradável do que os dois aos quais o comparamos. A frivolidade de seu século desculpa a sua; teve a arte de captá-la bem.

Encantador autor da *Rainha de Golconde*, permites-me oferecer-te um louro? Raramente se tem um espírito mais agradável, e os mais belos contos do século não valem esse que te imortaliza; a um só tempo mais amável e feliz do que Ovídio[52], pois o herói, salvador da França, prova, ao te chamar ao seio da pátria, que é tão amigo de Apolo como de Marte, e tu respondes à esperança desse grande homem, acrescentando ainda algumas belas rosas ao regaço de tua bela Aline.

D'Arnaud, êmulo de Prévost, pode frequentemente pretender ultrapassá-lo; ambos umedeceram seus pincéis no Estige; mas d'Arnaud, vez por outra, suavizou o seu nas flores do Eliseu; Prévost, mais enérgico, nunca alterou as que usou para traçar *Cleveland*.

R[estif][53] inunda o público; falta-lhe uma impressora à

---

* Quantas lágrimas que se vertem à leitura dessa obra deliciosa! Como a natureza aí está pintada, como o interesse se sustenta e como ele aumenta passo a passo! Quantas dificuldades vencidas! Quanta filosofia a extrair de todo esse interesse, de uma moça perdida; dir-se-ia muito, ousando garantir que essa obra tem direito ao título de nosso melhor romance? Foi nela que Rousseau viu que, apesar das imprudências e desatinos, uma heroína podia pretender enternecer-nos, e, talvez, nunca tivéssemos tido *Julie* sem *Manon Lescaut*. (N.A.)

cabeceira da cama. Felizmente, ela gemerá sozinha com suas *terríveis produções*. Um estilo baixo e rastejante, aventuras desagradáveis, sempre extraídas da pior companhia; nenhum outro mérito, enfim, além da prolixidade... pela qual só os vendedores de pimenta o agradecerão.

Deveríamos, talvez, analisar aqui esses romances novos, cujo sortilégio e fantasmagoria compõem quase todo o seu mérito, escolhendo para começar *O monge*, superior em todos os sentidos aos estranhos arrebatamentos da brilhante imaginação de Radcliffe[54]. Mas essa dissertação seria muito longa. Convenhamos apenas que esse gênero, apesar do que se possa dizer, não é certamente sem mérito. Ele se tornara o fruto indispensável dos abalos revolucionários de que a Europa inteira se ressentia. Para quem conhecera todos os infortúnios com que os maus podem cumular os homens, o romance se tornava tão difícil de fazer quanto monótono de ler; não havia um único indivíduo que não tivesse passado, em quatro ou cinco anos, por infortúnios que nem em um século o maior romancista da literatura poderia descrever; seria preciso, portanto, pedir auxílio aos infernos para se compor títulos de interesse e encontrar no país das quimeras o que era corretamente sabido apenas folheando a história do homem nessa idade de ferro. Mas quantos inconvenientes apresentaria esse modo de escrever! O autor de *O monge* não os evitou mais do que Radcliffe; aqui, necessariamente, das duas, uma: ou se revela o sortilégio, e a partir de então o interesse se perde, ou nunca se ergue o véu, e eis-nos na mais horrível inverossimilhança. Que surja nesse gênero uma obra bastante boa para atingir o fim sem se chocar com um desses escolhos; nesse caso, longe de reprovar-lhe os meios, brindemo-la como modelo.

Antes de entabular nossa terceira e última questão – *quais são as regras da arte de escrever o romance?* –, devemos, parece-me, responder à perpétua objeção de alguns espíritos coléricos que, para cobrir-se do verniz de uma moral da qual seus corações estão bem distantes, não deixam de dizer-vos: *para que servem os romances?*

Para que servem, homens hipócritas e perversos? Só vós colocais essa ridícula questão. Eles servem para pintar-vos tais como sois, indivíduos orgulhosos que quereis eximir-vos do pincel, porque temeis seus efeitos:

Sendo o romance, se é possível exprimir-se assim, o *quadro dos costumes seculares*, para o filósofo que quer conhecer o homem, ele é tão essencial quanto a história, pois o cinzel da história só grava o que o homem deixa ver, e, então, já não se trata mais dele. A ambição, o orgulho, cobrem sua fronte com uma máscara que nos representa apenas essas duas paixões, não o homem. O pincel do romance, ao contrário, capta-o no interior... pega-o quando ele retira sua máscara, e o esboço, bem mais interessante, é também mais verdadeiro: eis a utilidade dos romances. Frios censores que não os amais, pareceis com aquele aleijão que dizia *por que se fazem retratos*?

Se é, pois, verdade que o romance é útil, não temamos traçar aqui alguns princípios que cremos necessários para levar esse gênero à perfeição. Bem sinto que é difícil realizar essa tarefa sem levantar armas contra mim. Acaso não me torno duplamente culpado por nunca tê-lo *feito bem*? Ah! Deixemos essas vãs considerações, que elas sejam imoladas ao amor da arte!

O conhecimento mais essencial que o romance exige é, certamente, o do coração do homem. Ora, sobre esse importante conhecimento, todos os bons espíritos nos aprovarão, sem dúvida, ao afirmarmos que só se o adquire através dos *infortúnios* e das *viagens*: é preciso ter visto homens de todas as nações para conhecê-los bem, e ter sido vítima deles para saber apreciá-los; a mão do infortúnio, exaltando o caráter daquele que ela esmaga, coloca-o à distância necessária para estudar os homens; ele os vê daí, como o passageiro percebe as ondas furiosas quebrando no recife ao qual foi atirado pela tempestade; mas, em qualquer situação em que tenha sido colocado pela natureza ou sorte, se ele quer conhecer os homens, que fale pouco quando está com eles; nada se aprende quando se fala, só se é instruído escutando; eis por que os tagarelas comumente são tolos.

Ó tu que queres percorrer essa espinhosa carreira! Não percas de vista que o romancista é o homem da natureza; ela o criou para ser seu pintor; se ele não se torna o amante da mãe tão logo essa o põe no mundo, ele nunca escreverá e não o leremos, mas se ele prova aquela sede ardente de tudo pintar, se com frêmito abre o seio da natureza, onde vai buscar sua arte e extrair modelos, se tem a febre do talento e o entusiasmo do gênio, então que ele siga a mão que o conduz, adivinhe o homem e pinte-o. Dominado por sua imaginação, que ele ceda e embeleze o que vê; o tolo colhe uma rosa e a desfolha, o homem de gênio a aspira e pinta: é esse que leremos.

Mas ao aconselhar-te a embelezar, proíbo-te de te afastares da verossimilhança: o leitor tem o direito de zangar-se quando percebe que estão a exigir-lhe muito; percebe que querem torná-lo simplório; seu amor próprio sofre; e ele não crê em mais nada, a partir do momento em que suspeita de que querem enganá-lo.

Sem se conter por nenhum dique, usa à vontade o direito de golpear todos os relatos da história, quando a quebra desse freio se torna necessária aos prazeres que nos preparas. Mais uma vez não te pedem para seres verdadeiro, apenas verossímil; exigir demais de ti seria prejudicial a fruição por que esperamos; entretanto, não substituas o verdadeiro pelo impossível, e faça com que o que inventas soe bem; não te perdoarão se substituíres tua imaginação pela verdade, a não ser sob a expressa cláusula de enfeitar e deslumbrar. Nunca se tem o direito de exprimir-se mal, quando se pode dizer tudo o que se quer; se não escreves como R[estif], *o que todos sabem*, devias, como ele, nos dar quatro volumes por mês, mas não vale o esforço pegar a pena: ninguém te obriga a praticar essa profissão, mas se tu assim desejas, faze-o bem. Não a adotes, sobretudo, como auxílio para tua existência; teu trabalho se ressentiria de tuas necessidades;

transmitir-lhe-ias tua fraqueza, ele teria a palidez da fome: outros ofícios apresentar-se-ão a ti; sê sapateiro, mas não escreve livros. Não te estimaremos menos, e como tu não nos aborrecerás, talvez gostemos mais de ti.

Uma vez feito o esboço, trabalha ardentemente em seu desenvolvimento, mas sem te prenderes aos limites que ele parece inicialmente prescrever-te; serás seco e frio com esse método. São impulsos que queremos de ti, não regras; ultrapassa teus planos, varia-os, aumenta-os; só trabalhando as ideias vêm. Por que não queres que a ideia que te persegue quando compões seja tão boa quanto aquela ditada por teu esboço? Essencialmente exijo de ti uma única coisa: sustentar o interesse até a última página; tu falhas no teu objetivo se interrompes o relato com incidentes muito repetidos ou desligados do tema; aqueles que te permitires devem ser ainda mais cuidados do que o tema de fundo: deves compensar o leitor quando o forças a largar o que o interessa para prender-se a um incidente. Ele pode permitir-te que o interrompas, mas não te perdoará se o aborreceres; que teus episódios sempre nasçam do fundo do tema e a ele voltem. Se pões teus heróis a viajar, conhece bem o país onde os levas, põe magia suficiente para identificar-me com eles, pensa que estou a passear ao lado deles, em todas as regiões onde os colocas; e que eu, talvez mais instruído do que tu, não te perdoarei nenhuma inverossimilhança de costumes, nenhum defeito de usos, e menos ainda um erro de geografia: como ninguém te força a essa viagem, cumpre que tuas descrições sejam reais, ou então permanece no canto de tua lareira: é o único caso em que não se tolera a invenção, a menos que me transportes para países imaginários, e mesmo nessa hipótese sempre exigirei o verossímil.

Evita a afetação da moral; não a procuramos num romance. Se as personagens de que carece teu projeto são às vezes obrigadas a raciocinar, que seja sempre sem afetação, sem pretensão; o autor nunca deve moralizar, e ao personagem isso só é permitido por força das circunstâncias.

Uma vez chegado ao desenlace, que ele seja natural, nunca forçado ou maquinado, e sempre nascido das circunstâncias. Não exijo de ti, como querem os autores da *Enciclopédia*, que ele seja *conforme ao desejo do leitor*; que prazer lhe restaria quando ele já adivinhou tudo? O desenlace deve ser de tal modo que os acontecimentos o preparem, que a verossimilhança o exija, que a imaginação o inspire. Com esses princípios, que eu encarrego teu gosto e teu espírito de desenvolver, se não o fizeres bem, pelo menos o farás melhor do que nós; pois é preciso convir que, em todas as novelas que lemos, o voo ousado que nos permitimos fazer nem sempre está de acordo com a severidade das regras da arte; esperaremos, no entanto, que a extrema verdade das índoles as compensará. A natureza, mais estranha do que pintam os moralistas, a todo instante transborda dos diques em que a política desses quer encerrá-la; uniforme em seus planos, irregular nos efeitos, seu seio, sempre agitado, assemelha-se à fogueira de um vulcão, de onde ora saltam pedras preciosas que servem ao luxo dos homens, ora globos de fogo que o aniquilam; grande, quando ela povoa a terra de homens como Antonino[55] e Tito[56]; terrível, quando vomita outros como Andrônico[57] ou Nero[58]; mas sempre sublime, sempre majestosa, sempre digna de nossos estudos, pincéis e nossa respeitosa admiração, porque seus desígnios nos são desconhecidos, escravos que somos de seus caprichos ou necessidades; mas esses nunca devem regular nossos interesses por ela, e sim sua grandeza e energia, quaisquer que sejam os resultados.

À medida que os espíritos se corrompem e que uma nação envelhece, a natureza é mais estudada, melhor analisada e os preconceitos são destruídos, e por isso é preciso conhecê-la ainda melhor. Essa lei é a mesma para todas as artes; só avançando pode-se aperfeiçoá-las, só se atinge o objetivo através de tentativas. Não era preciso ir tão longe, sem dúvida, naqueles horríveis tempos de ignorância em que, curvados sob o jugo da religião, punia-se com a morte aquele que as apreciasse, em que as fogueiras da Inquisição eram a recompensa dos talentos. Em nosso estado atual, porém, partamos sempre deste princípio: quando o homem sopesou todos seus freios, quando, com um olhar audacioso mede os obstáculos, quando, a exemplo dos Titãs, ousa elevar sua mão audaciosa ao céu, e, armado com suas paixões, como aqueles estavam com as lavas do Vesúvio, não mais teme declarar guerra aos que outrora o faziam tremer, quando seus estudos legitimam os *erros* de seus *desregramentos*, então não se deve falar-lhe com a mesma energia que ele emprega para se conduzir? Em suma: o homem do século XVIII é o mesmo do século XI?

Terminemos com uma garantia positiva: as novelas que ora apresentamos são absolutamente novas, e de modo algum bordadas em telas conhecidas. Essa qualidade é, talvez, de algum mérito, num tempo em que tudo parece já ter sido *feito*, em que a imaginação esgotada dos autores parece incapaz de criar algo de novo e em que só se oferecem ao público compilações, excertos e traduções.

A *Torre encantada* e a *Conspiração de Amboise* têm, contudo, algum fundamento histórico; vê-se, com a sinceridade de nossas confissões, quão longe estamos de querer enganar o leitor; é preciso ser original nesse gênero, ou então não nos meteremos nele.

Eis o que pode ser esclarecido sobre as fontes de ambas as novelas.

O historiador árabe Abul-coecim-terif-aben-tariq*, escritor pouquíssimo conhecido dos literatos atuais, relata o seguinte, a respeito da *Torre encantada*: "Rodrigo, príncipe efeminado, atraía à sua corte, por volúpia, as filhas dos vassalos, e delas abusava. Entre elas contava-se Florinda, filha do conde Julien. Violou-a. Seu pai, que estava na África, recebeu a notícia por meio de uma carta alegórica da filha; sublevou

---

* Parece que o nome desse historiador, desconhecido dos especialistas que inquirimos, deveria ser lido, com mais verossimilhança, deste modo: *Abul-selim-terif-ben-tariq*. (N.A.)

os mouros e voltou à Espanha à sua frente. Rodrigo não sabe o que fazer, sem fundos no tesouro e em parte alguma; vai revirar a *Torre encantada*, perto de Toledo, onde lhe dizem que deve encontrar somas enormes; lá penetrando, ele vê uma estátua do Tempo que golpeia com sua clava e, através de uma inscrição, anuncia a Rodrigo todos os infortúnios que o aguardam. O príncipe avança, vê uma grande cuba d'água, mas nenhum dinheiro. Volta, manda fechar a torre; uma grande torrente leva o edifício, dele só restam vestígios. Apesar dos funestos prognósticos, o rei, acompanhado de um exército, combate durante oito dias perto de Córdoba e morre, sem que depois pudessem encontrar seu corpo".

Eis o que nos forneceu a história; que agora se leia a nossa e se veja se a variedade de acontecimentos que acrescentamos à secura desses fatos merece ou não que encaremos o relato como pertencente a nós*.

Quanto à *Conspiração de Amboise*, que se a leia em Carnier, e se verá o pouco que tomamos emprestado à história.

Nenhum guia nos precedeu nas outras novelas: tema, narração, episódios, tudo é nosso. Talvez não seja o que há de mais feliz, mas o que importa? Sempre acreditamos, e nunca deixaremos de nos persuadir, de que mais vale inventar, até uma fábula, do que copiar ou traduzir: a primeira tem a pretensão do gênio, pelo menos. Mas que pretensão pode ter o plágio? Não conheço ocupação mais baixa, não conheço

---

* Esse relato é aquele com que Brigandos inicia o episódio do romance *Aline e Valcour*, intitulado *Sainville e Léonore*, o que suspende a ocorrência do encontro do cadáver na terra; os falsificadores desse episódio, copiando-o palavra por palavra, não deixaram de copiar também as quatro primeiras linhas do relato, que se encontra na boca do chefe dos boêmios. É portanto, tão essencial para nós, neste momento, como para aqueles que compram romances, prevenir que a obra vendida por Pigoreau e Leroux, intitulada *Valmor e Lydia*, e por Cérioux e Moutardier, intitulada *Alzonde e Koradin*, são absolutamente a mesma coisa, ambas literalmente pilhadas, frase por frase, do episódio *Sainville e Léonore*, formando quase três volumes de meu romance *Aline e Valcour*. (N.A.)

confissão mais humilhante do que essa a que tais homens são constrangidos ao reconhecerem eles próprios que é preciso não ter espírito para ser forçados a tomá-lo dos outros.

No que toca ao tradutor, Deus não apreciaria que lhe tirássemos o mérito, ele valoriza apenas nossos rivais. Ainda que fosse pela honra da pátria, mais valeria dizer a esses altivos rivais que *também não sabemos criar*.

Devo, enfim, responder à censura que me fizeram, quando surgiu *Aline e Valcour*. Meus pincéis, disseram, são fortes demais: empresto ao vício de traços demasiado odiosos. Querem saber a razão? Não quero que se ame o vício; não tenho, como Crébillon e Dorat, o perigoso projeto de fazer com que as mulheres gostem dos personagens que as enganam; quero, ao contrário, que os detestem. É o único meio que pode impedi-las de se tornarem vítimas e, para ter êxito nisso, mostrei aqueles meus heróis que seguem a carreira do vício de um modo tão assustador, que certamente não inspirarão nem pena, nem amor. Com isso, ouso dizer, torno-me mais moral do que aqueles que se permitiram embelezá-los; as obras perniciosas desses autores assemelham-se àquelas frutas da América que, sob o colorido mais brilhante, trazem a morte em seu seio; essa traição da natureza, cujo motivo não cabe a nós desvelar, não é feita para o homem. Nunca, repito, nunca pintarei o crime senão com as cores do inferno; quero que o vejam a nu, que o temam, que o detestem, e não conheço outro modo de fazê-lo senão mostrando-o com todo horror que o caracteriza. Que se cubram de infortúnio os que o cercam de rosas! Suas intenções não são puras, e eu nunca as copiarei. Que nunca mais atribuam-me, após essa exposição, o romance J[ustine]: nunca fiz obras semelhantes e certamente nunca as farei. Só imbecis ou maus, apesar da autenticidade de minha negação, podem continuar a suspeitar ou a acusar-me de ser o autor, e o mais soberano desprezo será, doravante, a única arma com que combaterei suas calúnias.

Notas do Editor

1. *Huet, Pierre Daniel* (1630-1721) – Bispo, cientista e filósofo francês que criticou Descartes, refutando o famoso *cogito ergo sum* em nome da falibilidade da razão humana. Foi retomado por alguns iluministas do séc.XVIII, sobretudo em suas críticas à religião tradicional.

2. *Livros de Esdras* – Há vários: os apócrifos, escritos em grego e latim pelo "Grego Ezra", e o livro bíblico de Ezra, escrito em hebraico. Sade provavelmente refere-se a este último, que narra a recuperação judaica depois do cativeiro da Babilônia.

3. *Heliodoro ou Heliôdoros* (séc. III a.C.) – Autor de *Aethiopica*, onde a heroína, uma princesa etíope, e o herói, um príncipe da Tessália, enfrentam inúmeros perigos até o final feliz com um eventual casamento na terra da heroína. Muito popular na Renascença como modelo de entretenimento conjugado a um elevado tom moral.

4. *Aristides de Miletos* (séc. II a.C) – Autor provável de histórias curtas de amor. Inspirou a passagem da "Matrona de Éfeso" no *Satyricon* de Petrônio. Seus *Contos Milésios* foram os precursores de coletâneas medievais como o *Decameron*, de Boccaccio.

5. *Apuleio* (aparentemente, séc. II) – Nasceu na África, foi educado em Cartago e Atenas e casou-se com uma viúva rica em Alexandria. Escreveu alguns tratados sobre a filosofia platônica, mas deve mesmo sua fama ao *Asno de Ouro*, ou *Metamorfoses*, romance em latim em onze livros que conta as peripécias de um certo Lucios após usar o unguento errado e transformar-se em asno.

6. *Antônio Diógenes ou Diôgenes de Sinope* (séc. IV a.C.) – Foi ele quem respondeu a Alexandre, o Grande, quando este perguntou o que poderia fazer pelo filósofo: "deixe de

se interpor entre mim e o sol". Principal representante da escola cínica, viveu entre Corinto e Atenas, diz a lenda que num tonel.

7. *Jamblico* – Escritor grego de origem Síria. Escreveu um romance em trinta e cinco volumes, *Les Babyloniques*, dos quais só restam algumas citações.

8. *Xenofonte* ou *Xenofon* (nascido por volta de 430 a. C.) – Ateniense, estudou com Sócrates e participou de diversas expedições militares. A *Ciropédia* baseou-se em sua experiência na Pérsia, quando combateu ao lado dos gregos, e narra a carreira de Ciro, idealizado como estadista e general perfeito.

9. *Longos* (provavelmente séc. II ou III) – Um dos *erotici graeci*, como eram conhecidos os escritores gregos do período. Sua *Dafnis e Cloé* é um romance pastoral pioneiro na descrição de sentimentos e cenários naturais, em vez das costumeiras aventuras.

10. *Petrônio* (séc. I) – Membro do círculo íntimo de Nero, e por ele levado ao suicídio. Autor do *Satyricon*, novela satírico-picaresca latina, semelhante às *Sátiras Menipeias*, que descreve as aventuras indecorosas de dois trapaceiros, Encôlpio e Ascilto, em suas andanças pelas cidades gregas do sul da Itália.

11. *Varrão* ou *Varro* (116 – 27 a.C.) – Poeta, satirista e escritor prolífico. Autor das *Sátiras Menipeias*, esboços jocosos da vida romana escritos em verso e prosa. As *Sátiras* são inspiradas na obra de Mênipos, escravo do séc. 3 a.C. e filósofo da escola cínica, que escreveu sobre a insensatez dos homens em geral, e a dos filósofos, em particular.

12. *Lucano* (39 – 65) – Sobrinho de Sêneca, o filósofo. Conspirou contra Nero e, apesar da confissão e retratação, foi condenado a matar-se. Dante equiparou seu brilhantismo ao de Vergílio, Horácio e Ovídio.

13. *Carlos, o Grande* ou *Carlos Magno* (742-814) – Carlos I, rei dos Francos (768-814), dos Lombardos e imperador do Ocidente (800-814).

14. *Fablieux* – Pequenos contos em verso.

15. *Hugues Capet* – Rei dos franceses em 987, iniciador da dinastia dos Capetos, que durou até 1328, com quinze reis.

16. *La Harpe* (1739-1803) – Escritor e crítico. Sade provavelmente refere-se a sua obra *Lycé au cours de literature anciènne et moderne* (1799).

17. *Alighieri, Dante* (1265-1321) – Nascido em Florença, o autor da *Divina Comédia* escreveu também *Vita Nuova*, uma coletânea de poemas líricos que evocam seus amores com Beatrice Portinari. Dante havia intitulado sua obra-prima apenas *Comédia,* mas o "divina" foi acrescentado já por seus contemporâneos. O divino poema compõe-se de três partes, Inferno, Purgatório e Paraíso, cada uma com 33 contos.

18. *Boccaccio, Giovanni* (1313-1375) – De família florentina, nasceu, acidentalmente, em Paris. Autor do *Decameron*, histórias licenciosas que somam cem narrativas, dez ao dia, contadas por dez amigos que se reúnem no ano de 1348 e se retiram para o campo, fugindo da peste.

19. *Tassoni, Alessandro* (1565-1635) – Poeta e satirista italiano do séc. XVII.

20. *Petrarca* (1304-1374) – Nascido Francesco Petrarco em Arezzo, sua obra prenuncia o Renascimento. Seu *Canzoniere* foi inspirado pela musa Laura, mulher casada e honesta, a quem Petrarca teve de limitar uma dedicação apenas platônica.

21. *D'Urfé, Honoré* (1568-1625) – Inicia o romance pastoral com *L'Astrée*. As pastorais misturavam descrições graciosas da natureza com pastores que se comportavam com a polidez e galantaria dos contemporâneos. Na Astreia, que

teve enorme êxito na época, a ação se passa na Gália antes da ocupação romana.

22. *Gomberville, Marin Leroy de* (1600-1674) – Escritor francês, autor de Polexandre. Introdutor do exotismo na literatura francesa.

23. *La Calprenède, Gautier de Costes de* (1610-1663) – Escritor francês, autor de tragédias, romances e ficções envolvendo personagens históricos como em *Cleopâtre*.

24. *Desmarets de Saint-Sorlin, Jean* (1595-1676) – Escritor francês, autor do romance *Ariane*, protegido por Richelieu e chanceler da Academia Francesa de Letras.

25. *Mlle. de Scudéry* (1607-1701) – Seus romances *Le Grand Cyrus* e *Clélie* pintam, num quadro pseudo-histórico, os sentimentos da sociedade de seu tempo.

26. *Cervantes, Miguel de* (1547-1616) – Viveu a vida típica e aventureira de seu século. Participou de batalhas, uma das quais lhe aleijou a mão esquerda, foi preso por piratas argelinos e, resgatado pela família de volta à Espanha, viveu quase na penúria, escrevendo, até acabar seus dias num convento. Seu *Dom Quixote* compõe-se de duas partes, a primeira publicada em 1605, a segunda em 1615. Sua intenção era parodiar os romances de cavalaria, então em voga. Mas a saga de seu Quijada, Quesada ou Quijana excedeu as intenções do autor para se tornar uma das maiores obras da literatura universal.

27. *Saint-Évremond, Charles de Marquetel de Saint-Denis de* (1615-1703) – Moralista e crítico francês cuja obra demonstra um espírito libertino e a crença na necessidade da evolução das artes.

28. *Scarron* (1610-1660) – Poeta francês que criou o gênero burlesco, que consistia em tomar um assunto histórico e tratá-lo de modo prosaico. Escreveu *Typhon* ou *Gigantomachie*.

29. *Lesage, Alain René* (1668-1747) – Romancista francês, conhecido por seus ataques audaciosos contra a sociedade de sua época.

30. *La Fayette, Marie-Madeleine Pioche de Vergne* (1634-1693) – Autora de uma das obras-primas do séc. XVII, *La princesse de Clèves*, publicada em 1678. A condessa de la Fayette vivia em Paris e recebia em seus salões um grupo seleto formado por Mme. de Sevignè, La Rochefoucauld e La Fontaine. Sua *Princesa de Clèves* é uma história curta e descomplicada.

31. *La Rochefoucauld, François, duc de* (1613-1680) – Escritor moralista francês; autor de *Réflexions ou Sentences et maximes morales* (1665), que provocou escândalo na época por demonstrar uma visão totalmente pessimista do homem.

32. *Segrais, Jean Regnault de* (1624-1701) – Poeta francês, autor de um romance, *Bérenice*. Assinou as primeiras obras da Mme. de La Fayette.

33. *Fénelon* (1651-1715) – Nobre francês que, após seguir estudos eclesiásticos, educou o neto de Luís XIV. Escreveu *L'education des jeunes filles*, *Dialogues des morts* e *Télémaque*, obras pedagógicas. *Télémaque* conta as aventuras do filho de Ulisses, que parte de Ítaca com seu preceptor em busca do pai. Disfarçado de romance, um tratado de educação e política.

34. *Mme. Guyon* (1648-1717) – A introdutora, na França, do quietismo, doutrina que buscava a perfeição cristã na contemplação de Deus. Fénelon converteu-se ao quietismo, o que lhe valeu censuras e aborrecimentos.

35. *Graffigny, Françoise d'Issembourg d'Happoncourt, dame de* (1695-1758) – Escritora francesa que obteve grande sucesso com a obra *Letres d'unne Péruvienne* (1747), onde criticava a sociedade de seu tempo.

36. *Lenclos, Anne dita Ninon de* (1616-1706) – Bela e culta dama parisiense, conhecida por sua liberalidade de costumes e pensamentos.

37. *Lorme, Marion de* (1611-1650) – Cortesã francesa, célebre por sua inteligência e beleza.

38. *Sévigné, Marie de Rabutin-Chantal, marquesa de* (1626-1696) – As inúmeras cartas que escrevia aos amigos e, principalmente, à filha, retratam com brilho a sociedade de sua época. Os acontecimentos e personagens da corte francesa são descritos com uma liberdade de estilo e vivacidade excepcionais.

39. *Chaulieu, Guillaume Amfrye, abade de* (1639-1720) – Poeta francês, autor de poemas de inspiração epicurista.

40. *Citera* – Ilha em que, conforme a lenda, Afrodite teria aparecido pela primeira vez, após seu nascimento das espumas do mar.

41. *Buffon, Georges Louis Leclerc, conde de* (1707-1788) – Foi para as ciências naturais o que Montesquieu foi para a jurisprudência: expôs a matéria com acuidade artística e estilo. Dele é a frase: "O estilo é o homem". Escreveu *Histoire générale et particulière de la nature*.

42. *Crébillon, Claude* (1707-1777) – Autor de romances libertinos, como *Le sopha, conte moral*, de 1745, que lhe custaram alguns anos de prisão.

43. *Marivaux, Pierre Carlet de Chamblain de* (1688-1763) – Dramaturgo e escritor francês. Em seus romances, como *La vie de Marianne* e *Le paysan parvenu*, os sentimentos amorosos são expressos em estilo gracioso e sutil.

44. *Voltaire, François Marie Arouet, dito Voltaire* (1694-1778) – Educado por jesuítas, seu espírito mordaz valeu-lhe duas prisões na Bastilha e o exílio na Inglaterra. *Cândido* é uma sátira ao sistema filosófico de Leibniz, para quem

"tudo concorre para o bem, no melhor dos mundos". *Zadig* é também uma obra satírica, mas pontilhada de fantasias extravagantes.

45. *Rousseau, Jean-Jacques* (1712-1778) – Filho de um relojoeiro protestante estabelecido em Genebra, foi um dos mais originais e brilhantes autores do séc. XVIII. No seu *Discours sur l'Inégalité des conditions* desenvolve a ideia da bondade natural do homem, desvirtuada pela sociedade. Sua *Julie*, ou *La nouvelle Heloise*, redigida em forma epistolar, é uma sátira mordaz dos meios parisienses. Seu *Le contrat social* tornou-se o breviário dos jacobinos.

46. *Marmontel, Jean-François,* (1723-1799) – Um dos colaboradores da *Grande encyclopédie*.

47. *Richardson, Samuel* (1689-1761) – Criou os primeiros romances ingleses de caráter psicológico, escritos em forma epistolar: *Pamela: or Virtue rewarded* e *Clarissa Harlowe*. Em *Clarissa* surge o personagem Lovelace, desde então o protótipo do libertino.

48. *Fielding, Henry* (1707-1754) – Menos sentimental que Richardson, autor de uma obra-prima do realismo satírico, *Tom Jones*.

49. *Aristóteles* (384-322 a.C.) – Discípulo de Platão, criou o Liceu, escola ateniense onde ministrava seus ensinamentos. Seu pensamento dominou durante toda antiguidade e Idade Média. Não aceitava a teoria platônica das Ideias, afirmando que o universal só existe no espírito, como resultado de abstrações. É considerado o criador da Lógica. Suas obras compreendem também a Física, Metafísica, Moral, Política, Retórica e Poética.

50. *Diderot, Denis* (1713-1784) – Um extraordinário agitador de ideias, o organizador da Grande encyclopédie, autor de obras filosóficas (*Le rêve de D'Alambert*), romances (*La religieuse, Jacques le fataliste*), teatro e crítica.

51. *Prévost D'Exiles, Antoine François* (1697-1763) – Abade, autor de *Manon Lescaut*, sétimo dos oito volumes da obra *Memoires d'un homme de qualité*. Traduziu Richardson para o francês.

52. *Publio Ovídio* (43 a.C-18 d.C.) – Estudou em Roma e Atenas e exerceu algumas funções públicas que abandonou para dedicar-se exclusivamente à poesia. Autor da *Arte de amar*, obra de finura e licenciosidade notáveis, à qual Ovídio deve, provavelmente, o exílio que lhe foi decretado por Augusto.

53. *Restif de La Bretonne, Nicolas* (1734-1806) – Escritor francês cujos livros revelam um observador agudo dos costumes de sua época, descritos em mais de duzentas obras. Audaz, pregava reformas sociais baseadas em Rousseau.

54. *Radcliffe, Ann Ward* (1764-1823) – Romancista inglesa, autora de obras "góticas" de grande sucesso. Seu *Os mistérios de Udolfo*, de 1794, é uma das obras-primas do gênero fantástico.

55. *Antonino* (86-161) – Imperador romano sucessor de Adriano. Seu reinado foi pacífico e ordeiro.

56. *Tito* (40-81) – Imperador romano de 79 a 81, famoso pela captura de Jerusalém em 70 d.C., após longo cerco.

57. *Andronico* – Nome de vários imperadores bizantinos.

58. *Nero* (37-68) – Imperador romano de 54 a 68, célebre pela crueldade e brutalidade. A ele se atribui o incêndio de Roma.

A DUPLA PROVA

Há muito disseram que a coisa mais inútil do mundo era pôr uma mulher à prova; sendo tão conhecidos os meios de fazê-la sucumbir, e tão certa sua fraqueza, as tentativas tornam-se absolutamente supérfluas. As mulheres, assim como as cidades de guerra, têm, todas, um lado indefeso: trata-se apenas de procurá-lo. Uma vez descoberto, logo se entrega o campo; essa arte, como todas as outras, tem princípios, dos quais se podem deduzir algumas regras particulares, em razão dos diferentes físicos que caracterizam as mulheres que se ataca.

Há, entretanto, algumas exceções a essas regras gerais, e foi para prová-las que se escreveu esta história.

O duque de Ceilcour, de trinta anos, cheio de espírito, dono de uma figura encantadora e, o que vale mais do que esses predicados todos, posto que faz os outros, possuía oitocentas libras de renda, que gastava com um gosto e magnificência de que não havia exemplo, há cinco anos desfrutava dessa prodigiosa fortuna, constando da lista de quase trinta das mais belas mulheres de Paris e, como começava a cansar-se, antes de tornar-se completamente insensível, Ceilcour quis casar-se.

Pouco satisfeito com as mulheres que conhecia, não tendo encontrado em todas senão arte em vez de franqueza, desatino em vez de razão, egoísmo em vez de humanidade, e jargão em vez de bom-senso... tendo visto todas se entregarem apenas em razão do interesse ou do prazer, não encontrando em sua posse senão pudor sem virtude ou libertinagem sem volúpia, Ceilcour tornou-se difícil e, para não se enganar no caso do qual dependiam o repouso e a felicidade de sua vida, resolveu a um só tempo praticar tudo o que podia seduzir e tudo o que, assegurada a vitória, podia, destruindo a ilusão àquela a quem talvez a devesse, convencê-lo do que realmente valera sua conquista. Essa sorte de manobra era garantida para conduzi-lo a uma apreciação razoável, mas quantos perigos o cercavam! Acaso havia uma mulher no mundo que pudesse resistir à prova? E se a embriaguez dos sentidos nos quais Ceilcour queria inicialmente mergulhá-la fizesse com que se rendesse, resistiria ela à queda do prestígio? Amaria, enfim, Ceilcour pelo que ele era, ou nele só amaria sua arte? A artimanha era bem perigosa; quanto mais percebia isso, mais determinado ficava a entregar-se sem retorno àquela cujo desinteresse fosse bastante reconhecido para amar somente a ele, e para legar ao nada o fausto de que ele se cercaria com o propósito de seduzi-la.

Duas mulheres fixavam, então, seus olhos, e nelas se deteve, determinado a escolher a que mostrasse mais franqueza e, sobretudo, desinteresse.

Uma delas chamava-se baronesa Dolsé. Era viúva há dez anos de um velho marido que desposara aos dezesseis e que conservara por dezoito meses, sem dele obter herdeiro.

Dolsé tinha uma daquelas figuras celestes com que Albano caracterizava seus anjos. Era alta... muito magra... com alguma flutuação e desleixo no porte... essa espécie de abandono nas maneiras quase sempre anunciam uma mulher ardente que, mais preocupada em sentir do que em parecer, ignora apenas sua beleza para poder prová-la com certeza. Um caráter doce, uma alma terna, um espírito um pouco romanesco acabavam por fazer dessa mulher a criatura mais sedutora que então existia em Paris.

A outra, a condessa de Nelmours, também viúva, de vinte e seis anos, tinha um gênero de beleza diferente; uma fisionomia marcada, traços um pouco romanos, olhos muito bonitos, alta e cheia, com mais majestade do que gentileza, menos adornos do que pretensão, um caráter exigente e imperioso, um excessivo pendor para o prazer, muito espírito, coração mau, elegância, galantaria, senhora de duas ou três aventuras, não muito firmes a ponto de comprometer sua reputação, mas demasiado públicas, contudo, para que não deixassem de acusá-la de imprudência.

Não ouvindo senão sua vaidade ou interesse, Ceilcour não teria hesitado. A posse de nenhuma outra mulher em Paris era mais lisonjeira do que a da Sra. de Nelmours. Levá-la a uma segunda união era uma espécie de vitória que ninguém ousava pretender; mas nem sempre o coração escuta aquela infinidade de considerações com as quais o amor-próprio se alimenta: deixa que o orgulho as observe e decide sem consultá-lo.

Esta era a história de Ceilcour. Embora sentisse um gosto mui vivo pela Sra. de Nelmours, iluminado o sentimento que provava, nele reconhecia mais ambição do que delicadeza, e muito menos amor do que pretensão.

Examinava, ao contrário, o impulso que o arrastava para a interessante Dolsé, e só encontrava pura ternura, desligada de qualquer outra razão. Em suma, teria desejado, talvez, que acreditassem que era o amante de Nelmours, mas só de Dolsé queria tornar-se esposo.

Contudo, já muito enganado pelo exterior das mulheres, infelizmente ciente de que não se pode conhecê-las muito bem sem as ter, desconfiando de seus olhos, não mais crendo em seu coração, não se remetendo senão à sua cabeça, o duque quis sondar o caráter dessas duas mulheres, e decidir-se apenas, como dissemos, por aquela de que fosse impossível duvidar.

Em consequência desses projetos, Ceilcour declarara-se primeiramente à Dolsé. Amiúde a via em casa de uma mulher onde ceava três vezes por semana. Essa jovem viúva, de início, escutou-o com surpresa, e logo depois, com interesse, independentemente de sua riqueza... título fútil aos olhos de uma mulher como a baronesa. Ceilcour tinha adornos e gentileza no espírito, uma figura tão deliciosa, graças tão tocantes... tanta sedução nas maneiras, que era bem difícil uma mulher resistir-lhe por muito tempo.

— Na verdade – dizia a Sra. de Dolsé ao amante – é preciso que eu seja muito fraca ou muito louca para ter podido crer que o ser mais festejado de Paris possa ter se fixado em mim; eis um breve momento de orgulho pelo qual cumpre que eu seja punida; mas se assim é, dizei-me; haveria uma terrível injustiça em enganar a mulher mais franca que já encontrastes na vida.

— Eu, enganar-vos! Bela Dolsé... Como pudestes crer nisso? Como seria desprezível o ser que tentasse enganar-vos! Acaso a falsidade é concebível junto da candura?... Pode o crime nascer ao pé da virtude? Ah! Dolsé, acreditai nos sentimentos que estou a jurar-vos: animados por estes olhares encantadores dos quais tiro o ardor, podem ter outros limites senão minha própria vida?

— Essas palavras são as que tendes para com todas as mulheres; pensai que desconheço o jargão? Trata-se, isto sim, de dizer o que se está pensando com elas! O sentimento e a arte de seduzir são coisas mui diferentes. De que adianta o preço da primeira se só tereis êxito com a outra?

— Não, Dolsé, não, deveis saber como nos enganamos, é impossível que nunca vos tenham ensinado. O amante frio a ponto de sistematizar a arte de seduzir não ousaria cair a vossos pés; um raio de vossos olhos encantadores, destruindo seus projetos de vitória, não deixaria de fazer dele senão um escravo, e o deus que o teria encorajado logo o arrastaria a seu culto.

Um tom de voz tão lisonjeiro, tanta elegância no adorno, em suma, tantos meios de agradar, sustentavam tão bem esses discursos, os animavam de tal modo, davam-lhe uma energia tão viva, que a alma sensível da pequena Dolsé logo pertenceu apenas a Ceilcour.

Logo que o patife teve certeza disso, prontamente atacou a condessa de Nelmours.

Uma mulher tão consumida, tão cheia de arte e orgulho, exigia cuidados de outro gênero. Ceilcour, cujo desígnio, aliás, era pôr ambas à prova, não sentindo por esta um pendor tão firme como pela outra, tinha mais dificuldade em falar-lhe na linguagem do amor. Acaso o que é ditado só pelo espírito pode ter o mesmo calor que aquilo que é inspirado só pela alma?

Qualquer que fosse, entretanto, a diferença dos sentimentos dos Ceilcour por ambas, somente àquela que resistisse à prova meditada resolvera entregar-se. Nelmours resistiria? Muito bem! Ela possuía encantos suficientes para consolá-lo da rival, e desde que tivesse mais prudência, logo se tornaria a mais amada.

– O que foi feito de vós, senhora? – perguntou-lhe uma noite. – Creio que vos cansastes de viver retirada; outrora não havia um passeio... um espetáculo que não embelezásseis; corriam para ver-vos; quando os abandonáveis, tudo ficava deserto... Mas por que isolar-vos assim? Misantropia, compromisso?

– Compromisso! Gosto da palavra. E com que, por gentileza, pretendeis que eu me comprometa?

– Ignoro, mas bem conheço quem gostaria de comprometer-se convosco.

– Não me digais o nome, eu vos rogo. Odeio todos os compromissos...

– E quem não é irreconciliável?

– Creio que estais a tomar-me por galante!

– Acaso é esse o nome que convém à mulher mais deliciosa de que se possa conceber a existência? Se for, confiro-vos...

E a condessa, lançando olhares ternos ao duque de Ceilcour, que ela logo afastava:

— Na verdade — responde —, sois o homem mais perigoso que conheço. Cem vezes prometi nunca mais tornar a ver-vos e...

— Muito bem! O coração destruiu os projetos da razão?

— Não, nada disso. Concebo projetos prudentes, mas depois minha inconsequência os destrói, é tudo. Analisai como bem vos aprouver, e, sobretudo, não procurai ver nada a vosso favor.

— Pensando em mo proibir, acreditastes então que era impossível haver aí alguma coisa para meu orgulho?

— E eu não conheço gente pretensiosa como vós? A certeza que tem de agradar sempre faz com que creia ser impossível não ter êxito. As palavras mais sutis de uma mulher lhe parecem declarações, um olhar é uma derrota, e sua vaidade, sempre pronta a captar nossas franquezas, só vê triunfos.

— Oh! Como estou longe de vos ver assim!

— Teríeis cometido um grande erro.

— E como não quero sofrer junto a vós...

— Acreditais, então, que eu não vos perdoaria?

— Quem sabe até onde vai vossa cólera?... Arriscar-me-ia, contudo, se tivesse certeza do perdão.

— Morreis de vontade de fazer-me uma declaração de amor.

— Eu?... nem uma palavra; seria o homem mais desajeitado se quisesse fazê-la... Ao vos ver, bem conheceria todo o império desse sentimento de que falais; ele me animaria convosco, poria em brasa meus sentidos... e se tivesse de proibir-me alguma vontade... Mas se fosse preciso confessar-vos tudo, nunca encontraria expressão, nenhuma pintaria a meu gosto o que me inspiraríeis tão bem, e eu seria obrigado a queimar sem poder pintar minha chama.

— E então! Essa não é uma declaração?

— Quereis tomá-la como tal? É inimaginável quanto trabalho estais a poupar-me.

– Na verdade, senhor, sois o homem mais insuportável que já vi desde que nasci.

– Muito bem! Mas vejais o que é o império do reconhecimento numa bela alma... Procuro agradar-vos, e vós me acabrunhais.

– Agradar-me? Estais a cem léguas de conseguir. Não é muito mais natural simplesmente dizer a uma mulher se a ama ou não, do que com ela empregar esse ininteligível jargão com que tentais envolver-me?

– Supondo que fosse esse o meu projeto, não mais vos enganaria, desde que adivinhásseis.

– Quereis dizer que tem de ser eu a vos dizer se me amais ou não?

– Pelo menos é preciso permitir-me ver se não vos afligirei demais, ousando acreditar que direis.

– Acaso nos afligimos com essas coisas?

– Acaso elas vos interessam?

– Depende.

– Sois encorajadora.

– Então não disse? Será preciso ficar de joelhos!

– Ou que não vos importune ver-me cair diante de vossos...

E Ceilcour, atirando-se aos pés de sua bela amante, dizendo essas palavras, amorosamente tomava as mãos daquela mulher encantadora e as enchia de beijos.

– Eis um belo desatino de minha parte... – diz Nelmours, levantando-se. – Não serão precisos oito dias para arrepender-me.

– Ah! Não estais a prever os infortúnios do amor antes de ter provado seus prazeres, pois não?

– Não, não, mais simples é nunca colher rosas quando se teme, como eu, os espinhos... Adeus, Ceilcour... Onde ceareis esta noite?

– No lugar mais longínquo que houver.

– Mas por quê?

– Porque vos temo.

– Sim, se me amais; porém acabastes de dizer que não.
– Eu seria o mais infeliz dos homens se sempre pensásseis assim...

E como, depois dessas palavras, a condessa entrasse em sua carruagem, foi preciso separar-se, mas não sem que o duque de Ceilcour prometesse jantar em sua casa no dia seguinte.

Enquanto isso, a interessante Dolsé, longe de imaginar seu amante aos pés da outra, gozava a felicidade de ser amada. Não concebia, como dizia à criada em que mais confiança depositava, como, com tão poucos atrativos, tivera êxito em cativar o homem mais amável que havia no mundo... Por meio de que ela merecia seus cuidados?... Como faria para conservá-los?... Mas, e se o duque sempre fosse leviano, ela não morreria de dor? Nada era mais real do que o que dizia aquela encantadora mulherzinha, muito mais apaixonada do que pensava: a renomada inconstância de Ceilcour tornar-se-ia, sem dúvida, o golpe mais terrível que ela poderia receber.

Para a condessa de Nelmours, nada havia de trágico em seus sentimentos: estava lisonjeada com a conquista que acabava de fazer, e não perdia a tranquilidade. Ceilcour a tomava a título de amante? O prazer de humilhar vinte rivais era um gozo delicioso para seu orgulho... Desposaria-o? Era divino tornar-se a mulher de um homem que possuía oitocentas libras de renda. Assim, para ela, interesse ou vaidade faziam as despesas do amor, mas, apesar disso, seus projetos de resistência não deixavam de estar combinados. Se o duque quisesse apenas uma amante, era essencial fazer com que languisse; quanto mais digno de agradar-lhe ele procurasse ser, mais seus olhos se fixariam sobre ela. Entregando-se de pronto, podia ser questão de dois dias e, em vez de um triunfo, encontraria apenas humilhação. Qual, então, não era a importância de continuar a defender-se bem, supondo que Ceilcour tivesse por finalidade o casamento: ele não renunciaria a esse projeto se obtivesse das mãos do amor o que só desejasse ter da união? Era preciso, pois, esclarecê-lo, retê-lo... moderá-lo, se se inflamasse em demasia... reanimá-lo, se escapasse... Assim, a artimanha, a galantaria, a arte e a falsidade deviam ser as armas de que carecia servir-se, enquanto a terna Dolsé, inteiramente entregue à sua candura, só ia mostrar-lhe a verdade... inocência e ternura. Mas a condessa estava só, fazendo todos esses planos: logo veremos se o que uma mulher como ela resolve no silêncio das paixões pode realizar-se mesmo quando se as inflama.

Essa era a situação das coisas, quando o duque, decidido a praticar a primeira parte de sua prova, determina-se a começar pela baronesa. Estavam, então, no mês de junho, época em que a natureza se desenvolve com tanta magnificência. Ceilcour convida a baronesa para passar dois dias numas terras soberbas que ele possuía nos arredores de Paris, onde tinha intenção de seduzi-la através de tudo o que pudesse inventar de mais elegante, e conhecer bastante sua alma nessa primeira aventura, para poder adivinhar de antemão qual seria o efeito da prova a que a submeteria na sequência do desenlace.

Ceilcour, o mais galante, o mais magnífico dos homens e um dos mais ricos, nada poupou para tornar a festa que destinava à Dolsé tão agradável como magnífica. A condessa, que não era dada a viagens, ignorou o projeto. O duque tivera o cuidado de compor a sociedade que destinava à baronesa apenas de mulheres, tão abaixo dela que nenhuma se surpreenderia com o incenso que ele ia oferecer a seus pés; quanto aos homens, o duque estava certo de que... todos iam, pois, curvar-se diante do ídolo sem que disso resultasse algo que pudesse alarmar o amante, nem nada que eclipsasse a amada.

Dolsé chamava-se Irène: um ramalhete oferecido a essa amável viúva no dia de seu aniversário era o pretexto do divertimento preparado.

Ela chega: a uma légua do castelo deixavam a estrada para entrar nas alamedas. Um carro de madrepérola, formando uma espécie de trono recoberto por um dossel verde e ouro, atrelado a seis cervos ornados com flores e fitas, conduzido por um menino representando o amor, esperava a baronesa à beira do caminho. Fora tirada da carruagem e levada ao trono por doze moças, sob o emblema dos jogos e dos risos; cinquenta cavaleiros armados à antiga escoltaram o carro, com lanças em riste, e chegam todos irrompendo os ares.

No átrio do castelo, uma mulher, vestida como nos tempos da cavalaria, escoltada por doze donzelas* e precedida de Ceilcour, vai receber a baronesa ao sair do carro, e a acompanha até a escada. Nosso herói, vestido de cavaleiro, mais belo do que Marte em sua fantasia, e que se teria tomado por Lancelote do Lago, aquela estrela da Távola Redonda, flexionou um joelho diante da baronesa tão logo a viu entrar e a conduziu para dentro.

Aí, tudo está preparado para um daqueles festins que outrora chamavam-se *plenários festivos*; as salas estavam repletas de mesas diversamente arranjadas. Tão logo Dolsé aparece, ouvem-se fanfarras, oboés, flautas, menestréis começam as serenatas; saltimbancos vêm fazer mil gracejos encantadores e as trompas cantam por toda parte os louvores da heroína celebrada. Ela penetra, enfim, com seu cavaleiro, numa última sala onde a esperava a mais deliciosa refeição, servida numa mesa muito baixa, cercada de camas de repouso. As donzelas trazem conchas de ouro contendo os mais doces perfumes para que se lavassem, e seus belos e longos cabelos para que se enxugassem. E cada cavaleiro pega uma senhora para comer no mesmo prato**, e como facilmente se imagina, Ceilcour e Dolsé logo se encontram juntos. À sobremesa, reaparecem os trovadores e tornam a divertir a baronesa com tiradas e improvisos.

---

* Assim chamavam-se as moças que serviam aos grandes. As damas de honra as representaram até o reinado de Luís XIV, mas tendo esse monarca abusado muito dessa espécie de harém, as rainhas conseguiram que não houvesse mais donzelas [pucelles] na corte. (N.A.)
** Era o costume. Vide os romances de cavalaria. (N.A.)

Terminada a refeição, vão a uma arena preparada; é uma imensa planície, cujo longínquo é ornado de soberbos pavilhões; mas a parte destinada aos combates está cercada de anfiteatros recobertos de tapetes verde e ouro. Os arautos armados percorrem o campo, anunciando um torneio no qual *se farão proezas*. Os juízes do campo visitam a arena. Nada iguala a beleza desses preparativos e, principalmente, do efeito: de um lado se veem troféus, que dificilmente se pode fixar devido ao brilho dos raios de sol que refletem de todos os lados; alhures, cavaleiros, a armarem-se e a provocarem-se, uma plateia numerosa, e enquanto os olhos maravilhados não sabem para onde dirigir-se preferencialmente, ressoam no ar, longe da multidão, instrumentos dispersos em cada canto da planície, aos quais se junta o ruído confuso dos aplausos e aclamações.

As mulheres, enquanto isso, enfeitam as grades; a baronesa dá o sinal, e os rivais *na turba** abrem o torneio. Cem cavaleiros de verde e ouro são os tenentes, vestem as cores da baronesa; outros, em igual número, os assaltantes, vestem vermelho e azul: esses partem impetuosamente, dir-se-ia que seus cavalos, não encontrando a terra suficientemente preparada para levá-los ao inimigo, acabam se lançando aos ares. Misturam-se aos tenentes... Os cavaleiros se confundem, os cavalos relincham... as armas se chocam, soterram seus inimigos, outros, em meio ao pó, só são distinguíveis pelos esforços que fazem para evitar a opressão. A essa assustadora desordem misturam-se os ruídos dos tambores, os gritos da assembleia; todos os guerreiros dos quatro cantos do mundo parecem estar reunidos nessa planície para se imortalizar aos olhos de Belona e Marte.

O combate, do qual os verdes saíram vitoriosos, termina para dar lugar às justas regradas.

Cavaleiros de todas as cores, cada um conduzido por sua dama, puxando o corcel do amante com trelas de laços e flores, avançam para atacarem-se uns aos outros, e assim

---
* Expressão consagrada; significa que todos lutavam juntos. (N.A.)

combatem por algumas horas. No final, apresenta-se um herói, vestido de verde, e desafia todos os que aparecem na arena... altivamente anuncia que nada iguala a beleza de Dolsé; cedem ao desafio, e mais de vinte guerreiros por ele soterrados são obrigados a reconhecer o fato, vencidos, aos pés da heroína de Ceilcour, que lhes impõe, a todos, diferentes condições de perdão, aceitas por eles no mesmo instante.

Tendo a primeira parte do espetáculo ocupado o dia inteiro, a Sra. de Dolsé, que ainda não tivera tempo de estar a sós, foi conduzida a seus aposentos, onde Ceilcour pede permissão para buscá-la em uma hora, a fim de mostrar-lhe os jardins à noite. Por um momento essa proposta alarma a ingênua Dolsé.

– Oh! Céu! – diz-lhe Ceilcour. – Então não conheceis as leis da cavalaria? Uma dama em nosso castelo tem a mesma segurança que em sua própria *residência*; honra, amor e decência, eis nossas leis, eis nossas virtudes; quanto mais servimos à beldade que nos inflama, mais o respeito nos prende a seus pés.

Sorrindo para Ceilcour, Dolsé promete acompanhá-lo por todo lugar aonde tiver intenção de levá-la, e vão ambos preparar-se para o segundo ato dessa festa agradável.

Às dez horas da noite, Ceilcour vai buscar o objeto de suas atenções; as conchas de fogo, que iluminavam o caminho pelo qual tinham de seguir, formavam, com diferentes cordões de luz, os nomes entrelaçados dos amantes, em meio aos atributos do Amor: foi assim que chegaram à sala do espetáculo francês, onde os principais atores desse teatro representaram o *Sedutor e Zeneida*. Ao sair da comédia, dirigiram-se a uma outra parte do parque.

Encontram aí uma deliciosa sala de festins, cujo interior é decorado apenas com guirlandas de flores naturais, entrelaçadas por um milhão de velas.

Durante a refeição, aparece um guerreiro montado e armado com todas as peças e desafia um dos cavaleiros que está à mesa; levanta-se este, revestem-no com suas armas;

os combatentes sobem numa esplanada em frente à mesa da ceia, e dão às senhoras o prazer de vê-los baterem-se de três maneiras diferentes. Feito isso, percebe-se que os saltimbancos, trovadores e menestréis estão de volta e, cada qual em sua arte, divertem o círculo até o final da refeição. Tudo se refere à Dolsé: pantomima, verso, música, tudo a canta, tudo a celebra, tudo é análogo a seus gostos, ela é a razão absoluta de tudo.

Longe de ser insensível a tanta delicadeza, seus olhos, cheios de amor e reconhecimento para o cavaleiro, pintam os sentimentos que a agitam...

– Belo senhor – diz-lhe ingenuamente –, se ainda vivêssemos em tempos tão renomados, realmente creio que teríeis escolhido a mim para vossa dama...

– Anjo celeste – responde baixinho Ceilcour –, em qualquer tempo em que tivéssemos vivido, seríamos destinados um ao outro; deixai-me gozar o encanto de crer nisso, enquanto aguardo o de convencer-vos.

Depois da ceia, foram para uma sala diferente, ornada sem exagero, que oferecia, ao natural, as diversas decorações necessárias para duas óperas de Monvel, executadas pela elite dos comediantes italianos perante os olhos do amável autor das duas peças, que, ainda mais honesto em sociedade do que é delicioso nessas inocentes e encantadoras obras, bem quisera encarregar-se dos propósitos e execução dessa festa brilhante.

A aurora vem iluminar o desenlace da segunda peça, e voltam ao castelo.

– Senhora – diz Ceilcour à baronesa ao conduzi-la a seus aposentos –, perdoai-me se não posso conceder-vos senão mui poucas horas de sono, mas os cavaleiros desta festa, animados apenas por vossos olhos, só combatem com ardor quando merecem vossos elogios, e não querem amanhã efetuar a importante conquista da torre dos gigantes, se não estiverem certos de vossa presença... recusar-lhes-eis esse favor? Mais instruído do que eles sobre o que deve pôr fim a essa singular aventura, não devo sequer vos deixar ignorar que vossa presença, sempre tão desejada por toda parte, torna-se, no caso, muito essencial: o cavaleiro de armas negras, furioso gigante da torre que nos desola, ele e os seus, há tantos anos... ele que vez por outra corre até as portas de meu castelo, esse perigoso cavaleiro, enfim, obrigado a ceder à ascendência de sua estrela, perderá a metade de suas forças tão logo tenha visto vossos encantos. Apareci, portanto, bela Dolsé, e que quem vos cerque possa dizer comigo que, fixando para sempre o amor e o prazer nas nossas regiões felizes, a um só tempo lhes tereis devolvido a calma e a tranquilidade.

– Continuarei a acompanhar-vos, cavaleiro – diz a baronesa –, e que essa calma de que acreditai que eu disponho possa encontrar-se com mais certeza nos corações todos, assim como agora reina no meu.

Dois grandes olhos azuis cheios de fogo fixam-se, ao dizer essas palavras, nos de Ceilcour, e levam ao fundo de seu coração traços divinos que nunca se apagarão.

A Sra. de Dolsé deitou-se em estado de grande agitação; tanta delicadeza, atenção, galantaria, da parte de um homem que idolatrava, acabavam por mergulhar seus sentidos numa sorte de delírio que ela nunca antes provara. E como, depois de coisas tão brilhantes, lhe parecesse impossível que aquele que a ocupava unicamente não ardesse no mesmo sentimento, entregou-se sem defesa a uma paixão que só parecia oferecer-lhe delícias e que, no entanto, preparava-lhe muitos males.

Quanto a Ceilcour, firme em seu projeto de provação, qualquer que fosse a profundidade da chaga que acabavam de abrir os ternos olhares de tão bela mulher, resistiu e prometeu a si mesmo, com mais firmeza ainda, nunca entregar-se senão à mais digna de agrilhoá-lo eternamente.

Às nove horas da manhã, clarins, cornes e trombetas chamam às armas os cavaleiros e acordam a baronesa. Demasiado emocionada a ponto de ter passado a noite em claro, logo preparou-se para sair. Desceu, Ceilcour a esperava; cinquenta cavaleiros verdes, armados com todas as peças, logo tomam a frente; a baronesa e Ceilcour os seguem num cabriolé de mesma cor, puxado por doze cavalinhos sardos, também pintados de verde, cujos arreios eram de veludo salpicado de ouro. Mal chegaram à floresta na qual residia o cavaleiro de armas negras, a quase cinco léguas do castelo de Ceilcour, viram-se seis gigantes armados com clavas, montados em enormes cavalos, abatendo com os pés os quatro cavaleiros que galopavam na vanguarda.

Todos param: Ceilcour e sua dama avançam para a frente do destacamento e, de lá, parte um arauto de armas com ordem de perguntar ao gigante da torre negra, um dos que acabavam de aparecer, se ele seria incivil a ponto de recusar a entrada da senhora do Sol em seus Estados, convidando-o para almoçar com o cavaleiro de armas verdes, que tem a honra de servi-la.

Avança o arauto: o cavaleiro negro também se aproxima do limite do bosque. Seu porte, sua clava, cavalo, figura, gestos... tudo se impõe, é tudo assustador. A entrevista ocorre perante os olhos das duas partes, e o arauto volta para dizer que nada pode dobrar *Catchukricacambos*.

– Os traços luminosos da senhora do Sol – disse ele – já tiraram metade do meu poder. Já posso sentir, nada resiste à potência de seus olhos; mas o que resta de minha liberdade é-me demasiado caro para que eu consinta em perdê-la desse modo. Ide, pois, dizer àquela dama que nada terá de mim a não ser através da força, e certificai-a de que combaterei com tanto ardor os guerreiros que a acompanham, que evitarei olhares... dos quais um só raio bastaria para aprisionar-me a seus pés.

– Ao combate... ao combate, meus amigos! – exclama Ceilcour, saltando sobre um cavalo soberbo. – E vós, senhora, acompanhai-nos de perto, posto que vossos olhos devem garantir nossa vitória. Com um inimigo tão poderoso como este que vamos combater, é bom empregar força e astúcia a um só tempo.

Avançam; os gigantes multiplicam-se; vê-se saírem de todos os cantos da floresta. Os cavaleiros verdes dividem-se para ficar em condições de enfrentá-los todos; batem nos flancos de seus fogosos cavalos, sabem diminuir a ascendência de seus inimigos pela diligência e leveza, e lhes dirigem golpes que não podem evitar atingir pessoas que não compreendem seu porte e o peso de suas armas. A heroína acompanha de perto os que combatem por ela; o que seus ferros poupam, seus belos olhos destroem... Tudo se dobra... tudo se retira em desordem; os vencedores jogam os vencidos no ponto mais denso do bosque, e, enfim, chegam perto de uma clareira, no meio da qual se situa o castelo de *Catchukricacambos*.

Era um amplo e alto pavilhão, flanqueado por quatro torres de um mármore negro como azeviche. Nos muros, viam-se, simetricamente arranjados, algarismos e troféus de armas de prata. Um fosso cercava o edifício, onde só se podia penetrar por uma ponte levadiça. Tão logo os anões negros que guarneciam o alto das torres perceberam o cabriolé da dama do Sol, provocaram sobre ela uma chuva de flechinhas de ébano, em cujas pontas havia grandes ramalhetes. Em dez minutos, Dolsé, seu carro, cavalos e mais de quatro toesas ao redor dela, estavam cobertos de rosas, jasmins, lilases, junquilhos, cravos e tuberosas... mal se pode vê-la sob esse mundo de flores.

Não se via mais, contudo, um único inimigo, todos entraram no castelo, cujas portas se abrem no mesmo momento. Então, Ceilcour chega, conduzindo um preso com uma fita verde, o cavaleiro de armas negras, que não tarda a ser visto ao lado da baronesa, se precipita a seus pés e, em voz alta, reconhece-se seu escravo. Ele lhe suplica honrar a morada com sua presença, e entram todos, vencedores, vencidos, todos entram no castelo ao som de címbalos e clarinetas.

Tendo chegado ao pátio interno, a baronesa desce e vai a salas magnificamente decoradas, onde a recebem sessenta mulheres que se inclinam, esposas dos cavaleiros vencidos, e que parecem ter mais de oito pés de altura. Cada uma delas segurava um cesto com os mais belos presentes, simples, embora singulares e raros, a fim de adequar-se à delicadeza de Dolsé, que não teria aceitado joias valiosas; eram flores e frutas naturais da mais bela e rara espécie, de toda parte do mundo. Roupas de mulher, também de diferentes gêneros, de todos os países possíveis, uma imensidão de fitas de todas as cores, pastilhas, geleias, trinta caixas de essências, pomadas e flores de Itália, as mais soberbas rendas, flechas e aljavas de selvagens, alguma antiguidade, vasos gregos mui preciosos, ramalhetes de plumas de todos os pássaros da Terra, sessenta perucas de mulher, à nossa moda ou à das outras nações do mundo, quinze diferentes espécies de peles e mais de trinta casais de animaizinhos raros de surpreendente beleza, dentre os quais viam-se rolas amarelas e lilases de China, acima de qualquer elogio, três serviços completos de porcelanas estrangeiras e dois de França, caixas de mirra, azebre e vários outros perfumes de Arábia, dentre os quais o nardo, que os israelitas só queimavam diante da arca do Senhor, uma bela coleção de pedras preciosas, caixas de canela, açafrão, baunilha, café, em suas mais raras e certamente indígenas espécies, cem libras de velas cor-de-rosa, quatro conjuntos de mobília completos, um de cetim verde bordado a ouro, um de damasco tricolor, um de veludo, o quarto de Pequim, seis tapetes de Pérsia e um palanquim das Índias.

Logo depois de a baronesa ter visto tudo, os gigantes arranjaram esses objetos simetricamente num anfiteatro preparado na sala de festim. Então o cavaleiro de armas negras aproxima-se e, flexionando o joelho diante de Dolsé, suplica-lhe que aceite os dons, garantindo-lhe que são as leis da guerra, e que os teria exigido do inimigo se tivesse sido bastante feliz para vencê-lo. Dolsé cora... quer recusá-los;

lança a seu cavaleiro olhares nos quais, ao mesmo tempo, reinam a gratidão e muito amor... Ceilcour aperta as mãos dessa mulher encantadora, cobre-as com lágrimas e beijos; pede-lhe que não o aflija a ponto de desprezar bagatelas de tão pouca monta; lágrimas involuntárias correm dos belos olhos, e Ceilcour excita-se cada vez mais. A baronesa não tem forças para dizer que sim... mas sua gratidão o exprime, e o satisfaz.

Outras arquibancadas, em frente àquelas onde estão expostos os presentes, logo se enchem de gigantes vencidos. *Catchukricacambos* pede à baronesa permissão para executar algumas peças de música de sua composição.

– Desprovida de harmonia, senhora – acrescenta –, esta arte sublime não pode ser exercida em nossas florestas como no seio de vossas cidades brilhantes, mas dar-lhes-eis sinal para calarem-se se vos desagradarem.

E no mesmo instante ouviu-se a abertura de *Ifigênia*, executada com grande precisão, pois os que tocam aqui são os mesmos que a executam na Ópera.

Sentam-se à mesa ao som dessa música deliciosa, que varia seus trechos, e é ouvida pelos maiores mestres da Europa. Os anões negros e os gigantes são os únicos a servirem a refeição, para a qual admitem-se apenas os cavaleiros vencedores e alguma mulher do cortejo da baronesa. A magnificência, a delicadeza e o luxo presidem todos os serviços, e *Catchukricacambos*, a quem permitiram que fizesse as honras, desempenhou a função com igual graça e elegância.

Ao sair da mesa, o nobre gigante pergunta à baronesa se uma pequena caçada na floresta poderia dar-lhe alguma satisfação. Levada de prazer em prazer, crendo-se num novo mundo, tudo aceita com semblante de alegria. Os vencedores misturam-se aos vencidos e a senhora do Sol é colocada num trono de flores, transportada para um outeiro que domina todas as trilhas da floresta que terminam no castelo de mármore negro.

Mal fora colocada aí, mais de sessenta servas brancas, ornadas com grandes laços cor-de-rosa, que parecem seguir os caçadores, reúnem-se a seus pés, para onde os batedores as arrastam por meio de tranças de violeta.

Cai a noite... soam as trombetas o toque da partida; todos os cavaleiros, amigos ou inimigos, vindos da caçada, parecem esperar apenas as ordens de seu chefe. Ceilcour oferece a mão à senhora para ajudá-la a subir no belo cabriolé que a trouxera. No mesmo instante, abrem-se, com estrondo, as portas do castelo negro: um imenso carro dele sai; é uma espécie de teatro ambulante, puxado por doze soberbos cavalos, no qual estão arranjados, em forma de decoração, todos os dons feitos à senhora do Sol; quatro das mais belas gigantes prisioneiras são atreladas aos quatro cantos do carro com guirlandas de rosas; essa máquina soberba vai à frente.

Dispunham-se a segui-la, quando Ceilcour roga à baronesa que volte mais uma vez seus olhos para o castelo do gigante que acabara de oferecer-lhe o jantar... Ela olha: o edifício já foi quase todo consumido pelo fogo; do alto das janelas, da esplanada das torres, precipita-se, aos grupos, em meio às chamas, aquela incontável quantidade de negrinhos que se viu servindo a refeição; pedem socorro, dão gritos que, misturando-se aos silvos dos turbilhões em brasa, tornam o espetáculo tão majestoso como imponente. A baronesa assusta-se; sua alma doce e compassiva nada pode sofrer do que parece afligir seus semelhantes: seu amante a tranquiliza; prova-lhe que tudo o que está a ver é apenas artifício e decoração... Ela se acalma; o edifício está em cinzas, e correm para o castelo.

Tudo está preparado para um baile. Ceilcour o abre com Dolsé e sucedem-se as danças, ao som dos mais variados e agradáveis instrumentos.

Mas que golpe imprevisto parece perturbar a festa? Eram mais ou menos dez horas da noite quando apareceu um cavaleiro alarmado. *Catchukricacambos*, disse ele, para vingar-se do tratamento que recebeu, dos impostos levantados contra ele e do incêndio de seu castelo, estava chegando à frente de numeroso exército para aniquilar o cavaleiro de armas verdes, sua amante e seus domínios.

– Vamos, senhora! – exclama Ceilcour, oferecendo a mão à Dolsé. Vejamos o que se passa antes de nos assustarmos.

Deixam o baile em tumulto, chegam à entrada dos canteiros e logo se percebe, ao longe, cinquenta carros de fogo, todos atrelados a animais do mesmo elemento, cujas formas são extraordinárias. Essa formidável legião avança majestosamente... Quando está a cem passos dos espectadores, de cada um dos carros mágicos parte uma nuvem de bombas, que provocam, com brilho, uma chuva de marcassitas, formando, ao cair, os nomes de Ceilcour e Dolsé.

– Eis um inimigo galante – diz a baronesa –, não mais o temo.

O fogo, no entanto, não cessa; enormes massas de foguetes e gravetos sucedem-se rapidamente; o ar está em chamas. Nesse momento, vê-se a Discórdia descer no meio dos carros; divide-os com suas serpentes; eles se separam... ganham campo e dão o sublime espetáculo de um carrossel... executado pelas armas de fogo. Insensivelmente esses carros viram, quebram-se; outros trinta, arrancados do chão por grifos e águias monstruosas, impetuosamente vão para os ares, onde brilham a uma distância superior a cinco toesas; cem grupos de Amores saem de suas ruínas segurando guirlandas de estrelas, pairam serenamente no terraço onde está a baronesa e aí permanecem por mais de dez minutos, suspensos sobre sua cabeça, indicando o parque inteiro com um tom de luz tão vivo que o próprio astro enterneceu-se; uma música das mais doces é ouvida, e esse artifício majestoso, sustentado pelos encantos da harmonia, seduz a imaginação a tal ponto que é impossível não crer nos campos de Elísios ou naquele paraíso voluptuoso que Maomé nos prometeu.

Uma escuridão profunda sucede-se aos fogos brilhantes; entram. Ceilcour, contudo, que acredita estar na hora de iniciar a primeira parte da prova que destina à amante, docemente a conduz para um bosque de flores, no qual assentos de relva os recebem.

– Muito bem! bela Dolsé – diz-lhe –, tive êxito em dissipar-vos por um momento, e não devo eu temer que vos arrependereis da complacência que tivestes em vir entediar-vos por dois dias no campo?

– Posso eu tomar essa questão por coisa diferente de sarcasmo? – diz Dolsé. – Não devo zangar-me por ver-vos empregar um tom diverso do da sinceridade? Fizestes extravagâncias, e por isso eu deveria ralhar convosco.

– Se o único ser que amo no mundo pôde gozar um instante de prazer, o que fiz, então, pode ser tratado como estais a dizer?

– Nada se imaginou de mais galante, mas essa profusão desagradou-me.

– E o sentimento que inspirou-me tudo isso, também vos zanga?

– Quereis adivinhar meu coração?

– Eu desejaria muito mais, gostaria de nele reinar.

– Pelo menos ficai certo de que ninguém poderia ter mais direito.

– Significa inflamar a esperança ao lado da incerteza, e perturbar os encantos todos da primeira pelos horríveis tormentos da outra.

– Não serei eu a mais infeliz das mulheres se acreditar no sentimento que tentais pintar?

– E eu, o mais infeliz dos homens, se não vier a inspirá-la em vós.

– Oh! Ceilcour, quereis fazer com que eu chore por toda a vida a felicidade de vos ter conhecido!

– Gostaria eu de fazer com que a amásseis, gostaria eu que esse instante de que falais fosse tão precioso para vós como estão em meu coração aqueles sentimentos que o amor fixou em mim, de modo a estar sempre a vossos pés.

E Dolsé, vertendo alguma lágrima:

– Não conhecêsseis minha sensibilidade, Ceilcour... Não, não a conhecêsseis... Ah! Não conseguireis perder minha razão, se não estais certo de merecer meu coração... não sabeis quanto me custaria uma infidelidade... consideremos tudo o que passou como palavras triviais... como prazeres que pintam vosso gosto e vossa delicadeza, pelos quais sou tão grata quanto possível, mas não vamos adiante; prefiro, para minha tranquilidade, ver-vos como o mais amável dos homens, do que um dia ser obrigada a ver-vos como o mais cruel. Minha liberdade é-me cara, nunca sua perda custou-me lágrimas, e eu verteria alguma bem amarga se fôsseis apenas um sedutor.

– Como são injuriosos vossos temores, Dolsé, como é terrível para mim que os vejais, quando tudo fiz para aniquilá-los!... Ah! Estou sentindo, esses desvios foram feitos apenas para instruir-me de meu destino... É preciso que eu renuncie a passar para vossa alma o fogo que devora a minha... cumpre que eu encontre a infelicidade de minha vida, para a qual desejava a felicidade... e vós... vós, cruel, é quem tereis destruído a doçura de meus dias!

A escuridão não permitiu a Ceilcour ver o estado de sua bela amante, mas ela estava coberta de lágrimas... soluços entrecortavam sua respiração... Ela quer levantar-se e sair do bosque. Ceilcour a detém e a obriga a sentar-se:

– Não... não – diz ele –, não fugireis sem que eu saiba a que apegar-me... Dizei-me o que devo esperar; dai-me a vida ou enterrai agora um punhal em meu peito... Mercerei eu um dia algum sentimento de vossa parte, Dolsé? Ou é preciso que eu decida morrer pelo desprezo de não ter conseguido enternecer-vos?

– Deixai-me, deixai-me, eu vos rogo, não arrancai de mim uma confissão que nada mais trará para vossa felicidade e que prejudicará inteiramente a minha.

– Oh! Justo céu! Então é assim que devo ser tratado por vós?... Compreendo-vos, senhora... Sim, pronunciais minha prisão... esclareceis minha horrível sorte... Muito bem! Sou eu quem vos deixo... poupar-vos do horror de permanecer por mais tempo com um homem que odiais.

E, pronunciando essas palavras, Ceilcour se levanta.

– Eu, odiar-vos? – diz Dolsé, retendo-o. – Oh! Sabeis o contrário... Se assim quereis... Muito bem, sim... eu vos amo... Está dita a palavra que tanto me custava... Mas se abusardes disso para fazer meu tormento... se amardes outra... atirar-me-eis no túmulo.

– Este é o momento mais doce de minha vida! – diz Ceilcour, cobrindo de beijos as mãos da amante. – Enfim ouvi essa palavra lisonjeira que fará toda a alegria de minha vida!... – e apertando as mãos que levou ao coração: – Ó vós que adorarei até meu último suspiro – prossegue com veemência –, se é verdade que pude inspirar-vos alguma coisa, por que hesitaste em convencer-me?... Por que deixar para outros instantes a possibilidade de se tornar feliz?... Este asilo solitário... o silêncio profundo que reina à nossa volta... este sentimento que nos queima... Ó Dolsé!... Dolsé! Só há um instante para desfrutar, não o deixemos escapar.

E Ceilcour, dizendo essas palavras nas quais se pinta o ardor da mais viva paixão, aperta forte em seus braços o objeto de sua idolatria... Mas a baronesa se esquiva:

– Homem perigoso! – exclama. – Eu bem sabia que querias enganar-me... Deixa-me ir, pérfido... Ah! Não és mais digno de mim...

E depois, continuando com furor:

– Eis a promessa de amor e respeito... eis a recompensa da confissão que arrancaste de mim... Foi para satisfazer um desejo que me julgaste digna de ti!... Como me desprezaste, cruel! Então eu não deveria esperar ser vista por Ceilcour senão sob este aspecto insultante?... Vai procurar mulheres bastantes vis para que de ti só queiram prazeres, e deixa-me chorar o orgulho que eu dispusera para possuir teu coração.

– Criatura angélica! – diz Ceilcour, caindo aos pés dessa mulher celeste... – Não, não chorai pela posse deste coração ao qual vos dignais a atribuir algum valor! Ele é vosso... para sempre vosso... nele reinareis despoticamente. Perdoai por um instante esse erro à violência de minha paixão... Esse crime é vosso, Dolsé, é obra de vossos encantos, seria uma injustiça terrível querer punir-me por ele. Esquecei-o... esquecei-o, senhora... É vosso amante quem vos pede.

– Voltemos, Ceilcour... Fizestes-me sentir minha imprudência... Eu não pensava correr perigo ao vosso lado... Tendes razão, a culpa é minha...

E continuando a tentar sair do bosque:

– Então quereis ver-me expirar diante de vossos pés? – diz Ceilcour. – Não, partiremos quando tiverdes me perdoado.

– Oh! Senhor, como posso desculpar a ação mais capaz de provar-me vossa indiferença?

– Essa ação devia-se apenas ao excesso de meu amor.

– Não se avilta quem se ama.

– Perdoai o delírio de meus sentidos.

– Levantai-vos, Ceilcour, não serei mais punida do que vós se for preciso que eu deixe de amar-vos... Muito bem, eu vos perdoo, contudo, não me ultrajai mais, não humilhai aquela de quem esperais, como dissestes, vossa felicidade. Quando se tem tanta delicadeza no espírito, pode-se ter falta dela no coração?... Se é verdade que me amais como vos amo, podeis querer sacrificar-me à fantasia de um momento? Como me olharíeis agora, se eu tivesse satisfeito vossos desejos! Como eu me desprezaria se essa fraqueza tivesse aviltado minha alma!

– Mas não me detestareis, Dolsé, por ter sido seduzido por vossos atrativos?... Não me odiareis por ter um instante escutado do amor senão seu ardor e embriaguez? Ah! Que eu ouça mais uma vez o perdão a que aspiro.

– Vinde, vinde, Ceilcour – diz a baronesa, levando o amante para o castelo –, eu vos perdoo... Mas será mais profundo o perdão quando estivermos longe do perigo. Afastemos tudo o que pode trazê-lo de novo, e já que somos ambos bastante culpados... vós, por ter conhecido mal o amor, eu, por tê-lo presumido em demasia, ocultemo-lo para sempre de tudo o que poderia multiplicar nossos erros, facilitando a recaída.

Voltaram ao baile; um pouco antes de entrar, Dolsé pegou a mão de Ceilcour.

– Meu caro amigo – diz-lhe –, ei-nos agora perdoados de boa-fé... Não me acusai de carolice ou severidade; realmente aspiro a vosso coração, e minha fraqueza fez com que eu o perdesse... Ainda me pertence por inteiro?

– Ó Dolsé! sois a mais prudente... a mais delicada das mulheres, e sempre sereis a mais adorada.

Só pensaram no prazer... Ceilcour, encantado com sua operação, diz a si mesmo, no auge da alegria: – Eis a mulher que me convém, é esta que deve fazer minha felicidade. A segunda e nova prova a que devo submetê-la torna-se quase inútil com uma alma como essa; não deve existir na Terra uma única virtude que não se encontre no coração de minha Dolsé; ele deve ser o asilo de todas... Imagem do céu, ele deve ser tão puro como ele. Mas não nos ofusquemos – prossegue –, prometi afastar qualquer prevenção... A condessa de Nelmours é estouvada, lépida, jovial, tem encantos como Dolsé, e sua alma é, talvez, tão bela... Tentemos.

A baronesa partiu ao fim do baile. Ceilcour, que a conduziu em pessoa até o fim de suas alamedas, num coche puxado por seis cavalos, fez com que repetisse seu perdão, jurou-lhe mil vezes adorá-la para sempre e separou-se dessa mulher encantadora, tão certo de seu amor como de sua virtude e da delicadeza de sua alma.

Os presentes que a baronesa recebera em casa do cavaleiro de armas negras a precederam, sem que ela soubesse; quando chegou, encontrou sua casa decorada.

– Oh! – exclamou ao ver os dons. – Quantos momentos lisonjeiros esta visão far-me-á incessantemente recordar, se ele me ama tão sinceramente como creio! Mas quanto estes presentes funestos dilacerarão meu coração se forem apenas os frutos da leviandade daquele homem encantador, ou simples efeitos de sua galantaria.

O primeiro cuidado de Ceilcour, ao voltar a Paris, foi ir à casa da condessa de Nelmours. Ignorava se ela tomara conhecimento da festa que acabava de dar para Dolsé e, no caso de dela ter sido instruída, está muito curioso para saber o que teria produzido esse procedimento numa alma tão altiva.

Acabavam de contar-lhe tudo. Ceilcour é recebido friamente; perguntam-lhe como é possível deixar o campo, onde se desfrutam tão deliciosos prazeres. Ceilcour responde que não imagina como um gracejo de sociedade... um ramalhete dado a uma amiga pode causar tanto alarde.

– Persuadi-vos, pois, bela condessa – continua –, de que se eu quisesse dar uma festa, como pretendeis, só a vós ousaria propô-la.

– Pelo menos não voltaríeis coberto de um ridículo semelhante ao que acabais de vos entregar, tomando uma carolinha que não se vê em parte alguma por senhora de vossos pensamentos, a qual, provavelmente, isola-se assim somente para ocupar-se de modo mais romanesco de seu belo cavaleiro.

– É verdade, sinto meus erros – responde Ceilcour –, mas infelizmente só conheço um modo de repará-los.

– E qual é?

– Seria preciso que vos prestásseis a ele... mas nunca consentiríeis.

– E o que posso fazer neste caso, por favor?

– Escutai antes de zangar-vos. Um ramalhete para a baronesa de Dolsé é ridículo, concordo, e não vejo, como meio de compensá-lo, senão uma festa para a condessa de Nelmours.

– Eu, tornar-me o macaco daquela mulherzinha! Deixar que atirem flores ao meu nariz, num espetáculo!... Oh! Heis de convir que, se eu apagasse vossos erros com isso, só os conferiria a mim mesma, e não tenho nem o desejo de partilhar de vossas loucuras arriscando minha reputação, nem a intenção de ocultar vossas inconsequências cobrindo-me de ridículo.

– Entretanto é sobejamente sabido que há um imenso ridículo em dar flores a uma mulher.

– Então tendes aquela mulher?... Na verdade, felicito-vos, fazeis um belíssimo casal... Dir-me-eis, pelo menos... deveis dizer... não sabeis quanto interesso-me por vossos prazeres?... Quem poderia pensar há seis meses, que alguém teria aquela criaturinha... com um corpo de boneca... olhos bastantes bonitos, se quiserdes, mas que nada significam... ares de pudor... que me excederiam se eu fosse homem... e não mais formada do que se tivesse saído de um convento. Porque aquela mulher leu algum romance, imagina ter filosofia, e logo dever seguir a mesma carreira que nós. Ah! Nada é tão divertido... Deixai-me rir à vontade, eu vos peço... Mas não me digais que isso vos deu trabalho... Vinte e quatro horas... aposto. Ah! Ceilcour, excelente história! Quero divertir Paris, penso que o universo admira vossa escolha e vosso gosto pelas festas... pois, zombarias à parte, dizem que foi de uma elegância... Assim, fazei-me, pois, a graça de lançar vossos olhos sobre mim para que eu suceda àquela heroína?... Sou digna de uma glória...

– Bela condessa – diz Ceilcour com o maior sangue-frio –, quando esgotardes vosso sarcasmo, tentarei falar-vos com a razão... se for possível.

– Vamos, falai, eu vos escuto, justificai-vos, se ousais.

– Justificar-me?... É preciso errar para se justificar, e o erro que supondes neste caso é impossível, depois dos sentimentos que sabeis que tenho por vós.

– Não conheço nenhum sentimento que tenhais por mim e, que eu saiba, nunca fizestes com que eu visse algum. Se assim fosse, certamente não teríeis dado a festa à Dolsé.

– Senhora, deixai de lado esse gracejo sem consequência; dei um baile e alguma flor à Dolsé, mas só à condessa de Nelmours... só à mulher que mais amo no mundo pretendo dar uma festa...

– Se, com esse projeto de dar festas, tivésseis pelo menos começado por mim!

– Refleti, pois, que se trata de uma questão de calendário: se Santa Irène precede Santa Henriette em três semanas, acaso a culpa é minha? Que importância tem esse frívolo arranjo se é Henriette a única que reina em meu coração, e que ela seja precedida por quem quer que seja?

– Bem sei o que me dissestes, mas como quereis que eu creia?

– É preciso que se conheça pouco ou que se seja desprovida de orgulho para arriscar dizer tudo o que acabais de dizer agora.

– Oh! Devagar! A inconsequência só pertence a vós. Não há um grão de vaidade a menos em mim; ainda não me coloco abaixo de vossa deusa e creio poder ridicularizar ambos, sem fazer com que creiam em minha humildade.

– Então sede justa uma vez na vida. Apreciai as coisas pelo que valem e todos nós ganharemos.

– É que eu tive a loucura de pretender fixar-vos... pus nisso uma sorte de triunfo, cujo aniquilamento me desagradaria... Jurai-me, então, que essa indolentezinha nunca vos inspirou nada.

– É daquele que prendeis que cumpre exigir esse juramento? Não vos perdoo sequer por pensardes isso... Se eu jurasse, seria afetado a ponto de nunca mais vos ver.

– Oh! Eu bem sabia que o patife obrigar-me-ia a pedir desculpas.

– Nem mais uma palavra, há coisas tão fora da verossimilhança...

– É certamente o caso de tudo isso.

– E por que tanto alarde se vos sentis assim?

– Nada quero do que possa ter ares de elevar-vos diante de mim.

– E alguma coisa pode ter êxito nisso?

– O que sei eu! Acaso conhecemos os homens?

– Então não continuai a confundir-me.

– Bem concebo que preferiríeis que eu vos perdoasse.

– Deveis... Vamos, chega de infantilidade, e vinde passar dois dias em minha casa, para saber, com mais certeza do que em Paris, se é verdade que só concebi a ideia de uma festa para outra mulher além de minha querida condessa...

E o hábil personagem, tomando uma mão daquela que está a provar, leva-a a seu coração.

– Cruel – diz-lhe, arrebatado –, quando vossa imagem está gravada aqui, para nunca ser apagada, supondes que eu possa abalar vosso império?

– Vamos, não falemos mais disso... Mas para prometer-vos dois dias...

– Conto com eles.

– Na verdade, seria uma loucura.

– A cometereis.

– Vamos, então: vossa ascendência sobre mim leva-me a isso, sempre triunfareis.

– Sempre?

– Oh! Não genericamente, há certos limites que nunca transporei... se acreditasse que, em tudo isso, houvesse o menor projeto em minha razão, certamente eu recusaria.

– Não, não, essa razão severa será respeitada... Se eu devesse perdê-la em algum ponto, os propósitos que tenho para convosco aliar-se-iam à sedução? Engana-se uma mulher que se despreza... de quem se quer prazeres de um momento, para dela não se ocupar nunca mais, tão logo tenham sido desfrutados. Mas que diferença de natureza há nos procedimentos empregados com aquela que se ama, de quem se espera a felicidade de sua vida!

– Agrada-me ver em vós um pouco de prudência... Se assim quereis, irei ver-vos... mas nada de fausto, que seja por essa diferença que se reconheça a que existe entre minha rival e eu; pelo menos quero que se diga que agistes com aquela criaturinha como com uma mulher para a qual se faz cerimônia, e comigo, como com a mais sincera amiga de vosso coração.

– Acreditai – diz Ceilcour esquivando-se – que vossos únicos desejos serão a regra de minha conduta... Que eu trabalhe um pouco por mim nessa festa, cuja homenagem vos dignais a aceitar, e que seria muito difícil eu não me satisfazer, vendo nesses olhos encantadores o prazer de despertar o amor e ao lado dele reinar.

Ceilcour mandou preparar tudo; nesse intervalo de tempo viu a condessa duas ou três vezes, a fim de que nada pudesse esfriar as resoluções que tomara. Fez também duas visitas secretas à Dolsé, que não parou de falar de sua chama; então, ele pôde convencer-se mais do que nunca da delicadeza dos sentimentos dessa mulher sensível e, sobretudo, distinguir quão dolorosa seria sua aflição se soubesse que infelizmente a enganariam. Com o maior cuidado, omitiu-lhe por inteiro a festa planejada para Nelmours, e, de resto, entregou-se plenamente a seu destino e às circunstâncias. Quando temos intenção de decidir, e *poderosos motivos* a isso nos determinam, é preciso, depois de ter feito o possível para evitar escândalos, entregar-se sem temor às consequências inevitáveis de um projeto, cujas maiores preocupações perturbariam, talvez, a realização, e, consequentemente, prejudicariam nossos propósitos.

Dia 20 de julho, véspera da festa da Sra. de Nelmours. Bem cedo essa mulher encantadora parte rumo ao castelo; ao meio-dia chega à entrada das alamedas; dois gênios a recebem em seu coche; pedem para que se detenha por um instante.

– Não vos esperavam hoje, senhora, nos Estados do príncipe Oromasis – disse um deles –, muito ocupado com uma paixão que o devora, veio retirar-se aqui para gemer livremente; em razão desses projetos de solidão, mandou revirar todos os caminhos que levam a seu império.

Com efeito, lançando o olhar sobre uma imensa alameda que se apresenta à condessa, ela só vê árvores inteiramente desfolhadas, um aspecto árido e deserto... Um caminho cheio de falhas, que a cada passo oferece barrancos e precipícios. Foi, por um momento, vítima do gracejo.

– Oh! Eu sabia – ela diz – que só lhe viriam coisas ridículas à cabeça. Se é assim que ele tem necessidade de receber-me, deixo-o com sua galantaria e volto.

– Mas, senhora – diz um dos gênios, retendo-a –, sabeis que o príncipe só tem de dizer uma palavra para mudar a face do universo no mesmo instante: aguardai que o instruam e logo ele dará ordens para facilitar vossa chegada à sua casa.

– E enquanto espero, o que quereis que eu faça?

– Oh! Senhora, acaso é preciso um século para instruir o príncipe?

O gênio sacode sua varinha, um silfo salta de trás de uma árvore, atravessa o ar rapidamente, e volta com maior velocidade ainda. Mal chegara ao coche da condessa, para avisá-la que está livre para descer, parte com a mesma prontidão e, no segundo trajeto, tudo vai mudando à medida em que corta o ar. Essa alameda agreste, isolada, destruída, na qual não se percebia uma só alma, de repente repleta de mais de três mil pessoas, oferece aos olhos da condessa a decoração de uma feira soberba, ornada de quatrocentas bancas de cada lado da aleia, com toda sorte de joias e objetos da moda. Moças encantadoras e vestidas de modo pitoresco estavam à frente das bancas e anunciavam as mercadorias. Os ramos de árvores, há um instante nus e despojados, agora sucumbem ao peso de guirlandas de flores e frutas de que estão carregados, e essa trilha, há pouco defeituosa, é, agora, um tapete verde que se percorre no meio de uma floresta de roseiras, lilases e jasmins.

– Na verdade, vosso príncipe é um louco – diz a condessa aos dois gênios que a acompanham. Mas, pronunciando essas palavras, ela muda de cor, e fica fácil discernir nos traços de sua fisionomia como está orgulhosa e lisonjeada pelas atenções que fazem para surpreendê-la e interessá-la. Ela avança:

– Princesa – diz um dos gênios que a guiam –, todas essas bagatelas, frivolidades que vossos olhos mais brilhantes do que a luz podem perceber nas bancas, vos são oferecidas. Suplicamo-vos que escolheis bem, e tudo o que vossos dedos de alabastro terão se dignado a tocar, esta noite encontrar-se-á nos aposentos que vos foram destinados.

– Isto é mui honesto – responde a condessa. – Sei quão irritaria o senhor destas terras se recusasse esta galantaria, mas serei discreta.

E, avançando nas alamedas, percorre, ora à direita, ora à esquerda, as bancas que lhe parecem mais elegantes. Toca poucas coisas, mas deseja muitas. Como estava sendo escrupulosamente observada, e não perdiam nenhum de seus gestos nem olhares, marcam com igual exatidão o que ela indica e o que deseja. Observam até que ela elogia a beleza de alguma mulher que oferece joias... E logo se verá de que modo Ceilcour satisfaz seus menores desejos.

A trinta passos do castelo, nossa heroína vê seu amante chegar sob o emblema do gênio do Ar, seguido de trinta outros gênios que parecem formar sua corte.

– Senhora – diz Oromasis (querer-se-á reconhecer Ceilcour por este nome) –, eu estava longe de esperar a honra que dignais a fazer-me: ter-me-íeis visto correr ao vosso encontro se tivesse previsto este favor; permiti-me – continua, inclinando-se – beijar a poeira de vossos pés e abaixar-me diante da divindade que preside o céu e regula os movimentos da terra.

Ao mesmo tempo, o gênio e tudo o que o cerca se prosternam, com o rosto na areia, até que a condessa faça o gesto que os ordena a erguerem-se; então todos entram no castelo.

Mal chegara ao vestíbulo, a Fada Poderosa, protetora dos domínios de Oromasis, respeitosamente vem saudar a condessa: era uma mulher grande, de mais ou menos quarenta anos, muito bonita, majestosamente vestida, cujo aspecto afável só pressagiava coisas lisonjeiras.

– Senhora – diz ela à deusa do dia –, o gênio que vindes visitar é meu irmão; seu poder, que não é extenso como o meu, não lhe permitiria receber-vos como mereceis, se eu não o ajudasse em suas intenções. Uma mulher confia mais em uma pessoa de seu sexo; permiti, pois, que eu vos acompanhe, e que faça com que todas as ordens que vos aprouver dar sejam obedecidas.

– Amável fada! – responde a condessa. – Só posso ficar encantada com o que estou a ver. Comunicar-vos-ei meus pensamentos todos e a primeira prova de minha confiança é pedir-vos permissão para passar alguns minutos nos aposentos que me foram destinados: faz muito calor, viajei velozmente e gostaria de vestir algo mais fresco.

A fada vai à frente, os homens retiram-se, e a Sra. de Nelmours chega a uma sala mui vasta, na qual logo se apresentam as provas da galantaria de seu amante.

Essa mulher elegante... mesmo em suas fraquezas havia uma mui perdoável a uma bela mulher. Possuindo em sua casa, em Paris, o apartamento mais magnífico e distribuído do mundo, aonde fosse, nunca deixava de lamentar a falta de seu delicioso retiro. Acostumada à sua cama, a seus móveis, interiormente desolava-se quando se tratava de ir para outro lugar. Ceilcour não ignorava isso... A fada avança, bate numa parede da sala onde ambas se encontram; a divisória desmorona e apresenta, ao cair, o apartamento completo de Paris que Nelmours lamentava. Os mesmos ornamentos, as mesmas cores... móveis... mesma distribuição.

– Oh! Quanta delicadeza! – exclama. – Realmente toca-me no fundo da alma.

Ela entra e a fada a deixa com as seis mulheres que ela mais admirou na alameda; estavam destinadas a servi-la. Seu primeiro cuidado foi apresentar cestas, nas quais a condessa encontrou doze tipos de vestimentas completas...

Ela escolhe... despem-na; depois, antes de cobrir-se com os novos vestidos que lhe ofereceram, quatro dessas moças a massageiam, fazem com que repouse à maneira oriental, enquanto as outras duas preparam-lhe um banho, no qual ela descansa por uma hora na água de jasmim e rosa. É paramentada, ao sair, com as magníficas vestes que preferiu... Toca a campainha, a fada vai buscá-la e a conduz a uma sala de soberbo festim.

Um ornamento belíssimo ocupava o centro de uma mesa redonda, deixando o espaço das bordas coberto de flores de laranjeira e folhas de rosas, que subia e descia à vontade. Esse círculo, embora destinado a aparar alimentos, não suportava nenhum; a condessa de Nelmours, uma das parisienses mais entendidas em fazer-se bem servir, só podia ficar contente com o que lhe era servido: a Ceilcour pareceu mais agradável deixá-la pedir o jantar sozinha. Logo que foi convidada a sentar-se, o séquito da condessa, composto de vinte e cinco homens e igual número de mulheres, sentou-se diante dos talheres que reinavam à volta do círculo de flores. Então a condessa leu, num livreto de ouro que lhe foi apresentado pela fada, um cardápio de cem espécies de pratos que sabiam seus preferidos... Mal escolhera, o círculo imergiu, deixando, contudo, à sua volta, uma borda com a mesma forma, onde estavam dispostos os pratos; e o círculo de flores, logo emergindo, vinha carregado de cinquenta pratos da espécie escolhida pela Sra. de Nelmours. Tão logo provara essa iguaria, que talvez a fantasia só lhe desse a visão, escolheu outra, que imediatamente apareceu da mesma maneira e no mesmo número, sem que fosse possível compreender por meio de que arte tudo o que ela desejava chegava tão rapidamente. Abandona a escolha indicada pelo livro, pede outra coisa: obediência e prontidão idênticas.

– Oromasis – diz, então, a condessa ao gênio do Ar –, isto é demasiado singular... Estou em casa de um mágico: deixai-me partir deste lugar perigoso, onde sinto que nem minha razão nem meu coração podem estar em segurança.

– Nada disto se deve a mim, senhora – responde Ceilcour –, essa magia é operada por vossos desejos; ignorai seus poderes; continuai a tentar, todos terão êxito.

Tão logo saíram da mesa, Ceilcour propôs à condessa um passeio em seus jardins. Mal deram trinta passos, encontram-se perto de um magnífico espelho d'água, cujas margens, de tão bem disfarçadas, tornavam impossível ver os confins da imensa bacia: parece um mar. De repente, três naus douradas, cujos cabos são de seda púrpura e as velas de tafetá da mesma cor, bordadas a ouro, surgem na direção do ocidente; três outras chegam do ponto oposto, nas quais tudo o que deve ser de madeira é de prata, e o resto, cor-de--rosa. Esses navios estão prestes a chocar-se e dá-se o sinal de combate.

– Oh! Céus! – exclama a condessa. – Essas naus vão combater... mas por que razão?

– Senhora – responde Oromasis –, vou explicar-vos. Se fosse possível que esses guerreiros pudessem nos ouvir, talvez apaziguaríamos sua querela, mas ei-la ameaçada, seria difícil dobrá-los. O gênio dos Cometas, que comanda as naus de ouro, há um ano viu raptarem de um de seus palácios luminosos sua favorita Azélis, cuja beleza, dizem, é inigualável. O raptor era o gênio da Lua, que vedes à frente da frota de prata; esse gênio transportou sua conquista para o forte que se encontra naquela rocha – prossegue Oromasis, apontando-o –, na crista de uma montanha que atinge as nuvens, uma cidadela inexpugnável: eis onde conserva sua presa, perpetuamente defendida pela frota que ele mantém neste mar e à frente da qual o estais vendo agora. O gênio dos Cometas, no entanto, decidido a fazer qualquer coisa para recuperar Azélis, acaba de chegar nas naus que se vos apresentam, e se ele puder destruir as de seu adversário, apossar-se-á do forte, tirará sua amante e a levará de volta a seu império. Um meio simples, contudo, teria feito com que cessasse a querela: uma ordem do destino condena o gênio da Lua a entregar ao inimigo a beldade que retém, desde que seus olhos se impressionem com uma mulher mais bela do que Azélis. Quem duvida, senhora – prossegue Oromasis –, que vossas graças sejam superiores às daquela jovem? Mostrando-vos ao gênio, liberaríeis, portanto, a infeliz cativa que ele prende a ferros.

– Muito bem – diz a baronesa* –, mas não serei obrigada a tomar seu lugar?

– Sim, senhora, isso é inevitável, mas ele não abusará imediatamente de sua vitória. Um fingimento, tão fácil como hábil, logo o trará a vossos pés. Assim que dominardes o poder do gênio da Lua, será preciso pedir-lhe insistentemente para levar-vos à Ilha dos Diamantes, de que ele é proprietário: ele vos conduzirá; que ele vos acompanhe, é tudo o que eu quero. Somente lá seu poder é subordinado ao meu, e para tirar-vos de seu domínio terei de ir a essa ilha. Assim, senhora, tereis feito uma bela ação libertando Azélis, não tereis corrido risco algum, e voltareis aos meus Estados ainda esta noite.

– Tudo isso me parece muito bom – retoma a condessa –, mas refleti: para operar essa bela ação acaso não cumpre que eu seja mais bonita do que Azélis?

– Ah! teme-se não ser tão bela como Azélis, quando se é mais do que qualquer mulher da Terra! Mas, infelizmente, nem tudo talvez esteja de acordo, e se o gênio dos Cometas vier a triunfar, então vossa generosa ajuda torna-se inútil. As naus estão prestes a encontrar-se, aguardemos o início do combate.

Mal proferira essas palavras, as frotas começaram a trocar tiros de canhão... Por mais de uma hora as partes fazem um fogo infernal... Enfim os navios se reúnem, uma infantaria formidável inunda pontes... Chocam-se, abordam-se, as seis naus fazem um único e mesmo campo, no qual se batem com ardor; mortos parecem cair por todos os lados, o mar está tinto

---

* *Baronne*, no original. Sem dúvida Sade equivocou-se quanto ao título de Nelmours, empregando o de Dolsé. (N.T.)

de sangue, coberto pelos infelizes que nele se precipitam, esperando encontrar nas ondas sua salvação. A vantagem, contudo, é inteira do gênio da Lua, as naus de ouro se desagregam, os mastros caem, as velas se rasgam, e dificilmente ainda resta algum soldado na frota para defendê-la. O gênio dos Cometas só pensa na fuga, procura livrar-se, tem sucesso, e sua frota se separa, mas não mais está em condições de enfrentar o mar. O gênio que a comanda, vendo a morte cercá-lo de toda parte, atira-se num esquife com algum marujo, e a tempo: mal fugira, seus navios, todos pelos ares, em meio à poeira em brasa que o inimigo lhe pusera nos flancos, quebram-se em tristes destroços na superfície agitada da água.

– Este é o mais belo espetáculo que vi em minha vida – diz a condessa, segurando as mãos do amante. – Parece que adivinhastes que a coisa que eu mais desejava ver neste mundo era um combate naval.

– Mas, senhora – responde Oromasis –, acaso estais a perceber aonde isso vos leva? Com a alma generosa que conheço, correreis ao socorro de Azélis, para entregá-la ao príncipe dos Cometas que, como vedes, vem em nossa direção solicitar apoio.

– Oh! Não – diz a condessa, rindo –, não tenho bastante orgulho para empreender semelhante aventura... Pensai na humilhação, se aquela mocinha for mais bela do que eu... Ademais, posso eu empoleirar-me a seiscentas ou setecentas toesas do chão?... Sem vós... com um homem que não conheço... que será, talvez, muito ousado... Podeis responder pelas consequências?

– Oh! Senhora, vossa virtude...

– Minha virtude?... E como quereis, por favor, que se pense nas virtudes deste mundo baixo, quando se está tão perto do céu? E se o gênio vos for semelhante, acreditai que eu possa defender-me?

– Vos são conhecidos os meios de eximir-vos de todos os perigos, senhora. Desejai ver a Ilha dos Diamantes e logo vos tirarei das mãos daquele audacioso.

– Quem vos disse que haverá tempo? Isso tudo requer horas: são precisos apenas seis minutos e um belo gênio para tornar infiel uma amante... Vamos, vamos, aceito... – continua a condessa –, mas fio-me em vós e em vossa amável irmã; não me abandonai e eu ficarei tranquila...

A fada promete segurança; nesse instante chega o gênio vencido, que solicita ainda mais vivamente a bondade da amante de Oromasis... Ela está determinada; faz-se um sinal; a fortaleza responde...

– Ide, senhora, ide – diz Oromasis –, o gênio da Lua acaba de ouvir-me; ele está pronto para receber-vos.

– E como quereis, por favor, que eu chegue ao alto daquela rocha, se um pássaro teria dificuldade de atingir o topo?

Então a fada sacode a varinha... Cordas de seda, que não se tinha percebido, presas à praia... e fortemente fixadas nos muros do forte, esticadas, um carro de porcelana branca atrelado a duas águias negras, desce rapidamente; as águias de frente para o forte parecem prontas para subir. A condessa e duas de suas mulheres são enviadas no carro; o brilho é menos apropriado para atravessar a nuvem do que esse frágil carro o é para conduzir o precioso peso que lhe é confiado até as muralhas do forte.

O gênio aproxima-se para receber a princesa...

– Ó decretos sagrados do destino! – exclama, ao recebê-la. – Eis aquela que me anunciaram... Eis a que vai prender-me para sempre e libertar Azélis. Entrai, senhora, vinde receber minha mão, vinde desfrutar vosso triunfo...

– Vossa mão! – diz a Sra. de Nelmours um tanto assustada... – Realmente, não tenho muita vontade, mas não importa, continuemos, capitularemos em breve.

Abrem-se as portas, e a condessa penetra em deliciosos e pequenos aposentos cujos tetos, paredes e soalhos são de porcelana, ora variada, ora de uma só cor. Não havia um único móvel que não tivesse uma composição diferente.

– Permiti – diz o gênio, deixando sua dama num gabinete de porcelana junquilha –, permiti que eu vá buscar minha cativa... É preciso haver um confronto mais exato para garantir vossa vitória.

O gênio sai.

– Na verdade – diz a condessa, atirando-se num sofá de porcelana guarnecido de almofadas azul pequim –, eis um gênio mui agradavelmente instalado; é impossível ver uma casa mais fresca...

– Mas é preciso tomar cuidado com as quedas, senhora – responde a mulher a quem se dirigiu. – Temo que tudo o que estamos a ver seja apenas artifício, e que seja extremamente arriscado estarmos cá nos ares.

Ao mesmo tempo, as três tateiam as paredes e descobrem que o edifício inteiro no qual se encontram não passa de papel, envernizado com tamanha arte, que ao primeiro relance, realmente, tomar-se-ia tudo aquilo pela mais bela porcelana.

– Oh! Céus! – exclama a Sra. de Nelmours, com agradável terror. – O primeiro vento vai nos derrubar, corremos imenso perigo aqui.

– Mas as precauções foram muito bem tomadas no que se referia à decoração mágica, demasiado cara ao inventor da galantaria para que se temessem riscos.

O gênio retorna. Que imensa surpresa para a condessa!... Aquela que trazem... a mulher cuja beleza será comparada à dela... é Dolsé... aquela rival tão temida, ou antes, digamos mais exatamente e não deixemos o leitor inquieto por mais tempo... a imagem... inteiramente semelhante a Dolsé, uma jovem tão perfeitamente conforme a ela que enganaria a todos.

– E então, senhora! – diz o gênio. – Já que as leis do destino condenam-me a entregar esta prisioneira tão logo uma mulher mais bonita do que ela aparecesse diante de meus olhos, acreditai, agora, que eu possa soltar seus grilhões?

– Senhora – diz a condessa, indo em direção à jovem que continua a tomar por Dolsé –, explicai-me tudo isto, eu vos peço.

– Podeis lamentar-vos – responde a jovem – se esta atitude garante vosso triunfo humilhando-me?... Reinai, princesa, sois digna de reinar, deixai-me sair de vossa presença, deixai-me enterrar minha derrota e humilhação para sempre...

E a mulherzinha desaparece, deixando a condessa na completa ilusão de que aquela que acabava de ver era sua rival, mas sem conseguir entender que estranha fatalidade a teria levado àquelas circunstâncias.

– Estais satisfeita, senhora? – diz, então, o gênio. – Consentireis em dar-me a vossa mão?

– Sim – responde a condessa, prevenida –, mas com a condição de que, antes de se realizarem nossos laços, levar-me-eis para jantar esta noite na Ilha dos Diamantes, e até então percorrerei à vontade vossa singular habitação.

Entram num acordo quanto às condições, e a condessa continua a visitar os aposentos mágicos do gênio da Lua. Enfim, chega a um gabinete pintado em porcelana do Japão, no meio do qual havia uma mesa, onde estava um palácio de diamantes em miniatura. Nelmours os examina, verifica-os.

– Oh! Pelo visto – diz às suas mulheres –, não há fraude semelhante às muralhas desta casa, no entanto, nunca vi nada mais belo. Que joia é esta? – perguntou ao gênio. – Explicai-me, eu vos peço.

– É meu presente de núpcias, senhora, é a representação exata do palácio da ilha, onde pediste para ir jantar esta noite... Dignar-vos-íeis – continua, mostrando-o – a aceitá-lo antecipadamente pelo preço dos favores que espero de vós?

– Ah! – exclama a Sra. de Nelmours. – Estamos indo um tanto depressa! Vossos diamantes são deliciosos, e eu os aceito de todo coração... mas bem queria, confesso, que eles não me comprometessem a nada... Os compromissos repugnam minha delicadeza.

– Muito bem, cruel! – retoma o gênio. – Fazei, pois, tudo o que vos aprouver... Disponde de mim à vontade, aqui tudo vos pertence, meu castelo, joias, móveis, os domínios que percorreremos juntos esta noite, tudo é vosso, e sem compromissos, posto que vos desagradam. Limitar-me-ei a vosso coração e esperarei por disposições que me esforçarei para nele despertar.

De repente a mesa onde está o edifício de diamantes afunda-se no chão e traz, em vez da preciosa joia, frutas cristalizadas de toda espécie. O gênio pede à condessa que vá refrescar-se, ela concorda, mas não sem lamentar amargamente o desaparecimento do palácio em miniatura de pedrarias, cuja visão parecia atraí-la muito.

– Onde está aquela pequena joia? – pergunta, inquieta.
– O quê! E vossas promessas...
– Foram cumpridas – diz o gênio. – Isso que estais a lamentar, senhora, agora orna vossos aposentos.
– Oh! Deus! – exclama nossa heroína depois de um pouco de perturbação e reflexão. – Vejo que é preciso tomar cuidado com o que se diz aqui: os desejos que se demonstra são satisfeitos com uma prontidão que pode acabar assustando-me... Deixemos este lugar mágico, aproximemo-nos um pouco mais do chão, a noite está caindo, talvez a ilha onde vamos jantar seja longe, apressemo-nos para lá chegar.
– E não ficareis espantada, senhora – prossegue o gênio –, pelo modo como vamos deixar esta morada celeste?
– O quê! Não iremos no carro voador que conduziu-me para cá?
– Não, senhora, sabei agora o horror que é meu destino: já que não consentistes em fazer-me feliz nesta morada, não mais me é possível revê-la. Dominado pela influência dos planetas que me cercam, sou por eles obrigado a perder insensivelmente cada parte de meus Estados, na qual passo pelos rigores das mulheres que desejei: a soberba Ilha dos Diamantes, para onde vou levar-vos, também desaparecerá para mim, se estiver determinada a tornar-vos minha mulher.
– Assim, ireis perder este belo castelinho de cartas?
– Sim, senhora, ele vai ser engolido conosco.

– Fazeis-me tremer. Esse modo de viajar é muito perigoso. Eu que nunca ando de coche sem ter medo que vire... Podeis julgar o medo que ireis causar-me.

– A hora nos urge, senhora – diz o gênio –, e não temos um minuto a perder. Dignai-vos a estender-vos neste sofá, cobri-vos ao lado de vossas mulheres com estas cortinas de seda que vos ocultarão o perigo, e, sobretudo, não tenhais medo algum.

Mal proferira essas palavras, e a condessa se cobrira, o som de uma terrível torrente é ouvido, e num piscar de olhos, sem ter experimentado um movimento diferente do sentir-se descer como que por um alçapão... De repente, ela se encontra, ao abrir as cortinas, numa espécie de trono, no convés de um falucho, vagando naquele mesmo mar onde ocorrera o combate. Estava no meio de doze pequenas naus, cujos cordames eram formados apenas por traços de luzes; os mastros, as pontes, os aparelhos, o porão do navio, ofereciam apenas massas de fogo. As remadoras eram jovens de dezesseis anos, dignas de pintar, coroadas com rosas, e simplesmente vestidas com calças cor de carne que, comprimindo seus corpos, agradavelmente desenhavam suas formas todas.

– Muito bem! – exclama o gênio para a condessa, aproximando-se dela respeitosamente. – Estais cansada da viagem?

– Seria difícil fazê-la de modo mais agradável; mas mostrai-me o ponto de onde partimos.

– Ei-lo, senhora – diz o gênio –, embora não reste nenhum vestígio do rochedo, nem do castelo.

Efetivamente, tudo fora destruído a um só tempo, ou melhor, tudo fora artisticamente transformado no falucho encantador que a condessa ocupava.

Enquanto isso os marinheiros remam... as ondas gemem sob seus multiplicados esforços, quando, de repente, uma música encantadora é ouvida nas galeras que vagueiam com a de nossa heroína. Essas orquestras estão dispostas de modo a responder-se mutuamente, à maneira das de Itália, e a música não para durante toda a viagem, mas varia, tanto nas peças executadas como na diferença dos instrumentos. Deste lado, ouvem-se flautas misturadas aos sons de harpas e guitarras; alhures, apenas vozes; aqui, oboés e clarinetas; lá, violas e baixos; e, por toda parte, conjunto e harmonia.

– Esses sons lisonjeiros e melodiosos... esse ruído surdo dos remos que se baixam conforme a cadência... essa calma pura e serena da atmosfera, a multidão de fogos reiterados no gelo das ondas... o silêncio profundo, no qual se ouve apenas o que serve à majestade da cena... tudo seduz e embriaga os sentidos, tudo mergulha a alma numa doce melancolia, imagem daquela volúpia divina que se pinta num mundo melhor.

Enfim entrevê-se a Ilha dos Diamantes, o gênio da Lua apressa-se em fazer com que aquela que conduziu a perceba; é fácil distingui-la, não apenas pelos raios luminosos emitidos por todos os lados, como também, e mais ainda, pelo soberbo edifício que constitui seu centro.

Esse edifício de ordem coríntia é uma rotunda imensa sustentada por colunas semelhantes a diamantes pelos fogos claros que as formam. A cúpula é de um fogo púrpura imitando o topázio e o rubi que, por contrastarem, não poderia ficar melhor com o fogo branco das colunas, imprimindo no edifício inteiro o aspecto do palácio da própria divindade; não se poderia ver nada mais belo.

– Eis, senhora – diz o gênio –, a ilha onde quisestes cear; mas antes de atracarmos, devo confiar-vos meus temores... Estais a ver, não mais encontro-me em meu elemento; o gênio do Ar, que quis enviar-vos a mim, pode vir reclamar-vos nesta ilha, onde, demasiado fraco para ousar combatê-lo, será preciso que eu sofra a dor de vos ceder. Não tenho, portanto, nada além de vosso coração para tranquilizar-me, senhora. Dignai-vos a dizer, pelo menos, que vossos movimentos ser-me-ão favoráveis.

– Atraquemos... atraquemos – diz a Sra. de Nelmours –, que a festa que me preparais seja bela, e depois veremos o que farei por vós.

Ditas essas palavras, chegam à terra junto às margens de uma trilha coberta de flores, iluminada à direita e à esquerda por faíscas de luzes, representando grupos de náiades, de cujas bocas e mamas jorra ao longe água límpida e cristalina. A condessa desce ao ruído dos instrumentos de sua frota, seguida de uma multidão de ninfas, dríades, faunos e sátiros, que saltitam à sua roda; assim ela chega ao palácio dos Diamantes.

No meio da rotunda, tão magnificamente decorada no interior como soberbamente iluminada por fora, aparece uma mesa redonda, posta para cinquenta pessoas, iluminada pelos reflexos de luz que saem do centro da abóbada, sem que se possa ver quem os produz*. O gênio da Lua apresenta um círculo de gênios dos dois sexos à condessa, pedindo-lhe permissão para colocá-los no festim preparado para ela. A condessa concorda e sentam-se à mesa.

Logo que se acomoda, uma música doce e voluptuosa parte do alto da abóbada e, no mesmo instante, vinte jovens sílfides descem dos ares e guarnecem a mesa com tanta arte como prontidão. Ao cabo de dez minutos, outras divindades aéreas retiram o antigo serviço e substituem-no com igual rapidez, parecendo perderem-se ao subir às nuvens, que incessantemente turbilhonam no centro da abóbada e que parecem descer cada vez que é preciso variar as iguarias que transportam, o que foi feito doze vezes durante a refeição.

Mal chegara a fruta, uma música brilhante e guerreira substitui a da ceia...

– Oh! Céu! Estou perdido, senhora – diz o gênio, que acabava de fazer as honras da festa –, meu rival está chegando... Ouço Oromasis, mas não posso defender-me dele.

---

* Seria desejável que os iluminadores de jardins destinados a festas, em Paris, adotassem esse método e, sobretudo, nunca iluminassem por baixo! com esse procedimento ofuscam e não clareiam. Como esperar sucessos, ao afastar-se tanto da natureza? Acaso é de baixo que partem os raios do astro que ilumina o mundo? (N.A.)

Ele fala, o ruído aumenta; Oromasis aparece em meio a uma tropa de silfos, e correndo aos pés da amante:

– Finalmente vos encontro, senhora! – exclama. – E também meu inimigo, vencido sem luta, pois não poderia disputar-vos comigo.

– Poderoso gênio – logo responde a condessa –, nada se iguala ao prazer de rever-vos, mas peço-vos que trateis humanamente vosso rival... Não posso senão louvar sua magnificência e gentileza.

– Que ele fique livre, então, senhora – retoma Oromasis –, destruo os grilhões com que poderia prendê-lo; e que ele desfrute, tão facilmente como eu, a felicidade de ver-vos incessantemente... Mas dignai-vos a seguir-me; novas surpresas vos esperam; corramos ao local onde estão dispostas.

Retomam o caminho da frota, afastam-se da Ilha dos Diamantes e voltam aos Estados do príncipe do Ar. Uma sala de espetáculos soberba, cujo exterior estava magnificamente iluminado, oferecia-se ao desembarque... Aí, a condessa de Nelmours viu os primeiros músicos da Ópera executarem *Armide*. Terminado o espetáculo, a tripulação mais ágil e agradável conduz, enfim, a condessa e seu amante pelas alamedas iluminadas, cheias de dança e festas burguesas.

– Senhora – diz Ceilcour ao conduzir a homenageada a seus aposentos –, iremos deixar-vos: são tantas as aventuras que nos esperam amanhã que, para vencer os perigos que nos reservam, é justo que tenhais alguma hora de tranquilidade.

– O repouso a que me aconselhais será, talvez, um tanto perturbado – diz a condessa –, mas vos ocultarei a causa.

– Acaso posso temê-la, senhora?

– Ah! Sedutor mortal, só para mim ela é temível!

E a Sra. de Nelmours entra nos cômodos encantadores que lhe foram preparados. Aí encontra as mesmas moças que a banharam e serviram ao chegar. Com que profusão de riquezas todas as partes desse apartamento não estavam decoradas! A condessa não via somente os enfeites todos... as joias todas que pela manhã escolhera na feira das alamedas, mas também todas as que desejara... todas aquelas para as quais seu olhar dirigiu-se com um pouco mais de interesse... Ela avança; um cômodo que não se encontrava na planta de sua casa em Paris, de repente, abre-se diante dela: nele está a saleta de estar japonesa que viu em casa do gênio da Terra*, decorado da mesma maneira, tendo, no meio, uma mesa com o pequeno palácio de diamantes.

– Oh! Isto é forte demais! – exclama. – O que Ceilcour está pretendendo?

– Suplicar-vos que aceiteis essas bagatelas, senhora – responde uma das mulheres. São todas vossas; nossas ordens são para logo embalá-las, de modo que, amanhã, quando despertardes, estejam todas em vossa casa.

– Até o palácio de diamantes em miniatura?

– Certamente, senhora, o Sr. de Ceilcour ficaria desoladíssimo se não o aceitásseis.

– Realmente esse homem é louco – diz a galante, deixando-se despir –, é louco, mas encantador. Eu seria a mais ingrata das criaturas se não o recompensasse dessas atitudes com todos os sentimentos que me inspiram...

E a Sra. de Nelmours, mais seduzida do que delicadamente apaixonada, mais lisonjeada do que sensibilizada, adormeceu em meio a sonhos deliciosos produzidos pela felicidade.

Na manhã seguinte, por volta de dez horas, Ceilcour vai perguntar à senhora se repousara o suficiente... se sentia força e coragem para ver o gênio do Fogo, cujos Estados ficavam nos confins dos seus.

– Irei aos confins da Terra, amável gênio – retoma a condessa –, mas não sem algum temor de perder-me, confesso... Mas quem sabe se não preferiria perder-me convosco do que encontrar-me com outro? De resto, explicai-me, por favor, o que fizeram com todos aqueles ornamentos, aquelas joias encantadoras que estavam em meu quarto ontem?

---

* Não seria o gênio da Lua? Novo equívoco de Sade. (N.T.)

– Ignoro, senhora, não cooperei nem para mandar colocá--los em vossos aposentos, nem para mandar tirá-los de lá... Tudo isso deve ser obra do destino, para nada sou livre, e vós o dominais muito mais com vossos desejos do que eu posso submetê-lo a meu poder... Quanto a mim eu lhe imploro, e vossos olhos o escravizam.

– Isso tudo é encantador – retoma a condessa –, mas provavelmente não imaginastes que eu aceitaria presentes de tamanha magnificência; há, entre eles, um pequeno palácio de diamantes que não saiu de minha cabeça a noite inteira e que vale, aposto, mais de um milhão... Bem podeis sentir que não se dá coisas dessa espécie.

– Ignoro absolutamente o que quereis dizer, senhora – diz Ceilcour –, mas parece-me que se ocorresse a um amante oferecer um milhão, por exemplo, àquela que adora, supondo que o retorno esperado dessa mulher idolatrada valesse o dobro a seus olhos, não só a amante deveria recebê-lo sem escrúpulo, mas também veríeis que o amante ainda deveria.

– Eis o cálculo do amor e da delicadeza, meu amigo; entendo-o e responderei como devo... Vamos ver vosso gênio do Fogo... Sim, sim, dissipai-me por meio de alguma chama estranha... a minha poderia levar-me a fazer alguma extravagância, da qual, apesar de toda a vossa galantaria, arrepender-me-ia, talvez, um dia. Partamos.

Um aeróstato dos mais elegantes aguardava a condessa.

– Senhora – diz Oromasis –, o elemento que presido raramente permite-nos viajar de modo diferente dessa espécie de carro; eu fiz com que os homens o conhecessem. Não temei nenhum perigo neste: é dirigido por dois de meus gênios, que farão com que cortem o ar velozmente, e nunca o manterão a mais de doze ou quinze toesas de altura.

Sem medo, a condessa senta-se num sofá encantador, colocado ao longo da balaustrada; o gênio está a seu lado e, percorridas três léguas em menos de seis minutos, o balão pousa numa pequena elevação. Nossos amantes descem no meio de seu séquito, que já se encontrava reunido por lá. *Poderosa* os recebe, e todos fixam os olhos no quadro que deve interessar.

Numa esplanada de mais ou menos seis jeiras, distribuída em anfiteatro, de modo que nenhuma parte da ótica pudesse fugir ao olhos, está uma cidade inteira, ornada de soberbos edifícios; templos, torres, pirâmides elevam-se às nuvens; distinguem-se ruas, muralhas, os jardins que a cercam, e o grande caminho que leva até lá, à beira do qual está o outeiro, onde Ceilcour encontra-se com sua dama. À direita desse ponto, em relação aos espectadores, eleva-se um vulcão que vomita para o céu o fogo alimentado em suas entranhas, e as nuvens, escurecendo o sol, parecem receptar o raio dentro delas.

– Ei-nos às portas dos Estados do gênio que preside o fogo, senhora – diz Oromasis –; contudo, é prudente ficarmos aqui até que ele nos envie um sinal de que é possível entrar em segurança na cidade: é perigosa a permanência aí.

Mal dissera essas palavras, uma salamandra, jogada pelo vulcão, caiu aos pés daquela para quem se prepararam todos esses jogos. E, dirigindo-se a Ceilcour:

– Oromasis, o gênio do Fogo envia-me para prevenir-vos de não entrar na cidade, não lhe enviastes a senhora que está convosco. Ele a viu... ama-a e pretende desposá-la imediatamente. A aliança será rompida se lhe recusardes esse dom; ele vai lançar, sobre vós e o que vos cerca, todo o fogo de que dispõe para obrigar-vos a satisfazê-lo.

– Ide dizer a vosso amo – responde Ceilcour – que antes cedo minha vida, ao invés do que ele está a exigir. Venho vê-lo como amigo... Assim somos, ele sabe quão suas forças são aumentadas pelas minhas, e a utilidade que lhe empresto não me permitiria crer em atitudes dessa sorte... que ele faça o que lhe aprouver: estou protegido de seus raios... Que os lance: gozaremos seus efeitos sem temê-los, e sua cólera terá servido apenas para nossos prazeres. A preponderância que a natureza me deu sobre ele vai mais longe do que pensa, e quando eu rir de sua debilidade far-lhe-ei sentir meu poder supremo...

Depois dessas palavras a salamandra parte... dois minutos bastam para o vulcão engoli-la.

Logo depois o céu se escurece, o clarão sulca a nuvem, turbilhões de cinza e betume saem do seio da montanha e caem, serpenteando, nos edifícios da cidade... alastram-se as lavas... rios de fogo correm pelas ruas todas... ouve-se o trovão... a terra estremece... as chamas vomitadas pelo vulcão, mil vezes mais impetuosas, juntam-se ao fogo do céu e, nos abalos da terra, queimam, destroem, derrubam os edifícios dessa cidade soberba que se vê arrasar por toda a parte... As torres caem em ruínas, templos consomem-se... obeliscos desabam, tudo gela a alma, enche-a de pavor, tudo é a imagem tenebrosa daquelas destruições modernas de Espanha e Itália, nesta circuntância imitadas pela arte, de uma maneira que faz com que estremeçamos...

– Ah! Que sublime horror! – exclama a condessa. – Como a natureza é bela, mesmo nesta desordem! Realmente, isto poderia servir como matéria para reflexões mui filosóficas.

Pouco a pouco, contudo, o horizonte clareia, as nuvens se dissipam imperceptivelmente, a terra se abre, engole montes de cinzas, fragmentos de edifícios que a sobrecarregam... A cena varia, o ponto de vista que oferece é uma deliciosa paisagem da Arábia feliz... Ali correm ribeiros límpidos, margeados de lírios, tulipas e acácias; aqui se veem labirintos de louros, perdendo-se na entrada de uma floresta de tâmaras; de outro lado, veem-se aleias extravagantes e irregulares de palmeiras, *azulas* e roseiras; alhures, veem-se belos bosques de *gélingues* e *délebs*, em agradável simetria com sebes de cardo e gengibre; à esquerda, ao longe, vê-se uma floresta de limoeiros e laranjeiras, ao passo que a perspectiva da direita, acabada de modo mais pitoresco ainda, apresenta apenas montículos onde crescem em abundância o jasmim, o café e a canela. O centro dessa paisagem encantadora é ornado com uma tenda à maneira das que servem aos chefes dos beduínos, porém, infinitamente mais magnífica. Essa, de cetim da Índia bordado a ouro, eleva-se numa cúpula a mais de vinte e quatro pés do chão; as cordas todas que a sustentam são púrpura, enlaçadas com ouro, e soberbas franjas enriquecem os contornos.

– Avancemos – diz a fada –, e não mais temamos a cólera do gênio; ela cede a nosso poder: não lhe resta outra faculdade senão a de fazer-nos o bem.

A condessa, ainda surpresa, toma o braço de Ceilcour, garantindo-lhe que é raro levar a magnificência e o gosto àquele ponto.

Chegam aos Estados do gênio Salamandra; ele se prosterna ao ver aquela que lhe trazem; pede mil perdões por ter, por um momento, podido conspirar contra ela.

– Nada corrompe os príncipes como a autoridade, senhora – diz-lhe –, dela abusam para satisfazer seus caprichos; acostumados a não conhecer obstáculos para nada, quando surgem inesperadamente, irritam-se; é preciso haver infortúnios para que lembrem que são homens. Dou graças ao destino pelo que me ocorreu; moderando o ardor de meus desejos, ensina-me a ter outros mais prudentes... Eu era príncipe... e eis-me pastor; mas acaso posso lamentar essa mudança de condição, já que só a ela devo a felicidade de vos ter por aqui?

Nelmours responde como deve à lisonjeira recepção, e aproximam-se da tenda. Estava preparada para uma refeição campestre... quão agreste era a decoração!

– Senhora – diz o recém-pastor –, não posso oferecer a meu vencedor senão uma refeição mui frugal. Dignar-vos-eis a satisfazer-vos com ela?

– Eis um modo desconhecido de servir um jantar – responde a condessa –, seu pitoresco me agrada.

O interior da tenda representava um bosque de arbustos perfumados, e cada ramo envergava sob o peso de uma infinidade de pássaros de diferentes espécies que pareciam neles repousar; todos esses pássaros, imitados das espécies dos quatro cantos do mundo, estavam guarnecidos de suas plumagens, como se estivessem vivos... Quando se os tocava, por debaixo da plumagem fictícia, encontrava-se o animal assado, ou então seu corpo se abria e dentro dele havia as mais delicadas e suculentas iguarias. Assentos de grama, irregularmente dispostos em frente a uma pequena elevação de terra, coberta de flores, formavam cadeiras e mesas para cada conviva, e davam ao conjunto da refeição campestre o aspecto de uma parada de caçadores num bosque fresco.

– Pastor – diz Ceilcour ao gênio, depois de servido o primeiro prato –, este modo de comer pode tornar-se incômodo para a princesa. Permiti que, por um instante, eu dê as ordens em vossa casa.

– Acaso posso resistir? – responde o gênio. – Não conhecêsseis vossa ascendência sobre mim?

No mesmo instante, um movimento de varinha traz uma mesa de uso comum, representando um canteiro esmaltado com as mais belas e perfumadas flores da Arábia, no qual estavam juncadas, sem ordem, frutas de todas as estações e de todos os mundos possíveis. E isso surgiu pela espantosa arte do decorador, o mesmo assento, imergindo, era substituído por outro em torno da mesa e tudo variava num piscar de olhos.

Terminando o serviço, o gênio, em cuja casa estavam, propôs à condessa que fossem tomar sorvete nos bosques. Ao sair da tenda, penetram nas deliciosas aleias, formadas por toda espécie de árvore frutífera que se pode ver no mundo, e cada uma tem os galhos carregados das frutas que lhes são próprias... contudo, cristalizadas e coloridas a ponto de enganar qualquer olho. Nelmours, imediatamente seduzida, faz exclamações sobre a singularidade de ver pêssegos e uvas soberbas na estação em que estão, de ver o coco, a fruta-pão, o ananás, tão frescos como se estivessem no seio dos países onde essas frutas são comuns. Então

Ceilcour, arrancando um limão antilhano, mostrou que essas frutas imitadas reuniam o gosto natural à suavidade dos mais preciosos sorvetes.

– Realmente! – exclama a Sra. de Nelmours. – Eis uma extravagância que ultrapassa tudo o que se pode conceber, e por isso, creio que vos arruinareis com a aventura.

– Poderia eu lamentar-me se faço isso por vós? – pergunta Ceilcour, segurando amorosamente a mão da Sra. de Nelmours, e surpreso por sentir que ela a apertava, um dos pontos mais essenciais da provação, como se verá... E continua ardentemente. – Ah! Se minha fortuna sempre fosse abalada para agradar-vos, oferecer-me-íeis da vossa recursos que poderiam repará-la?

– Que dúvida! – responde friamente a condessa, colhendo jujubas geladas... – Entretanto, o melhor é não arruinar-se... Tudo isto é encantador, mas eu quero que sejais prudente... Sinto-me lisonjeada porque não fizestes tantas extravagâncias por aquela pequena Dolsé... Se eu soubesse que as fizestes, não vos perdoaria.

A companhia que se aproximava impediu Ceilcour de responder, e a conversa generalizou-se.

Percorreram aqueles bosques encantadores, experimentaram todas as frutas possíveis. Imperceptivelmente veio a noite e, conduzidos por Ceilcour, chegaram, sem erro, ao alto de um montículo que dominava uma valeira, pequena, mas profunda, onde reinava total escuridão.

– Oromasis – diz o gênio, de cuja casa saíam –, temo que tenhais avançado demais.

– Bem – diz a Sra. Nelmours –, eis aqui alguma surpresa. Este homem cruel não nos deixará refletir um instante sequer sobre os prazeres que estamos deixando; com ele não temos tempo de respirar.

– O que há, então? – pergunta Ceilcour.

– Sabeis – responde o gênio do Fogo – que meus Estados são vizinhos das ilhas do mar Egeo, onde os ciclopes trabalham para Vulcano. Esta valeira depende de Lemnos e, como neste momento está declarada a guerra entre os deuses e os titãs*, estou persuadido de que o famoso ferreiro do Olimpo passará a noite em sua oficina. Não vos arriscaríeis aproximando-vos?

– Não, não – responde Oromasis. – Minha irmã e eu não nos separamos, e seu poder resistente nos porá a salvo dos perigos.

– Um artifício encantador, pelo que vejo – diz a condessa –, mas será o último, pois decididamente vos deixo depois: terei de censurar-me por vossas extravagâncias se delas participar por mais tempo.

Mal proferira essas palavras, os ciclopes entraram na oficina. Eram homens de doze pés de altura, com um só olho no meio da testa e pareciam ser inteiros de fogo. Começam a forjar armas sobre imensas bigornas; a cada martelada, milhões de bombas e foguetes jorravam da bigorna, e cruzando-se em sentidos diversos, enchiam o ar de fogo contínuo. Irrompe uma torrente, cessa o fogo; do alto do céu desce Mercúrio e cai em meio aos ciclopes; aborda Vulcano, que lhe dá feixes de armas, os quais o deus dos ferreiros incendeia diante do enviado do céu, de onde saem dez mil bombas ao mesmo tempo. Mercúrio pega as armas e voa para o céu... O Olimpo abre as portas, o palco, colocado a mais de cem toesas de altura, oferece a assembleia completa de todas as divindades da fábula, num dia claro e sereno, formado pelos raios de um sol imenso que brilha quinhentos pés acima... Mercúrio chega aos pés de Júpiter, distinto dos outros por seu majestoso porte e soberbo trono; entrega-lhe

---

* Os titãs ou teutos moravam nos arredores do Vesúvio, na Campânia. Acreditavam utilizar esse vulcão como uma arma para atacar o céu, travaram, perto daí, uma batalha famosa, na qual foram derrotados: essa é a origem da fábula conhecida. A ideia de que atacavam o céu vinha de sua extrema impiedade e de suas perpétuas blasfêmias contra os deuses. Vencido, esse povo migrou para a Alemanha, onde passou a chamar-se teutão. Seu grande porte por muito tempo fez com que o tomassem por uma raça de gigantes. (N.A.)

as armas trazidas de Lemnos. A atenção dirigida a esse novo espetáculo impede que se vejam as mudanças operadas embaixo. Logo o ruído cá ouvido a atrai. O primeiro plano da perspectiva é inteiro ocupado pelos titãs, prontos para enfrentar os deuses; eles acumulam rochedos... os deuses se armam, uma revolta universal, um movimento admirável... São iluminados, do alto, pelo sol, e de baixo, pelos enormes feixes de armas lançados do Olimpo incessantemente... Pouco a pouco, o monte de pedras parece estar prestes a tocar o céu; os gigantes escalam; o fogo que lançam, subindo pelos rochedos, reunido aos que saem da terra, logo eclipsa a luz do céu... As divindades todas se agitam, todas tremem ou lutam... As torrentes de bombas lançadas pela terrível arma de Vulcano, incontáveis golpes de raios, põem fim à desordem dos gigantes. À medida que um se levanta, o outro é derrubado; o vigor, a coragem de alguns, fazem, contudo, com que atinjam as nuvens que envolvem os deuses. Renasce a esperança, os rochedos são novamente empilhados, os gigantes ressurgem, multiplicam-se de tal modo que mal se distinguem no meio dos turbilhões de chama e fumaça que os cobrem... Mas os raios aumentam em número também no Olimpo: chegam a dissipar, enfim, essa raça presunçosa e a precipitá-los, ao mesmo tempo, no assombroso abismo que se abre para recebê-los; tudo vira, tudo desmorona, ouvem-se apenas gritos e gemidos; quanto mais a massa deglutida é acossada nas bocas do Erebos, mais essas se alargam; tudo desaparece, das cinzas desses desafortunados são ainda produzidos os seus últimos esforços. Diriam que o inferno quer ajudar em sua revolta; daquelas múltiplas aberturas do Tártaro sai um feixe de oitenta mil foguetes voadores em direção ao céu, e cada um tem um pé de circunferência; chocam-se nas nuvens, fazem com que o Eliseu desapareça e essa enorme peça de artifício, incomparável, perceptível a vinte léguas, provoca, ao explodir, uma chuva de estrelas tão brilhantes que a atmosfera, embora envolvida na sombra da mais densa noite, parece, por quinze minutos, tão brilhante como o mais belo dia.

– Ah! Céu! – diz a condessa assustada. – Nunca meus olhos foram atingidos por algo tão belo! Se esse combate aconteceu, certamente foi menos sublime do que essa representação acaba de nos pintar... Oh! meu caro Ceilcour – prossegue, apoiando-se nele –, eu nunca poderia fazer todos os elogios que mereceis... É impossível ser mais perito na arte de dar uma festa, impossível fazer com que nela reinem, ao mesmo tempo, a ordem, a magnificência e o gosto, no grau máximo. Mas eu vos deixo, a magia está demasiado perto da sedução; cedi aos encantos por desejá-lo, mas não quero me deixar seduzir.

E, proferindo essas palavras, deixa-se levar por Ceilcour que, na escuridão, a conduz secretamente para um gabinete de jasmins, onde pediu à condessa que repousasse num banco, que ela pensou ser de relva; sentou-se a seu lado. Uma espécie de véu, que a condessa não distinguiu, envolveu-os, de modo que a heroína não vê mais onde está, nem vê o gabinete no qual imaginou ter entrado.

– Mais magia! – ela diz.

– E censurai-vos a que nos une tão intimamente, a que nos esconde dos olhos do universo, como se fôssemos os únicos seres que habitassem o mundo?

– Não me censuro por nada – diz a condessa, comovida –, apenas gostaria que não abusásseis do delírio no qual mergulhastes meus sentidos nestas vinte e quatro horas.

– O que dizeis poderia passar por sedução; já utilizastes essa palavra. Ora, imaginais que semelhante procedimento suponha apenas artifício de uma parte e fraqueza de outra? Então, seria este o nosso caso, senhora?

– Prefiro supor que não.

– Muito bem! Se assim é, não importa o que possa acontecer: todos os erros pertencerão ao amor, e não tereis tido mais fraqueza do que empreguei de sedução.

– Sois o mais hábil dos homens.
– Oh! Tenho menos habilidade do que tendes crueldade.
– Não, não é crueldade, é prudência.
– É tão doce esquecê-la alguma vez.
– Sim, por certo... Mas, e os arrependimentos?
– Bem! Quem poderia despertá-los? Ainda vos prendeis às misérias?
– Poderia livrar-me delas, juro... Temo apenas vossa inconstância. Aquela pequena Dolsé desespera-me.
– Então não vistes como ela vos foi sacrificada?
– Considerei a maneira tão hábil como delicada... Mas como posso crer em tudo isso?
– O melhor modo de uma mulher certificar-se de seu amante é prendê-lo através de seus favores.
– Acreditais?
– Não conheço meio mais garantido.
– Mas onde estamos, por favor?... Talvez nos confins de um bosque, longe de socorro... Se fordes empreender... a coisa mais inconsequente do mundo, por mais que eu pedisse, ninguém viria.
– E não pedireis?
– Depende do que ousardes.
– Tudo...
E Ceilcour, segurando a amante nos braços, tentava multiplicar seus triunfos.
– Muito bem! Não disse? – retoma a condessa, deixando-se levar molemente. – Não previ?... Eis aonde isso tudo levou: exigireis extravagâncias?
– Estais a proibi-las?
– Ora! Como quereis que se proíba nesta situação?
– Quer dizer que eu só vos terei por conta da ocasião, que minha vitória será apenas obra das circunstâncias... E, ao dizer isso, Ceilcour fazia semblante de esfriar; em vez de apressar o desenlace, retardou-o.
– De modo algum – diz a condessa, fazendo com que

ele recuperasse o terreno que acabava de perder... – Quereis que eu me atire na frente das pessoas?... Quereis, enfim, obrigar-me a dar-vos adiantamento?

– Sim, é uma de minhas manias, quero que me digais... que me proveis que a ilusão ou as circunstâncias não têm peso algum em minha conquista e que, fosse eu o ser mais obscuro e infeliz, não deixaria de obter de vós o que estou a exigir.

– Oh! Meu Deus, que importância tem isso?... Eu vos diria tudo o que quiserdes ouvir; há momentos na vida em que nada custam as palavras, e eu chegaria a apostar que acabais de criar um desses momentos.

– Então exigis que dele me aproveite?

– Não mais do que proíbo: já vos disse que não sei mais o que estou fazendo.

– Permiti, pois, senhora – diz Ceilcour, levantando-se –, que a razão não me abandone também. Meu amor, mais esclarecido do que o vosso, quer ser puro como o objeto que o anima. Se eu fosse tão fraco como vós, nossos sentimentos logo se extinguiriam, é a vossa mão que aspiro, senhora, não a vãos prazeres que, tendo apenas libertinagem por princípio, ou delírio por desculpa, esquecem a um só tempo a honra e a virtude. Minha atitude vos choca, neste instante em que vossa alma exaltada queria entregar-se aos desejos natos da situação; refleti por algumas horas, isso não vos ofenderá mais: é o tempo em que esperarei por vós, ver-me-eis a vossos pés, senhora, pedindo como esposo as desculpas pelo amante.

– Oh! Senhor, quanto não vos devo! – diz a condessa, recompondo-se. – Possam as mulheres que perdem a cabeça sempre encontrar homens tão prudentes como vós! Por favor, ordenai que tragam um coche, e que eu vá, o quanto antes, chorar em minha casa por minha fraqueza e vossas seduções.

– Já estais no coche que pedis, senhora; é uma berlinda alemã, a vossas ordens puxada por seis cavalos: é o último efeito da magia do príncipe do Ar, mas não o último presente do feliz esposo de Nelmours.

– Senhor – responde a mulher, desvairada –, ao cabo de alguns momentos de reflexão, espero-vos em minha casa, penetrada de ternura e reconhecimento... Ver-me-eis mais prudente, talvez, mas não menos urgida a pertencer-vos.

Ceilcour abre a porteira... Desce; um lacaio a fecha, pedindo ordens.

– Para minha casa – diz Nelmours.

Os cavalos disparam, e nossa heroína, que se acreditava num leito de relva, no coração de um gabinete de jasmins, em poucas horas chega a Paris, no magnífico carro que lhe pertence.

Os primeiros objetos que lhe ofuscam a visão, ao entrar em casa, são os soberbos presentes que recebera de Ceilcour, dentre os quais o palácio de diamantes, em miniatura, que não fora esquecido.

– Tendo refletido – diz ela ao deitar-se –, concluo que aquele é um homem ao mesmo tempo muito prudente e muito louco. Sem dúvida deve ser um excelente marido, mas um amante muito frio, e parece-me que os sentimentos desse título, tomados com um pouco mais de calor, em nada teriam prejudicado os de outro. De qualquer maneira, deixemos que venha; o que pode ocorrer de pior é tornar-me sua mulher, dar festas com ele e arruiná-lo em muito pouco tempo; nisso há alguma delícia para uma cabeça como a minha. Deitemo-nos, pois, nessas doces ideias, hão de tomar o lugar da realidade que estou a perder... Oh! Como há razão em dizer – acrescenta, entregando-se a si mesma – que nunca se deve contar com os homens.

– Ela não me teria enganado com mais prudência... – dizia Ceilcour por sua vez. – Ó Dolsé, que diferença! A segunda parte da prova torna-se quase inútil agora para essa mulher adorável – continua –; todas as qualidades devem residir onde a virtude fixa seu império. Devo contar com uma mulher que resiste tão bem às armadilhas dos sentidos, assim como conto com aquela a quem a mais sutil circunstância tem pouca consequência no caráter e na belevolência do coração? Não importa, tentemos, estou resolvido, não quero ter nada a censurar-me.

Examinando de perto o estado das mulheres provadas por Ceilcour, concluía-se que era quase o mesmo: Dolsé recebera provas de amor, presentes, e sua alma, de uma situação feliz (ao saber de tudo o que acabava de acontecer) deveria passar para a posição mais triste na qual se pode encontrar uma mulher prudente e sensível. A Sra. de Nelmours, por outro lado, também recebera provas de amor e presentes, e sua alma, de uma situação doce e tranquila, a partir de sua última cena com Ceilcour, passava para uma das mais picantes em que uma mulher galante e orgulhosa pode se encontrar. Com relação às suas esperanças, eram as mesmas: não importa o que acontecesse, ambas deviam contar com a mão de Ceilcour. Portanto, a arte desse que fazia suas provações, a completa semelhança do estado das duas mulheres, ainda que operado por procedimentos diversos, devia dar o equilíbrio perfeito. As últimas experiências deviam agir quase da mesma maneira sobre ambas, isto é, resultando, necessariamente, o bem ou o mal, em relação à diferença de suas almas. Só depois de bem ponderadas essas considerações, Ceilcour determinou-se às últimas provas.

Propositalmente permanece quatro dias no campo e, no quinto, chega a Paris. No dia seguinte, vende seus cavalos, móveis, joias, despede os criados, não sai mais e informa às duas amantes que está arruinado e que só de sua bondade, de suas mãos espera ajuda, no deplorável estado em que se encontra. As enormes despesas que Ceilcour acabava de fazer logo tornaram essas novas tão públicas como críveis, e eis, palavra por palavra, as respostas que recebeu das duas mulheres.

Dolsé a Ceilcour

O que fiz eu, senhor, para que levantásseis o punhal contra meu peito? Encarecidamente vos pedi que não fingísseis um sentimento que não provásseis; mostrei-vos minha alma e sua delicadeza, a dilacerastes no lugar mais sensível, sacrificastes-me à minha rival, conduzistes-me ao túmulo. Mas deixemos de lado meus infortúnios, quando se trata dos vossos; pedis minha mão, vinde ver o estado em que a pusestes, cruel, e descobri se esta mão ainda pode ser vossa... Eu expiro, e embora vítima de vossas atitudes, morro adorando-vos. Possa a modesta ajuda que vos ofereço restabelecer um pouco vossos negócios e tornar-vos digno da Sra. de Nelmours; sede feliz com ela, é o único voto que pode fazer a infeliz Dolsé.

P.S.: Sob esta dobra há cem mil francos em notas da caixa de descontos. São as libras de que disponho, e as envio; aceitai esta bagatela oferecida pela amiga mais terna... por aquela cujo coração não conhecestes, e cuja vida vossa mão pérfida arranca tão cruelmente.

Carta de Nelmours

Estais arruinado; eu vos avisei, nunca se fez loucuras semelhantes. Arruinado como estais, não deixaria, contudo, de desposar-vos, se me fosse possível vencer o horror que sempre tive pelo elo conjugal. Ofereci-vos a condição de amante, não quisestes... agora estais zangado. De qualquer modo, para tudo há remédio; vossos credores esperarão, foram feitos para isso... Viajai... é preciso distrair-se quando se está triste; é o conselho que aplico a mim mesma: amanhã parto para uma das terras de minha irmã, em Borgonha, de onde só voltaremos no Natal. Aconselhar-vos-ia a pequena Dolsé, se fosse rica, mas com toda sua fortuna não haveria como pagar uma de vossas festas. Adeus, sede prudente, e não vos compliqueis mais desse modo.

Ceilcour necessitou de toda sua filosofia para não difamar essa indigna criatura por toda Paris, coisa que ela bem merecia. Contentou-se em desprezá-la, sem lamentar o que lhe custara:

– Sou muito feliz – diz ele –, por ter desmascarado um monstro a este preço: minha fortuna inteira, minha honra e minha vida poderiam ter sido comprometidas se não fosse essa prova.

Com a alma em desespero, verdadeiramente inquieto por Dolsé, Ceilcour logo corre à sua casa; mas a que ponto sua dor aumenta ao ver essa infeliz e encantadora mulher pálida, triste, abatida, já quase cercada das sombras da morte. Naturalmente sensível e ciumenta, adorando Ceilcour, recebera a horrível notícia da festa dada à rival, num daqueles momentos de crise em que as mulheres não suportam impunemente o conhecimento de um infortúnio. Fora terrível a revolução... uma febre ardente fora a consequência.

Ceilcour atira-se a seus pés; pede-lhe milhões de desculpas e crê que não deve ocultar a prova que intencionara imputar.

– Perdoo-vos aquela a que quisestes submeter-me – responde Dolsé. – Acostumado a desconfiar das mulheres, quisestes ter certeza de vossa escolha, nada mais simples; mas depois do que pudestes ver, deveríeis supor que existisse no mundo uma criatura capaz de amar-vos mais do que eu?

Ceilcour, que não errara em seus planos, mas que, com a segunda prova, encontrava-se efetivamente imperdoável face a Dolsé, que nunca errara com ele, só pôde responder com lágrimas e afirmações do amor mais ardente.

– Não há mais tempo, o golpe foi desferido antes – diz--lhe Dolsé. – Eu vos pintei minha sensibilidade, deveríeis, pelo menos, ter-lhe dado alguma atenção; já que vossa ruína é simulada, morro com uma dor a menos... Mas é preciso que nos deixemos, Ceilcour, é preciso que nos separemos para sempre... bem jovem saio da vida... na qual poderíeis ter feito com que eu encontrasse a felicidade... Ah! como ela me teria sido cara convosco! – continuou, tomando as mãos do amante e regando-as de lágrimas. – Que esposa terna e sincera, que amiga fiel e sensível não teríeis encontrado em mim!... Eu vos teria feito feliz, ouso acreditar que sim... E como teria desfrutado a felicidade que se tornaria obra minha!...

Ceilcour esvaía-se em lágrimas; então lamentou sinceramente a prova fatal que só lhe servira para conhecer uma mulher *desonesta* e para fazer com que perdesse uma *divina*. Pediu a Dolsé, apesar da crueldade de seu estado, que pelo menos aceitasse o título de esposa, e que lhe permitisse apressar a cerimônia.

– Seria uma dor dilacerante para mim... – diz Dolsé. – Com quantas lágrimas amargas eu não inundaria meu túmulo ao nele descer como vossa esposa! Prefiro morrer com a dor de não ter merecido o título do que aceitá-lo no instante cruel em que dele não posso ser digna... Não, vivei, caro Ceilcour, vivei e esquecei-me; ainda sois muito jovem. Em alguns anos toda a lembrança de uma amiga de algum dia será apagada de vosso coração... dificilmente vos recordareis que ela tenha existido. Se, entretanto, alguma vez dignar-vos a nela pensar, que esta amiga que estais a perder só vos seja oferecida para consolar-vos; lembrai-vos dos poucos instantes que passamos juntos, e que essa ideia, agitando docemente vossa alma, console-a, sem dilacerá-la. Casai-vos, meu caro Ceilcour, deveis fazê-lo, por vossa fortuna e vossa família; procurai, naquela que escolherdes, alguma qualidade que vos dignais a gostar em mim. E se os seres que deixam este mundo podem receber consolações daqueles que nele ficam, crede que será um verdadeiro deleite para vossa amiga saber que estais ligado a uma mulher que pode, pelo menos, assemelhar-se a ela em alguma coisa.

Uma horrível fraqueza toma conta de Dolsé, ao concluir essas palavras... Nada é sensível como a alma dessa interessante mulher... Acabava de violentar-se; a natureza sucumbe, ela está às portas da morte. São obrigados a levar Ceilcour para outro quarto; seu desespero faz com que tudo o que o cerca trema; por nada no mundo ele quer deixar a casa dessa mulher idolatrada... Entretanto, arrancam-no de lá. Mal chegara à sua casa, cai em terrível doença; há três meses está entre a vida e a morte, e a recuperação da saúde deve-se apenas à sua idade e à excelência de seu temperamento. Durante sua doença, omitiram-lhe a terrível perda que acabava de ter; enfim, informam-no da morte daquela que ele amava. Chorou pelo resto de seus dias; nunca quis casar-se; empregou seus bens apenas nos atos mais santos da beneficência e humanidade. Morreu jovem, lamentado pelos amigos, e deu, com esse fim desastroso e prematuro, o cruel exemplo: que a mais doce felicidade do homem... a associação com uma mulher que lhe convém, pode escapar, até mesmo no seio da opulência e da virtude.

RODRIGO
OU
A TORRE ENCANTADA
– Conto alegórico –

Rodrigo, rei de Espanha, o mais sábio de todos os príncipes na arte de variar seus prazeres, o menos escrupuloso na maneira de obtê-los, vendo o trono como um dos meios mais seguros de prometer-lhe a impunidade, tudo ousou para a ele chegar; não tendo, para atingir esse fim, senão de fazer rolar a cabeça de uma criança, proscreveu-a sem remorso. Anagilde, contudo, mãe do infeliz Sanche, de quem se tratava, e de quem Rodrigo, tio e tutor, queria também tornar-se algoz, foi feliz a ponto de descobrir a conjuração planejada contra seu filho, e bastante hábil para preveni-la. Vai para a África, oferece aos mouros o legítimo herdeiro do trono de Espanha, conta-lhes a intenção do crime em que o precipitam, implora sua proteção e morre com a infeliz criança no momento em que estava para obtê-la.

Inteiramente livre de tudo o que podia prejudicar sua felicidade, Rodrigo, rei, ocupa-se apenas de seus desfrutes; imagina, para multiplicar os objetos que devem incitá-los, atrair à corte as filhas de seus vassalos todos. O pretexto para deles defender-se, por meio de reféns, é o mesmo que oferece para ocultar seus projetos culpados. Resistem? Pedem de volta as filhas? Logo se tornam acusados de crimes de Estado, faz com que paguem a rebelião com a cabeça*, e nesse reinado cruel, entre a covardia e a perfídia não há meio termo a escolher.

Dentre as numerosas jovens que, por esse meio, embelezavam a corte corrompida desse príncipe, Florinde, de mais ou menos dezesseis anos, distinguia-se das companheiras como a rosa se distingue das outras flores. Era filha do conde Julien, que Rodrigo acabava de enviar para a África a fim de opor-se às negociações de Anagilde. A morte de Dom Sanche e sua mãe, no entanto, tornando inúteis as operações do conde, sem dúvida teria provocado sua volta, coisa que teria ocorrido se não fosse a beleza de Florinde. Tão logo percebeu essa criatura encantadora, Rodrigo sentiu que o retorno do conde poria obstáculos a seus desejos; escreveu-lhe ordenando que permanecesse na África e, urgido a gozar um bem que essa ausência parecia garantir-lhe, indiferente quanto aos meios de obtê-la, um dia mandou conduzirem Florinde ao interior de seu palácio e aí, mais ansioso de colher favores do que de tornar-se digno, Rodrigo, feliz, sonha apenas com outros latrocínios.

Se ocorre a alguém o ultraje de prontamente esquecer suas injúrias, aquele que acaba de sofrê-las pelo menos goza o direito de delas lembrar-se.

Florinde, desesperada, não sabendo como instruir o pai do que acaba de lhe acontecer, serve-se de uma engenhosa alegoria, que nos foi transmitida por historiadores. Ela escreveu ao conde que o *anel, cujo cuidado lhe fora tão recomendado, acabara de ser rompido pelo próprio rei; tendo sobre ela se atirado, punhal na mão, o príncipe quebrara essa joia, cuja perda deplorava, e solicitava vingança*, entretanto, expira de dor antes de obter resposta.

O conde, porém, ouvira a filha: voltara à Espanha e implorara ajuda aos vassalos. Prometeram servi-lo e, de volta à África, faz com que os mouros se interessem por

---

* *sic.*

sua vingança: diz-lhes que um rei capaz de tamanho horror certamente é fácil de vencer; prova-lhes a fraqueza de Espanha e pinta-lhes seu despovoamento, o ódio das pessoas por seu amo; enfim, faz valer todos os meios que seu coração ulcerado oferece, e não hesita em lhes ser útil.

O imperador Muça, que então reinava nessa região da África, primeiramente enviou um pequeno corpo de tropas, em sigilo, a fim de verificar o que lhe anunciava o conde. Essas tropas reúnem-se aos vassalos irritados contra seu senhor, recebem ajuda e, no mesmo instante, são reforçadas por outros corpos com que Muça crê dever garantir seus projetos. Súbito a Espanha é invadida por africanos, mas Rodrigo ainda está em segurança. Aliás, que poder tinha ele? Nada de soldados, nenhuma fortaleza: estavam todas desmanteladas, a fim de tirar aos espanhóis os asilos de que pudessem prevalecer-se contra as vexações do príncipe; para cúmulo da infelicidade, não havia sequer um óbolo nos cofres.

O perigo, contudo, aumenta; o infeliz monarca está às vésperas de ser derrubado de seu trono. Lembra-se, então, de um monumento antigo, nos arredores de Toledo, que chamavam de *Torre Encantada*; a opinião comum aí supunha haver tesouros; o príncipe para lá corre, com o propósito de saqueá-lo, mas não se podia entrar no tenebroso reduto: uma porta de ferro, guarnecida de mil fechaduras, impedia tão bem a passagem que nenhum mortal podia penetrar; em cima da temível porta lia-se em caracteres gregos: *Não te aproximes, se temes a morte*. Rodrigo não se assustou: para ele se tratava de seus Estados, tendo absolutamente perdido qualquer outra esperança de levantar fundos. Manda arrombar as portas, e entra devagar.

No segundo degrau, um espantoso gigante apresenta-se a ele, dirigindo a ponta de seu gládio para o estômago de Rodrigo:

– Para! – ele exclama. – Se queres ver este local, vem sozinho; quem quer que te seguir...

– Que me importa! – diz Rodrigo, prosseguindo e deixando seu séquito. – Ou os tesouros ou a morte...

– Encontrarás ambos, talvez – responde o espectro, e a porta se fecha com estrondo.

O rei prossegue, sem que o gigante que o precede lhe dirija uma única palavra. Ao cabo de mais de oitocentos degraus, chegam, enfim, a uma grande sala, iluminada por infinitas tochas. Todos os infelizes sacrificados por Rodrigo estavam reunidos nessa sala; aí cada qual sofria o suplício a que fora condenado.

– Reconheces estes desfortunados? – pergunta o gigante. – Eis como os crimes dos déspotas alguma vez deveriam oferecer-se a seus olhos. Os segundos lhes fazem esquecer os primeiros: só veem um por vez... Assim apresentados, todos juntos, talvez fariam com que tremessem. Considera os rios de sangue espalhados por tua mão, apenas para servir a tuas paixões: com uma palavra, posso libertar estes infelizes todos; com uma palavra posso entregar-te a eles.

– Faz o que quiseres – diz o altivo Rodrigo –, não vim tão longe para tremer.

– Segue-me, então – continua o gigante –, já que tua coragem iguala teus crimes.

Daí Rodrigo vai para outra sala, na qual seu condutor lhe mostrou todas as jovens que seus prazeres covardes desonraram. Umas arrancam os cabelos, outras tentam apunhalar-se; algumas, já mortas, flutuam nas poças do próprio sangue. Do meio dessas desafortunadas, o monarca viu Florinde erguer--se, tal e qual estava no dia em que dela abusou...

– Rodrigo – diz ela –, teus crimes terríveis atraíram os inimigos para teu reino. Meu pai vinga-me, mas não me devolve nem a honra nem a vida; perdi ambas; tu, somente tu és causa disso; encontrar-me-ás mais uma vez, Rodrigo, e teme esse instante fatal: será o último de tua vida. A mim, apenas, foi reservada a glória de vingar todas as infelizes que estás a ver.

O altivo espanhol vira o rosto e passa, com seu guia, para uma terceira sala.

No meio desse cômodo estava uma enorme estátua, que representava o Tempo. Ela estava armada com uma clava e a cada minuto batia no chão, fazendo um ruído tão estrondoso que abalava a corte inteira.

– Príncipe miserável! – exclamou a estátua. – Teu mau destino te traz a este local; pelo menos aprende aqui a verdade: saibas que logo serás deposto por nações estrangeiras, para que sejas castigado por teus crimes.

No mesmo instante o cenário muda, desaparecem as abóbadas; Rodrigo as transpõe; uma potência aérea, que ele não percebe, transporta-o, ao lado de seu guia, para o alto das torres de Toledo.

– Vê tua sorte – diz-lhe o gigante.

Imediatamente lançando os olhos sobre o campo, o príncipe percebe os mouros lutando com seu povo, e este, de tal modo vencido, mal apresentava desertores.

– O que decides agora, depois deste espetáculo? – pergunta o gigante ao rei.

– Quero voltar à torre – diz o altivo Rodrigo –, quero tirar os tesouros que ela contém, e de novo tentar a sorte, cujos reveses essa visão não me fez temer.

– Concordo – diz o espectro –, entretanto, reflete: ainda há provas furiosas, e não terás mais a mim para encorajar-te.

– Enfrentarei tudo – diz Rodrigo.

– Assim seja – respondeu o gigante –, mas lembra-te que ainda que triunfes sobre tudo... ainda que levando os tesouros que procuras, a vitória não é certa.

Ele fala e, num piscar de olhos, encontra-se com seu guia no interior da torre, na mesma sala onde está a estátua do Tempo.

– Deixo-te aqui – diz o espectro, desaparecendo. – Pergunta à estátua onde está o tesouro que procuras e ela te indicará.

– Aonde é preciso que eu vá? – pergunta Rodrigo.

– Ao lugar de onde saíste para fazer a infelicidade dos homens – responde a estátua.

– Não te compreendo, fala mais claramente.

– É preciso que vás ao Inferno.

– Abre-o, nele me precipito...

A terra treme e se fende. Rodrigo é precipitado contra a vontade, a mais de dez mil toesas da superfície do solo. Levanta-se, abre os olhos, e descobre-se às margens de um lago em chamas, no qual barcas de ferro levam criaturas aterrorizantes.

– Queres atravessar o rio? – pergunta-lhe um dos monstros.

– Devo? – pergunta Rodrigo.

– Sim, se é o tesouro que procuras: ele está a dezesseis mil léguas daqui, para além do deserto de Tenere.

– E eu, onde estou? – pergunta o rei.

– Às margens do rio *Agraformikulos*, um dos dezoito mil do Inferno.

– Leva-me então! – exclamou Rodrigo.

Uma vela aproxima-se, Rodrigo salta, e essa barca ardente, na qual ele não pode pôr os pés sem ter convulsões de dores, num instante o transporta para o outro lado. Aí, uma noite perpetuamente escura: aquelas horríveis regiões nunca receberam os favores do astro benéfico. Rodrigo, instruído pelo piloto da barca do caminho que deve tomar, avança por areias escaldantes, nas veredas ladeadas por sebes em eternas chamas, das quais de quando em quando saltam animais assombrosos, dos quais não se tem ideia na Terra. Pouco a pouco o terreno se estreita; diante de si vê apenas uma barra de ferro que serve como ponte para chegar duzentos pés adiante, na outra parte, separada da de onde estava por barrancos de seiscentas toesas de profundidade, no fundo dos quais corriam diversos afluentes do rio de fogo, parecendo ser sua nascente. Rodrigo encara essa assustadora passagem por um momento: vê como será sua morte se vier a precipitar-se; nada pode garantir seus passos, nada se oferece para ampará-lo... – Depois dos perigos de que já me livrei – ele pensa – serei muito covarde se não prosseguir... Avancemos. – Contudo, mal dera cem passos, sua cabeça se confunde; em vez de fechar os olhos para os perigos que o cercam, contempla-os com horror... Perde o equilíbrio, e o infeliz príncipe cai no abismo... Depois de alguns minutos de desmaio, levanta-se, não concebe como pode ainda existir; parece-lhe, entretanto, que sua queda foi tão doce e feliz que só podia ser feito de um poder mágico. Poderia ser de outro modo, já que ainda respira? Retoma os sentidos, e o primeiro objeto que o impressiona, na horrível valeira para onde se viu transportado, é uma coluna de mármore negro na qual ele leu: "Coragem, Rodrigo; tua queda era necessária; a ponte pela qual acabas de passar é o emblema da vida: ela não é, como aquela ponte, cercada de perigos? Os virtuosos chegam ao fim sem infortúnios; os monstros como tu sucumbem; entretanto, prossegue, já que tua coragem te convida; estás apenas a catorze mil léguas do tesouro, faz sete mil ao norte das Plêiades e o resto em frente a Saturno".

Rodrigo avança pelas margens do rio de fogo, que serpenteia de mil maneiras diversas nessa valeira; uma dessas dobras tortuosas, enfim, o detém, e não oferece nenhum meio de passar. Um leão assustador apresenta-se... Rodrigo encara-o.

– Deixa-me atravessar este rio em teu dorso – diz ele ao animal.

No mesmo instante o monstro se deita aos pés do monarca. Rodrigo monta, o leão atira-se ao rio e conduz o rei à outra margem.

– Devolvo-te o mal com o bem – diz o leão ao deixá-lo.

– O que queres dizer? – pergunta Rodrigo.

– Vês, sob meu emblema, o mais mortal de teus inimigos – responde o leão. – Perseguiste-me no mundo, e eu te presto serviço no Inferno... Rodrigo, se chegares a conservar teus Estados, lembra-te que um soberano só é digno de sê-lo quando torna feliz tudo o que o cerca: é para aliviar os homens, não para fazer com que sirvam de instrumentos a seus vários vícios, que o céu o eleva acima dos outros. Recebe essa lição de decência de um dos animais da Terra que se acredita ser o mais feroz; saibas que ele o é bem menos do que tu, posto que a fome, a mais imperiosa das necessidades, é a única causa de sua crueldade, ao passo que as tuas só te foram inspiradas pelas paixões mais execráveis.

– Príncipe dos animais – diz Rodrigo –, tuas máximas agradam meu espírito, mas não convêm a meu coração. Nasci para ser brinquedo das paixões que me censuras; elas são mais fortes do que eu... arrastam-me; não posso vencer a natureza.

– Então perecerás.

– É essa a sorte de todos os homens: por que queres que ela me assuste?

– Acaso sabes o que te espera em outra vida?

– Que me importa? Está em mim enfrentar tudo.

– Avança, então, mas lembra-te que teu fim está próximo.

Rodrigo afasta-se; logo perde de vista as margens do rio de fogo; entra numa vereda estreita, fechada por rochedos agudos, cujos cumes chegam às nuvens; a todo instante imensos blocos desses rochedos, caindo perpendicularmente, ameaçavam a vida do príncipe ou barravam-lhe o caminho. Rodrigo enfrenta esse perigo e, enfim, chega a uma planície imensa, onde nada mais guia seus passos. Esgotado de fadiga, morto de sede e fome, atira-se num monte de areia. Apesar de tão altivo, implora ajuda ao gigante que o fizera descer da torre: seis caveiras humanas no mesmo instante lhe aparecem, e um rio de sangue corre sob seus pés.

– Tirano! – exclama uma voz desconhecida, sem que ele possa distinguir de que criatura emana. – Eis o que saciava tuas paixões quando estavas no mundo! Valhe-te, no Inferno, dos mesmos alimentos para tuas necessidades.

E Rodrigo, o orgulhoso Rodrigo, revoltado e sem comoção, levanta-se e prossegue seu curso. O rio de sangue não mais o deixa, alarga-se à medida que o rei avança e parece servir-lhe como guia naquele deserto terrível. Rodrigo não tarda a ver sombras errarem na superfície do rio... Ele as reconhece, são as sombras das desafortunadas que vira ao entrar na torre.

– Este rio é obra tua! – exclama-lhe uma delas. – Rodrigo, vê-nos flutuar sobre nosso próprio sangue... neste sangue infeliz derramado por tuas mãos. Por que te recusas a bebê-lo, já que ele te fartava na Terra? Então aqui estás mais delicado do que eras sob os lambris dourados de teu palácio? Não te lamentes, Rodrigo, o espetáculo dos crimes do tirano é a punição que o Eterno lhe destina.

Enormes serpentes saltavam do seio do rio, e vinham aumentar o horror daquelas sombras hediondas, rodopiando na superfície.

Há dois dias inteiros, Rodrigo costeava essas margens de sangue, quando, enfim, iluminado por um tênue crepúsculo, percebe o fim da planície: um imenso vulcão a limitava, parecia impossível ir além. À medida que Rodrigo avança, é cercado por riachos de lavas, vê massas enormes, vomitadas pela cratera, projetadas para além das nuvens, ele não é guiado senão pelas chamas que o cercam... está coberto de cinzas, mal pode caminhar.

Nesse novo embaraço, Rodrigo chama seu espectro.

– Ultrapassa a montanha! – exclama a mesma voz que lhe falara antes. – Do outro lado encontrarás seres aos quais poderás falar.

Que empreitada! Aquela montanha ardente, de onde a todo momento são exalados rochedos e chamas, parece ter mais de mil toesas de altura. Todas as sendas eram rodeadas por precipícios, ou cheias de lava. Rodrigo investe-se de coragem, seus olhos medem o alvo, e sua firmeza faz com que ele o atinja. Tudo o que os poetas nos pintaram do Etna não é nada, em comparação aos horrores que Rodrigo percebe. A boca desse abismo assustador tinha três léguas de circunferência. Sobre sua cabeça há uma chuva de massas enormes, prestes a aniquilá-lo; apressa-se para ultrapassar a horrível fogueira e, encontrando de outro lado uma encosta bastante suave, desce às pressas. Lá, tropas de animais desconhecidos e de tamanho monstruoso cercam Rodrigo por todos os lados.

– O que quereis? – pergunta o espanhol. – Estais aqui para guiar-me ou para impedir-me de ir além?

– Somos o emblema de tuas paixões, – exclama um enorme leopardo. – Elas te assaltavam como nós, impediam-te, como nós, de ver o fim de tua carreira: já que não pudeste vencê-las, como triunfarás sobre nós? É também uma de tuas paixões que te conduz a este lugar infernal, onde mortal algum jamais penetrou. Segue, pois, o ímpeto, e corre para onde a fortuna te chama; ela te espera para coroar-te, mas encontrarás outros inimigos mais perigosos do que nós e tornar-te-ás, talvez, vítima. Avança, Rodrigo, avança! As flores estão sob teus passos; segue esta planície por mais seiscentas léguas e verás o que está no fim...

– Desafortunado! – exclama Rodrigo. – Eis a linguagem com que essas cruéis paixões me mantinham no mundo; ora adulavam-me, ora assustavam-me e eu escutava suas infelizes inspirações, sem nunca conseguir compreendê-las.

Rodrigo avança; pouco a pouco o terreno vai afundando e, sem sentir, é conduzido à entrada de um subterrâneo, na porta do qual encontra uma inscrição que lhe ordena penetrar. Mas à medida que se introduz, o caminho estreita-se; Rodrigo nada encontra além de uma passagem de um pé de largura, crivada de pontas de punhais; vê enforcados sobre sua cabeça, é tocado por todas essas pontas, a todo momento sente-se ferido, está banhado de sangue; sua coragem está prestes a abandoná-lo, quando uma voz consoladora o convida a prosseguir:

– Estás chegando ao momento de descobrir o tesouro, e então a fortuna que com ele tentarás só dependerá de ti.

Se o aguilhão de teu remorso te tocou, em meio às adulações que te corrompiam, se te dilacerou como as pontas que agora penetram em ti, com tuas finanças regradas e teu tesouro cheio, para reparar as desordens não serás exposto aos males que estás a suportar... Avança, Rodrigo, que não digam que tua altivez te abandona e que tua coragem te trai: são as únicas virtudes que te restam; coloca-as em prática, não estás longe do fim.

Rodrigo percebe, enfim, um pouco de claridade. Sem que ele se dê conta o caminho se alarga, as pontas desaparecem e ele está na embocadura da caverna. Então surge uma rápida torrente, na qual lhe é impossível não se deixar levar, já que não se apresenta nenhum outro caminho. Há uma frágil canoa por perto; Rodrigo entra. Um instante de calma vem suavizar seus infortúnios: o canal por onde passa é sombreado pelas árvores frutíferas mais agradáveis: laranjas, uvas, figos, pêssegos, cocos, ananases delas pendem indistintamente perante seus olhos e lhe apresentam alimento fresco. O monarca aproveita e, enquanto isso, goza os deliciosos concertos de mil pássaros diversos que volteiam sobre os ramos dessas árvores ricamente carregadas. Mas, como os poucos prazeres que ainda lhe eram reservados deviam ser mesclados de dores cruéis, e como tudo o que lhe ocorria era a imagem de sua vida, nada podia exprimir a velocidade da barca que lhe permitia percorrer aquelas margens divinas. Quanto mais avança, maior a velocidade. Logo apresentam-se a Rodrigo cataratas de prodigiosa altura: descobre a causa da rapidez do trajeto; vê quão frágil é o brinquedo da correnteza que o leva, cai no abismo mais aterrorizante. Mal terminara a reflexão, a barca, levada a mais de quinhentas toesas de profundidade, é tragada por uma várzea deserta de onde estrondosamente jorrava a água que acabava de sustentá-la. Então, ouviu a mesma voz que lhe falava de quando em quando:

– Ó Rodrigo! – exclamou. – Acabas de ver a imagem de teus prazeres passados; eles nasciam para ti como as frutas que, por um instante, te alteraram. Aonde esses prazeres te conduziram? Rei soberbo, tu vês, te precipitaste como essa barca num abismo de dores, de onde não sairás senão para a ele voltar em breve. Agora segue o caminho tenebroso limitado por essas duas montanhas, cujos cumes se perdem nas nuvens: no fim do desfiladeiro, depois de teres andado duas mil léguas, encontrarás o que desejas.

– Ó justo céu! – exclama Rodrigo. – Acaso passarei minha vida nesta busca cruel?

Parecia-lhe que há mais de dois anos viajava pelas entranhas da Terra, embora desde sua entrada na torre ainda não tivesse passado uma semana. Contudo, o céu, que ele continuara a ver desde sua saída do subterrâneo, cobre-se súbito com os mais escuros véus, terríveis relâmpagos sulcam a nuvem, irrompe o raio, seus clarões retinem nas altas montanhas que dominam o caminho por onde segue o rei; diriam que os elementos estão prestes a confundir-se; a todo momento o fogo do céu, atingindo as rochas ao redor, faz com que se desprendam imensos blocos que, rolando aos pés de nosso infeliz viajante, incessantemente oferecem-lhe novas barreiras; um horrível granizo junta-se a esses desastres e assalta-o de tal modo que ele é obrigado a parar; mil espectros, uns mais assustadores que outros, descem, então, das nuvens em chamas, para rodopiar em torno dele, e cada uma das sombras oferece ao infeliz Rodrigo a imagem de suas vítimas.

– Tu nos verás sob mil formas diversas – diz uma delas –, e viremos dilacerar teu coração até que te tornes presa das Fúrias, que te esperam para nos vingar de teus crimes.

Entretanto, a tempestade aumenta, turbilhões de fogo a todo instante saltam do céu, enquanto o horizonte é cortado transversalmente por clarões que se chocam e cruzam em todos os sentidos; a própria terra faz nascer, em toda a parte, trombas de fogo que, elevando-se no ar, caem em chuva ardente, de mais ou menos duas mil toesas de altura: nunca a natureza em cólera apresentou tão belos horrores.

Com a cabeça sob o abrigo de uma rocha, Rodrigo injuria o céu, sem rezar, nem se arrepender. Ergue-se, olha em torno de si, treme pelas desordens que o cercam e só encontra um novo tema de blasfêmia.

– Ser inconsequente e cruel! – exclama, fixando o céu. – Por que nos censuras, quando o exemplo da perturbação e do desastre nos é dado por tua própria mão? Mas onde estou? – continua, percebendo que não há mais caminho. – O que será de mim no meio destas ruínas?

– Vê aquela águia pousada na rocha que te servia de abrigo – diz a voz que se acostumara a ouvir –, aborda-a, senta-te sobre ela: levar-te-á num voo rápido para onde teus passos se dirigem há muito tempo.

O monarca obedece; três minutos depois, está nos ares.

– Rodrigo – diz-lhe, então, o altivo pássaro que o leva –, vê se era justo o teu orgulho... Eis a terra toda a teus pés; observa o medíocre recanto do mundo que dominavas: devia tornar-te orgulhoso de tua condição e poder? Vê o que devem ser aos olhos do Eterno esses frágeis potentados que disputam o mundo e lembra-te que só a Ele cabe exigir as homenagens dos homens.

Rodrigo, continuando a elevar-se, dintingue, enfim, alguns planetas que enchem o espaço; reconhece que a Lua, Vênus, Mercúrio, Marte, Saturno e Júpiter, ao lado dos quais passa, são mundos como a Terra.

– Sublime pássaro – pergunta –, acaso esses mundos são habitados como o nosso?

– Sim, por seres melhores – responde a águia –; moderados em suas paixões, não se dilaceram entre si para satisfazê-las; aí só se vê povos felizes, e não se conhece tiranos.

– E quem, então, governa esses povos?

– Suas virtudes: não é preciso leis, nem soberanos, para quem não conhece vícios.

– Os povos desses mundos são amados do Eterno?

– Tudo é igual aos olhos de Deus: essa multidão de mundos espalhados no espaço, que um único ato de Sua benevolência produziu, que um outro ato pode destruir, não aumenta sua glória nem sua felicidade; mas se a conduta dos que neles habitam lhe é indiferente, acaso é menos necessário ser justo? E a recompensa do homem honesto não está sempre em seu coração?

Pouco a pouco, nossos viajantes aproximaram-se do sol e, sem a virtude mágica de que o monarca estava cercado, seria impossível suportar os raios que o dardejavam.

– Este globo parece-me tão maior do que os outros! – exclama Rodrigo. – Dá-me, pois, rei dos ares, algum esclarecimento acerca do astro sobre o qual planas quando queres.

– Este lar sublime de luz – diz a águia – está a trinta [milhões] de léguas de nosso globo, e estamos somente a um milhão de léguas de sua órbita; vê como subimos em pouco tempo; ele é um milhão de vezes maior do que a Terra, e seus raios chegam a ela em oito minutos*.

– Este astro, cuja proximidade me assusta – pergunta o rei –, sempre teve a mesma substância? É possível que ela seja sempre a mesma?

– Não, não é – retoma a águia. – São os cometas que de quando em quando caem em sua esfera que fazem com que ele recupere suas forças.

– Explica-me a mecânica celeste de tudo isso que impressiona meus olhos; meus padres supersticiosos e maus ensinaram-me apenas fábulas, não me disseram uma só verdade.

– E que verdade te diriam multidões que só subsistem pela mentira? Escuta-me, pois – prossegue a águia, voando. – O centro comum, à volta do qual todos os planetas gravitam,

---

* Seria preciso vinte e cinco anos para uma bala de canhão percorrer o mesmo espaço; mas tudo isso se encontra no sistema de Newton, que, como se sabe, é hoje muito polemizado, pois é preciso, se nada sabemos, pelo menos fazer ares de saber mais do que aqueles que nos precederam. (N.A.)

está quase no meio do sol. Esse astro gravita em direção aos planetas; a atração que o sol exerce sobre eles ultrapassa a que exercem sobre si, tantas vezes quanto os ultrapassa em quantidade de matéria. Esse astro sublime muda de lugar a todo momento, à medida que é mais ou menos atraído pelos planetas, e essa discreta aproximação do sol restabelece a desordem que os planetas operam entre si.

– Assim, então – retoma Rodrigo –, o desarranjo contínuo desse astro mantém a ordem na natureza: eis, pois, a desordem necessária na manutenção das coisas celestes. Se o mal é útil ao mundo, por que queres reprimi-lo? Quem te garante que, de nossas desordens diárias, não nasça a ordem geral?

– Fraco monarca da menor porção destes planetas! – exclama a águia. – Não cabe a ti sondar os desígnios do Eterno, menos ainda justificar teus crimes pelas leis incompreensíveis da natureza. O que te parece desordem não é senão uma de Suas maneiras de chegar à ordem: não extraias dessa probabilidade nenhuma espécie de consequência moral; nada prova que o que te choca, no exame da natureza, seja verdadeiramente desordem, e tua experiência te convence de que os crimes do homem só podem operar o mal.

– E essas estrelas são habitadas? De quanto aumenta sua esfera depois que delas nos aproximamos?

– Não duvides que sejam mundos, e, embora esses globos luminosos estejam quatrocentas mil vezes mais afastados da Terra do que o sol, há também astros acima deles, impossíveis de perceber, que são povoados como estrelas e como todos os planetas que estás a ver. Terminemos nosso passeio, não te levarei mais alto – diz a águia, descendo para a Terra. – Que tudo o que viste, Rodrigo, te dê uma ideia da grandeza do Eterno, e vê o que teus crimes te fizeram perder, posto que para sempre te privaram de aproximar-te disso...

Depois dessas palavras, a águia pousa no cume de uma das montanhas da Ásia.

– Estamos a mil léguas do lugar onde te apanhei – diz o celeste amigo de Júpiter. – Desce sozinho desta montanha; ao pé dela está o que procuras.

E imediatamente desapareceu. Em poucas horas Rodrigo desce a rocha escarpada na qual a águia o deixara. Encontra, na base da montanha, uma caverna fechada com grades, vigiada por seis gigantes de mais de quinze pés de altura.

– O que vens fazer aqui? – pergunta um deles.

– Levar o ouro que deve haver nesta caverna – diz Rodrigo.

– É preciso, antes de chegares até ele, que nos destrua a todos os seis – continua o gigante.

– Essa vitória não me assusta muito – responde o rei. – Dá-me as armas.

No mesmo instante vestem Rodrigo. O altivo espanhol vigorosamente ataca o primeiro que se apresenta: alguns minutos lhe basta para triunfar. O segundo aproxima-se: abate-o também, e em menos de duas horas Rodrigo venceu seus inimigos todos.

– Tirano – diz a voz que algumas vezes ouvira –, goza teus últimos louros. O sucesso que te espera em Espanha não será tão brilhante como este: cumpriu-se o destino da sorte, os tesouros da caverna são teus, mas servirão apenas à tua perda.

– O quê? Triunfei para ser vencido?

– Desiste de querer sondar o Eterno: Seus decretos são imutáveis, incompreensíveis. Saibas apenas que a prosperidade inesperada é sempre, para o homem, o prognóstico certo de seus infortúnios.

Abre-se a caverna; Rodrigo encontra os milhões. Um leve sono apodera-se de seus sentidos e, quando desperta, vê-se à porta da torre encantada, em meio à corte e cercado de quinze furgões de ouro. O monarca beija os amigos; diz-lhes que é impossível ao homem imaginar tudo o que acabara de ver; pergunta-lhes por quanto tempo estivera ausente.

– Treze dias – respondem.

– Ó justo céu! – exclama o rei. – Afigura-se-me que viajo há mais de cinco anos.

Ao dizer isso, monta num andaluz e parte a galope para chegar a Toledo, porém, mal estava a cem passos da torre, ouve uma trovoada. Rodrigo se vira e vê o antigo monumento sendo levado para o céu como um traço que desaparece. O rei prossegue viagem rumo ao palácio; ainda havia tempo: todas as províncias em levante começavam a abrir as portas de suas cidades para os mouros. Rodrigo forma um exército formidável, marcha em direção à cabeça dos inimigos, encontra-os perto de Córdoba, ataca-os e entrega-se a um combate que durou oito dias... sem dúvida, o combate mais sanguinário que já se viu nas duas Espanhas. Vinte vezes a vitória inconstante promete seus favores a Rodrigo, vinte vezes lhe é tirada cruelmente. Ao fim do último dia, no momento em que Rodrigo, tendo reunido suas forças todas, vai, talvez, fixar sobre si os louros, um herói apresenta-se, propõe-lhe um combate corpo a corpo.

– Quem és – pergunta-lhe altivamente o rei –, para que eu te conceda esse favor?

– O chefe dos mouros – responde o guerreiro. – Estou farto do sangue que vertemos, poupemo-lo, Rodrigo: a vida dos homens de um império deve ser sacrificada aos fracos interesses de seus senhores? Que os próprios soberanos se batam, quando discussões os afastam, e suas querelas não serão mais tão longas! Escolhe o terreno, altivo espanhol, e vem medir tua lança com a minha: quem triunfar receberá os frutos da vitória, concordas?

– Penso como tu – responde Rodrigo –, prefiro vencer um adversário semelhante do que lutar por mais tempo contra essas hordas incontáveis.

– Então não te pareço temível?

– Nunca vi inimigo mais fraco.

– É bem verdade que já me venceste, Rodrigo, mas não estás mais em teus dias de triunfo, não mais languesces no interior de teu palácio, no seio de tuas indignas volúpias, não mais vertes o sangue de teus homens para submetê-los, não mais desonras as moças...

Depois dessas palavras, os dois guerreiros ganham o campo, diante dos exércitos... Aproximam-se impetuosamente... dão golpes furiosos.

Rodrigo finalmente é abatido, seu valoroso inimigo o faz comer poeira e, imediatamente, lançando-se em sua direção:

– Reconhece teu vencedor antes que expires, Rodrigo – diz o guerreiro tirando o elmo.

– Oh! Céu!... – exclama o espanhol.

– Tremes, covarde? Não te disse que voltarias a ver Florinde no último momento de tua vida? O céu, ultrajado por teus crimes, permitiu que eu saísse do seio dos mortos para vir castigar-te e pôr fim a teus dias. Vê aquela que desonraste arrancar tua glória e teus louros; expira, ó mui desafortunado príncipe! Que teu exemplo ensine os reis da Terra que cabe apenas à virtude consolidar seu poder, e que quem abusa de sua autoridade, como tu, cedo ou tarde encontra, na justiça celeste, a punição de seus crimes.

Os espanhóis fogem, os mouros se apossam de todos os seus campos. Essa foi a época que os tornou senhores de Espanha, até que uma nova revolução, causada por crime semelhante, viesse a expulsá-los para sempre.

DORGEVILLE

OU

O CRIMINOSO POR VIRTUDE

Dorgeville, filho de um rico negociante de La Rochelle, muito jovem foi para a América, recomendado a um tio, cujos negócios iam muito bem. Enviaram-no antes que tivesse chegado à idade de doze anos; educou-se junto a esse parente, na carreira que estava destinado a seguir e no exercício das virtudes todas.

O jovem Dorgeville era pouco favorecido das graças do corpo; nada tinha de desagradável, mas não possuía nenhum daqueles dotes físicos que valem a um indivíduo de nosso sexo o título de *belo homem*. Entretanto, o que Dorgeville perdia desse lado a natureza concedia-lhe de outro. Um bom espírito, o que amiúde vale mais do que o gênio, uma alma espantosamente delicada, um caráter franco, leal e sincero, todas as qualidades que compõem, enfim, o homem honesto e o homem sensível, Dorgeville possuía em profusão; e no século *em que então se vivia*, elas eram muito mais do que o necessário para certamente tornar alguém infeliz por toda a vida.

Mal chegara à idade de vinte e dois anos morreu-lhe o tio, deixando Dorgeville à frente da casa, que dirigiu por mais três anos com toda a inteligência possível. Mas logo a bondade de seu coração tornou-se causa de sua ruína: comprometeu-se por vários amigos, que não tiveram tanta honestidade como ele. Embora os pérfidos estivessem em falta, quis honrar seus compromissos, e Dorgeville logo perdeu-se.

– Em minha idade é horrível estar em tamanhas dificuldades – dizia o jovem –, mas se há algo que me consola desta forte mágoa é a certeza de ter feito felizes as pessoas e de não ter arrastado ninguém comigo.

Não era só na América que Dorgeville provava infortúnios; até o seio de sua família apresentava-lhe horrores. Um dia, disseram-lhe que uma irmã, nascida alguns anos depois de sua partida para o Novo Mundo, acabara de desonrá-lo inteiramente, bem como tudo o que lhe pertencia; que essa moça perversa, agora com dezoito anos, chamada Virginie, e, infelizmente, bela como o Amor, apaixonada por um escrivão dos balcões de sua casa, não obtendo permissão de desposá-lo, teve a infâmia, para atingir seus propósitos, de atentar contra a vida de seus pais; que, no momento em que ia fugir com uma parte do dinheiro, felizmente impediram o roubo sem que, contudo, pudessem apanhar os culpados, ambos, dizem, na Inglaterra. Na mesma carta pediam a Dorgeville que voltasse à França com urgência, a fim de colocar-se à frente de seus bens e de, pelo menos, recuperar, com a fortuna que ia encontrar, a que tivera a infelicidade de perder.

Desesperado por essa multidão de incidentes, ao mesmo tempo tão maçantes e desonrosos, Dorgeville correu para La Rochelle, onde constata que são demasiado funestas as novas que lhe participam. Renunciando desde então ao comércio, que imagina não mais poder suportar depois de tantos infortúnios, cumpre, com uma parte do que lhe resta, os compromissos de seus correspondentes da América, traço de delicadeza única, e com a outra, concebe o projeto de comprar uma casa de campo perto de Fontenay, em Poitou, na qual possa passar em repouso o resto de seus dias... no exercício de sua caridade e beneficência, as duas virtudes mais caras à sua alma sensível.

Executa-se o projeto. Dorgeville, afastado em sua pequena propriedade, alivia pobres, consola velhos, casa órfãos, encoraja o agricultor, torna-se, em suma, o deus do pequeno cantão onde mora. Se havia um ser infeliz, a casa de Dorgeville logo lhe era aberta; se havia uma boa obra a realizar, disputava com os vizinhos a honra de fazê-la; se corria uma lágrima, só a mão de Dorgeville queria enxugá-la. E todos, abençoando seu nome, diziam do fundo da alma: Eis o homem que a natureza destina para compensar-nos dos maus... Eis os dons que às vezes ela oferece à Terra, para consolá-la dos males de que está coberta.

Teriam desejado que Dorgeville se casasse: indivíduos com sangue assim seriam preciosos à sociedade. Mas sendo até então absolutamente inacessível aos atrativos do amor, Dorgeville praticamente declara que, a menos que o acaso o fizesse encontrar uma moça que, por reconhecimento, se sentisse como que encarregada de fazê-lo feliz, certamente não se casaria. Ofereceram-lhe vários partidos, recusara todos, não encontrando, como dizia, em nenhuma das mulheres que lhe propunham, motivos bastante poderosos para ter certeza de um dia ser por elas amado.

– Desejo que aquela que eu tomar como esposa me deva tudo – dizia Dorgeville. – Não tendo nem um bem bastante considerável, nem uma figura bastante bela, para prendê-la através desses elos, quero que ela os tome por obrigações essenciais que, fixando-a a mim, retirem-lhe qualquer meio de abandonar-me ou trair-me.

Alguns amigos de Dorgeville combatiam seu modo de pensar.

– Que força poderão ter esses elos – alguma vez o faziam observar –, se a alma daquela que vos tiver servido não for tão bela como a vossa? O reconhecimento não é para todos os seres uma corrente tão indestrutível como é para vós: há almas fracas que o desprezam, há outras, altivas, que dele fogem. Não aprendestes sozinho, Dorgeville, que é mais certo indispor-se prestando serviço do que fazendo amizades?

Suas razões eram especiosas, mas a infelicidade de Dorgeville consistia em sempre julgar os outros a partir de seu coração, e tendo esse sistema o tornado infeliz até então, era demasiado verossímil que assim continuasse pelo resto de seus dias.

Desse modo pensava o honesto homem, cuja história estamos contando, quando a sorte apresentou-lhe, de maneira muito singular, o ser que acreditou destinado a partilhar de sua fortuna, que imaginou feito para o dom precioso de seu coração.

Naquela interessante estação do ano em que a natureza não parece nos dar seu adeus senão cobrindo-nos com seus dons, em que seus cuidados infinitos por nós não deixam de multiplicar-se por alguns meses, para nos prodigar tudo o que pode nos fazer esperar em paz o retorno de seus primeiros favores, nessa época, em que os habitantes do campo se frequentam mais, seja em razão das caçadas, das vindimas ou de alguma outra ocupação tão doce para quem gosta da vida rural, de tão baixo valor para aqueles frios e inanimados seres, embotados pelo luxo das cidades, esturricados por sua corrupção, que não conhecem da sociedade senão as dores e as minúcias, porque essa franqueza... essa candura... essa doce cordialidade, que tão deliciosamente estreitam os laços, só se encontram nos habitantes do campo (parece que somente sob um céu puro os homens podem ser assim, e que aquelas exalações tenebrosas que carregam a atmosfera das grandes cidades maculam igualmente o coração dos infelizes cativos que se condenam a não deixar seus muros), no mês de setembro, enfim, Dorgeville planejou visitar um vizinho que o acolhera quando de sua chegada na província, e cuja alma doce e compassiva parecia adequar-se à sua.

Monta o cavalo, acompanhado de um só criado, e encaminha-se para o castelo desse amigo, cinco léguas distante do seu. Dorgeville percorrera quase três quando ouve, atrás de uma sebe que margeia o caminho, gemidos que o detêm, primeiro pela curiosidade e, logo depois, por aquele movimento tão natural a seu coração, que alivia todos os indivíduos que sofrem. Entrega o cavalo ao doméstico, abre a cancela que o separa da sebe, contorna-a e, enfim, chega ao lugar de onde partem os lamentos que o surpreenderam.

– Oh! Senhor! – exclama uma mulher belíssima, tendo nos braços uma criança que acabava de pôr no mundo. – Qual é o deus que vos envia em socorro desta desafortunada?... vedes uma criatura desesperada, senhor... – continuou a mulher desolada, vertendo uma torrente de lágrimas... – Este miserável fruto de minha desonra não ia ver a luz do dia senão para perdê-la, neste instante, por minha mão.

– Senhorita, antes de entrarmos – diz Dorgeville – nos motivos que poderiam levar-vos a cometer uma ação tão horrível, permiti-me, em primeiro lugar, tratar de vosso alívio. Parece-me que percebo uma granja a uns cem passos daqui; tentemos lá chegar e então, depois de terdes recebido os primeiros cuidados exigidos por vosso estado, ousarei questionar-vos sobre algum detalhe dos infortúnios que parecem vos assolar, dando minha palavra de que minha curiosidade só terá por fim ser-vos útil, e que ela não passará dos limites que vos aprouver prescrever.

Cécile desmancha-se em traços de reconhecimento e consente no que lhe é proposto. O criado aproxima-se, pega a criança; Dorgeville instala consigo a mãe sobre o cavalo e vão devagar em direção à fazenda. Essa pertence a camponeses que, perante a solicitação de Dorgeville, recebem mãe e filho muito bem. Preparam uma cama para Cécile, colocam o filho num berço da casa, e Dorgeville, por demais curioso das consequências da aventura a ponto de sacrificar, por desejo de conhecê-las, a porção de prazer que planejara, manda dizer que não o esperem, visto que está determinado a passar como puder o dia inteiro na choupana. Estando Cécile carente de repouso, suplica-lhe que o faça antes mesmo de pensar em satisfazer sua curiosidade; como ela não se sentisse melhor à noite, esperou a manhã seguinte para perguntar à encantadora criatura em que poderia ajudá-la.

O relato de Cécile não foi longo. Disse que era filha de um cavalheiro chamado Duperrier, cujas terras encontravam-se a dez léguas de lá. Disse-lhe que tivera a infelicidade de se deixar seduzir por um jovem oficial do regimento de Vermandois, então na guarnição de Niort, cuja distância do castelo de seu pai era de apenas algumas léguas. Tão logo seu amante soube que ela estava grávida, desaparecera, e o mais horrível – acrescentou Cécile – era que, com a morte desse jovem, num duelo, três semanas depois de seu desaparecimento, ela perdia ao mesmo tempo a honra e a esperança de reparar seu erro. Escondera – continuou – dos pais a situação pelo tempo que pudera, mas vendo-se, enfim, sem condições de continuar a fazê--lo, tudo confessara, e tendo recebido desde então tantos maus tratos do pai e da mãe, decidira fugir. Há dias estava nos arredores, sem saber a que determinar-se, não podendo resolver-se a abandonar completamente a casa paterna ou os domínios que a avizinhavam, quando foi tomada pelas grandes dores. Estava resolvida a matar a criança, e talvez a si mesma depois, quando Dorgeville aparecera e dignara-se a oferecer tanto ajuda como consolo.

Esses detalhes, sustentados por uma figura encantadora e com o aspecto mais ingênuo e interessante do mundo, logo penetraram a alma sensível de Dorgeville.

– Senhorita – diz à desafortunada –, estou muitíssimo contente que o céu vos tenha ofertado a mim: ganho dois prazeres mui preciosos para meu coração, o de vos ter conhecido e o de estar praticamente certo de reparar vossos males, e esse prazer é ainda mais doce.

Esse amável consolador declarou, então, à Cécile sua intenção de procurar seus pais e de reconciliá-la com eles.

– Ireis só, senhor – responde Cécile –, pois, por mim, certamente não tornarei a apresentar-me.

– Sim, senhorita, primeiro irei só – diz Dorgeville –, mas espero não voltar sem a permissão de vos levar.

– Ah! Senhor, nunca contai com isso, não conhecêsseis a dureza das pessoas com que trato. Sua barbárie é renomada, sua falsidade é tão grande que, ainda que me garantissem o perdão, não mais me fiaria neles.

Cécile, contudo, aceitou as propostas que lhe foram feitas e, vendo Dorgeville decidido a ir na manhã seguinte à casa de Duperrier, fê-lo prometer encarregar-se de uma carta destinada a Saint-Surin, um dos criados de seu pai, o único que sempre merecera sua confiança pela extrema afeição que tinha por ela. A carta foi entregue a Dorgeville selada, e Cécile, ao dá-la, suplicou-lhe que não abusasse da extrema confiança que nele depositava e que entregasse a carta intacta, tal e qual a estava dando.

Dorgeville pareceu descontente de que pudessem duvidar de sua discrição depois da conduta que teve; recebe mil desculpas. Encarrega-se da tarefa, recomenda Cécile aos camponeses da casa onde está e parte.

Imaginando que a carta de que está encarregado deva prevenir em seu favor o doméstico a que se destina, Dorgeville crê que, não conhecendo o Sr. Duperrier, o melhor a fazer é primeiro entregar a carta, através da qual far-se-á conhecer. Em nome de Cécile, não duvida que ela informe a Saint-Surin, de cuja fidelidade se gabara, quem é a pessoa que acaba de se interessar por sua sorte. Consequentemente, entrega-a, e tão logo Saint-Surin a leu, exclamou com uma sorte de emoção que não podia conter:

– O quê! Sois vós, senhor... É o Sr. Dorgeville quem protege nossa infeliz ama! Vou anunciar-vos a seus pais, senhor, mas previno-vos que estão cruelmente encolerizados; duvido que tenhais êxito em reconciliá-los com a filha. De qualquer modo, senhor – continua Saint-Surin, que parecia um rapaz de espírito, dono de uma figura agradável –, esse procedimento honra demais vossa alma para que eu não vos ponha, tão logo possível, em condições de apressar o êxito de vossa missão.

Saint-Surin sobe aos aposentos, previne imediatamente seus amos e reaparece ao cabo de quinze minutos.

Consentiam em ver o Sr. Dorgeville, já que se dera ao trabalho de vir de tão longe para um assunto como aquele. Entretanto, estavam tão penalizados que tivesse ele se encarregado de tal quanto não viam meio algum de conceder-lhe o que viera solicitar em favor de uma filha maldita e que merecia sua sorte devido à enormidade de seu erro.

Dorgeville não se assusta; introduzem-no. Vê no Sr. e na Sra. Duperrier duas pessoas de mais ou menos cinquenta anos que o recebem honestamente, embora com um certo embaraço, e Dorgeville expõe sucintamente o que o leva àquela casa.

– Minha mulher e eu estamos irrevogavelmente decididos, senhor – diz o marido –, a nunca mais rever a criatura que nos desonra. Ela pode ser o que se lhe afigurar melhor: entregamo-la ao destino do céu, esperando que sua justiça logo nos vingará de uma filha como essa...

Dorgeville refutou esse projeto bárbaro com tudo o que pôde empregar de mais patético e eloquente. Não podendo convencer o espírito dessas pessoas, tentou atacar seu coração... Mesma resistência; Cécile, contudo, não foi acusada, pelos cruéis pais, de nenhum outro erro que não aquele de que ela própria se confessara culpada, e ele notou que, no todo, os relatos que ela fizera eram absolutamente conformes às acusações de seus juízes.

Por mais que Dorgeville procurasse mostrar que uma fraqueza não é um crime, que, se não fosse a morte do sedutor de Cécile, um casamento tudo teria reparado, nada teve êxito. Nosso negociador retira-se, pouco satisfeito; querem retê-lo para o jantar, ele agradece e faz sentir que a causa da recusa só se encontra naquela que ele mesmo recebeu. Não o apressam, mas ele sai.

Saint-Surin aguardava na saída do castelo.

– Muito bem! Senhor – diz o doméstico, com forte semblante de interesse –, não tinha eu razão em crer que vossos esforços seriam infrutíferos? Não conheceis esses com quem viestes tratar: são corações de bronze, que nunca ouviram a voz da humanidade. Se não fosse minha respeitosa afeição por aquela pessoa querida, à qual bem quereis servir como protetor e amigo, há muito tempo eu os teria deixado, e confesso-vos, senhor – prossegue o rapaz –, que, hoje perdendo a esperança de dedicar meus serviços à Srta. Duperrier, tratarei apenas de instalar-me alhures.

Dorgeville acalma o fiel criado, aconselha-o a não deixar seus amos e garante que ele pode ficar tranquilo quanto à sorte de Cécile, que, a partir do momento em que ela se tornou tão infeliz a ponto de ser abandonada pela família de modo tão cruel, ele pretende tomar o lugar de seu pai para sempre.

Chorando, Saint-Surin beija os joelhos de Dorgeville e pede-lhe, ao mesmo tempo, permissão de responder à carta que recebeu de Cécile. Dorgeville dela se encarrega com prazer e volta para junto de sua interessante protegida, que ele não consola tanto como teria querido.

– Oh! Senhor – diz Cécile quando toma conhecimento da dureza de sua família –, eu devia esperar por isso. Estando certa de suas atitudes como deveria, não me perdoo por não vos ter poupado uma visita tão desagradável.

E essas palavras foram acompanhadas por uma torrente de lágrimas, que o benfeitor Dorgeville enxugou, dizendo a Cécile que nunca a abandonaria.

Ao fim de alguns dias, contudo, estando nossa interessante aventureira refeita, Dorgeville propôs-lhe ir terminar de restabelecer-se em sua casa.

– Senhor – responde Cécile com doçura –, acaso estou em condições de resistir a vossos oferecimentos? E não devo, contudo, corar por aceitá-los? Já fizestes muito por mim, mas cativa pelos elos de meu reconhecimento, nada recusarei do que deva multiplicá-los e torná-los, para mim, ao mesmo tempo mais queridos.

Foram para a casa de Dorgeville. Um pouco antes de chegarem ao castelo, a Srta. Duperrier disse ao benfeitor que não desejava que fosse pública sua permanência no asilo que queriam lhe dar: embora estivesse a quase quinze léguas da casa de seu pai, essa distância não era, todavia, bastante grande para que não temesse ser reconhecida. Acaso não devia temer os efeitos do ressentimento de uma família cruel o bastante para puni-la tão severamente... de um erro... grave (ela reconhecia), mas de que deviam tê-la prevenido antes que nele incorresse, em lugar de castigá-la tão duramente quando não havia mais tempo de impedi-lo? Aliás, Dorgeville não ficaria constrangido de mostrar à província inteira que queria assumir um interesse tão particular por uma moça infeliz, proscrita pelos pais e desonrada pela opinião pública?

A honestidade de Dorgeville não lhe permitiu deter-se nessa segunda consideração, mas a primeira fez com que se decidisse, e prometeu a Cécile que ela ficaria em sua casa como exigia, que a levaria para o interior com uma de suas primas, e que fora só veria as poucas pessoas que lhe aprouvesse. Cécile tornou a agradecer a seu generoso amigo. Chegaram.

É hora de dizer que Dorgeville não vira Cécile sem uma sorte de interesse, misturado com um sentimento que até então desconhecia. Uma alma como a dele só poderia entregar-se ao amor amolecida pela sensibilidade, ou preparada pela decência: todas as qualidades que Dorgeville queria numa mulher encontravam-se na Srta. Duperrier. Essas circunstâncias estranhas, às quais ele queria que se curvasse o coração daquela que desposaria, nela encontravam-se igualmente; sempre dissera que desejava que a mulher à qual daria sua mão fosse, de algum modo, ligada a ele pelo reconhecimento, e que esperava mantê-la, por assim dizer, apenas por esse sentimento. Não era isso que ocorria aí? E no caso de os movimentos da alma de Cécile não estarem muito distantes dos seus, não devia, pela sua maneira de ver, hesitar em oferecer-se para consolá-la, pelos laços do casamento, dos irreparáveis erros do amor? A esperança de uma coisa tão delicada, superiormente conservada pela alma de Dorgeville, apresentava-se também recuperando a honra da Srta. Duperrier: não estava claro que ele a reconciliaria com os pais e não seria para ele delicioso dar a uma mulher infeliz a honra que o mais bárbaro dos preconceitos lhe tirava e a ternura de uma família que lhe tratava com a mais inacreditável crueldade?

Com a cabeça cheia de ideias, Dorgeville pergunta à Srta. Duperrier se ela desaprova uma segunda tentativa junto a seus pais. Cécile não o dissuade, mas abstém-se de aconselhá-lo; tenta até fazer com que ele sinta a inutilidade da visita, deixando-o, contudo, livre para fazer o que deseja quanto à questão. Terminou por dizer a Dorgeville que provavelmente ela começava a ser para ele um peso, posto que desejava com tanto ardor devolvê-la ao seio de uma família que visivelmente a abominava.

Muito contente com a resposta que lhe preparava os meios de abrir-se, Dorgeville assegura à protegida que se deseja uma reconciliação com seus pais é unicamente por ela e pelo público, não carecendo de nada para animar o interesse que ela lhe inspira, esperando apenas que os cuidados que lhe presta não a desagradem. A Srta. Duperrier responde à galantaria dirigindo ao amigo olhares lânguidos e ternos que provam um pouco mais do que reconhecimento. Dorgeville compreende muito bem a expressão desses olhares e, resolvido a tudo para dar, no fim, honra e tranquilidade à protegida, dois meses depois da primeira visita aos pais de Cécile, decide fazer outra, e finalmente declara suas legítimas intenções, sem duvidar que tal procedimento imediatamente os determine a abrir a casa e os braços àquela que se encontra bastante feliz para reparar tão bem o erro que os obrigou a afastar, com demasiada dureza, uma filha que deveriam amar no fundo da alma.

Desta vez Cécile não encarrega Dorgeville de levar uma carta para Saint-Surin, como fizera quando de sua primeira visita: saberemos logo, talvez, a causa. Dorgeville não deixa de dirigir-se a esse criado para novamente ser introduzido na casa do Sr. Duperrier. Saint-Surin recebe-o com as maiores marcas de respeito e prazer; pede-lhe notícias de Cécile com o mais vivo testemunho de interesse e veneração, e, logo que soube o motivo da segunda visita de Dorgeville, infinitamente louva tão nobre procedimento, mas concomitantemente declara que é quase certo que não terá mais sucesso do que na outra vez. Nada desencoraja Dorgeville, que entra na casa de Duperrier; diz-lhe que sua filha encontra-se em sua morada, que cuida, com o maior apuro, dela e da criança, que a crê inteiramente arrependida de seus erros, que em nenhum instante desmentiu seus remorsos e que semelhante conduta parecia-lhe merecer, enfim, alguma indulgência. O pai e a mãe ouvem tudo o que ele diz com a maior atenção... Por um momento, Dorgeville acredita ter tido êxito, mas perante a fleuma espantosa com que lhe respondem, não é preciso muito tempo para compreender que está lidando com almas de ferro, com espécies de animais, enfim, muito mais semelhantes a bestas ferozes do que a criaturas humanas.

Confuso com tanto endurecimento, Dorgeville pergunta ao Sr. Duperrier se têm algum outro motivo de queixa ou ódio da filha, parecendo-lhe inconcebível que, por um erro dessa natureza, decidam-se a tamanho excesso de vigor face a uma criatura doce e honesta, que compensa seus erros com uma infinidade de virtudes.

Duperrier, então, toma a palavra:

– Senhor, não vos subtrairei a bondade que tendes para com aquela que outrora chamava de filha e que se tornou indigna desse nome: não importa a crueldade que vos aprouver imputar-me, não a levarei até esse ponto. Não concebemos outro erro além de sua má conduta com um mau homem, que ela nunca quis ver; esse erro é, a nossos olhos, grave demais, por trazer máculas, assim a condenamos a nunca mais tornar a ver-nos. Cécile, nos primórdios de sua embriaguez, mais de uma vez foi advertida por nós; predissemos tudo o que lhe aconteceu; nada a deteve; desprezou nossos conselhos, desconheceu nossas ordens. Em suma, atirou-se voluntariamente no precipício, embora incessantemente lho mostrássemos aberto sob seus pés. Uma filha que ama seus pais não se conduz assim; tanto que, ajudada pelo subornador a quem deve sua queda, acreditou poder nos enfrentar, coisa que fez com insolência: é bom que hoje ela sinta seus erros, é justo que lhe recusemos nosso apoio, já que o desprezou quando dele tinha necessidade real. Cécile fez uma tolice, senhor: logo fará outra; o fato eclodiu; nossos amigos, nossos parentes sabem que ela fugiu da casa paterna, envergonhada do estado a que suas faltas a reduziram. Continuamos decididos e não nos obrigueis a abrir nosso seio a uma criatura sem alma e sem conduta, que só poderia cá entrar para nos preparar novas dores.

– Sistemas horríveis! – exclamou Dorgeville, ofendido com tamanha resistência. – Máximas muito perigosas as que punem uma filha, cujo único erro foi ter sido sensível! São esses abusos perigosos que se transformam na causa de tantos homicídios terríveis. Pais cruéis! deixais de pensar que uma mulher infeliz é desonrada por ter sido seduzida; tornar-se-ia menos criminosa com menos prudência e menos religião: não a punis por ter respeitado a virtude no próprio seio do delírio; por uma estúpida inconsequência, forçais à infâmia aquela cujo único erro foi ter seguido a natureza. Eis como a imbecil contradição de nossos costumes, ao fazer com que a honra dependa da mais perdoável das faltas, conduz aos grandes crimes aquelas para as quais a vergonha é um peso mais terrível do que o remorso; e eis como, neste caso e em mil outros, prefere-se atrocidades que servem como véus para erros indisfarçáveis. Que as faltas leves não imprimam nenhuma marca de ignonímia nos culpados, e para enterrar essas minúcias, os que se lhas permitiram não mais mergulhem num abismo de males... Preconceitos à parte, onde, pois, está a infâmia de uma pobre moça que, demasiado entregue ao sentimento natural, duplicou sua existência por excesso de sensibilidade? De que crime ela é culpada? Onde se encontram os erros assombrosos de sua alma e de seu espírito? Nunca se haverá de sentir que o segundo erro é apenas consequência do primeiro e que só pode ser único? Que imperdoável contradição! Educam esse sexo infeliz em tudo o que pode determinar sua queda, e o difamam quando ela se efetua! Pais bárbaros! Não recusai a vossas filhas o objeto que as interessa. Por um egoísmo atroz tornai-as eternamente vítimas de vossa avareza ou vossa ambição, e cedendo aos seus pendores, sob vossas leis, não vendo em vós senão amigos, abster-se-ão de cometer erros que ferem vossa recusa. Portanto, elas são culpadas apenas por vossa causa... Elas escutaram a natureza e vós a violais; elas se dobraram a vossas leis e as sufocais em vossas almas... Somente vós mereceis, pois, a desonra ou a dor, já que sois, sozinhos, a causa do mal que fazem, sem vossa crueldade elas nunca teriam vencido os sentimentos de pudor e decência que nelas o céu imprimiu.

– Muito bem! – prosseguiu Dorgeville com mais calor ainda. – Muito bem! Senhor, já que não quereis recuperar a honra de vossa filha, tomarei eu mesmo essa providência. Já que tendes a barbárie de não ver em Cécile nada além de uma estranha, declaro-vos que nela vejo uma esposa. Assumo o montante de seus erros, quaisquer que tenham sido, e nem por isso deixarei de reconhecê-la como minha mulher em toda a província. Mais honesto do que vós, senhor, embora, depois do modo como vos conduzistes, vosso consentimento tenha se tornado inútil, quero ainda pedi-lo... Posso ter a certeza de obtê-lo?

Confuso, Duperrier não pôde deixar de fixar Dorgeville com traços de uma espantosa surpresa.

– O quê! Senhor – diz-lhe –, um homem galante como vós expõe-se voluntariamente a todos os perigos de semelhante aliança?

– A todos, senhor. Os erros de vossa filha antes de conhecer-me não podem alarmar-me de modo racional; apenas um homem injusto, ou preconceitos atrozes, podem olhar uma filha como vil ou culpada por ter amado um outro homem antes de conhecer seu marido. Essa maneira de pensar tem origem num orgulho imperdoável que, não contente de dominar o que tem, gostaria de pôr as mãos naquilo que ainda não possui... Não, senhor, esses absurdos revoltantes não têm nenhum império sobre mim; tenho muito mais confiança na virtude de uma moça que conheceu o mal e dele se arrepende do que numa mulher de quem nunca se teve nada a censurar antes dos laços: a primeira conhece o abismo e o evita, a outra nele supõe haver flores e se atira. Mais uma vez, senhor, aguardo apenas vosso consentimento.

– Esse consentimento não está mais em meu poder – retoma firmemente Duperrier. – Renunciando à nossa autoridade sobre Cécile, amaldiçoando-a, negando-a, como fizemos e continuaremos a fazer, não podemos conservar a faculdade de dela dispor. Para nós, ela é uma estranha que o acaso pôs em vossas mãos... livre pela idade, por seus passos e por nosso abandono... com a qual, enfim, senhor, vos é permitido fazer o que vos parecer melhor.

– Muito bem! Senhor, perdoais à Sra. Dorgeville os erros da Srta. Duperrier?

– Perdoamos à Sra. Dorgeville a libertinagem de Cécile; mas essa que usa dois nomes, tendo mui gravemente errado com sua família... Não importa com que nome se apresente, não será por eles recebida com nenhum.

– Observai, senhor, que é a mim que estais a insultar neste momento, e que vossa conduta torna-se ridícula diante da decência da minha.

– É porque sinto, senhor, porque imagino que o melhor a fazer é separarmo-nos. Sede esposo de uma rameira se quiserdes, não temos nenhum direito de vos impedir. Mas não penseis que o tereis para nos obrigar a receber essa mulher em nossa casa, quando a encheu de luto e amargura... quando a maculou de infâmias.

Dorgeville, furioso, levanta-se e parte sem dizer palavra.

– Eu teria esmagado aquele homem feroz – diz a Sant--Surin, que lhe entrega o cavalo –, se a humanidade não me contivesse e se amanhã não fosse desposar sua filha.

– A desposareis, senhor? – diz Saint-Surin, surpreso.

– Sim, amanhã quero recuperar sua honra... Amanhã quero consolar o infortúnio.

– Oh! Senhor, que ação generosa! Ireis confundir a crueldade desta gente e devolver a luz do dia à mais desafortunada das moças, embora a mais virtuosa. Cobrir-vos-eis de uma glória imortal aos olhos de toda a província...

E Dorgeville parte a galope. De volta à protegida, conta-lhe, em todos os detalhes, a horrível recepção que teve e garante-lhe que, se não fosse por ela, teria feito com que Duperrier se arrependesse de sua conduta indecente. Cécile o agradece pela prudência, mas, quando Dorgeville, retomando a palavra, diz que, apesar de tudo, está disposto a desposá-la no dia seguinte, um tremor involuntário apodera-se da moça. Ela quer falar... as palavras expiram em seus lábios... Quer esconder seu embaraço... e o aumenta...

– Eu! – diz-lhe com inexprimível desordem... – Eu! Tornar-me vossa esposa... Ah! Senhor... A que ponto vos sacrificais por uma pobre moça... tão pouco digna de vossa bondade!

– Sois digna, senhorita – retoma vivamente Dorgeville. – Um erro tão cruelmente punido, pela maneira como vos trataram e ainda mais por vosso remorso, um erro que não pode ter consequências, um erro, enfim, que só serve para amadurecer vosso espírito e para vos dar aquela fatal experiência da vida, que só se pode adquirir à própria custa... Um erro como esse, digo, de modo algum vos degrada aos meus olhos. Se acreditais que sou feito para repará-lo, ofereço-me a vós, senhorita... Minha mão, minha casa... minha fortuna, tudo o que possuo está à vossa disposição... Pronunciai-vos.

– Oh! Senhor – diz Cécile –, perdoai se o excesso de minha perturbação me impede. Acaso devo esperar tanta bondade de vossa parte depois das atitudes de meus pais? E como quereis que eu me acredite capaz de aproveitar-me dela?

– Diferentemente do rigor de vossos pais, não julgo uma leviandade como um crime. Esse erro que vos custa lágrimas eu apago com minha mão.

A Srta. Duperrier cai aos joelhos de seu benfeitor; afigura-se faltar expressão para os sentimentos que enchem sua alma. A esses sabe combinar o amor com tanta diligência que prende, enfim, muito bem o homem que crê ter tanto interesse em cativar. Antes de oito dias o casamento é celebrado, e ela se torna a Sra. Dorgeville.

A recém-casada, entretanto, continua em seu retiro: dá a entender ao esposo que, não estando reconciliada com a família, a decência a obriga a ver muito pouca gente; sua saúde serve-lhe de pretexto, e Dorgeville limita-se à casa e a frequentar algum vizinho. Enquanto isso, a ágil Cécile faz o que pode para persuadir o marido a deixar Poitou: fá-lo ver que, no estado das coisas, eles nunca poderão permanecer sem ter maior desgosto e que seria bem mais decente estabelecer-se em alguma província distante daquela onde a esposa de Dorgeville recebeu de todos tanto desagrado e ultraje.

Dorgeville experimenta o projeto. Chega até a escrever a um amigo que morava perto de Amiens para que procurasse, nos arredores, uma casa de campo, onde pudesse terminar seus dias com uma jovem amável que acabava de desposar e que, afastada dos pais, não encontrava em Poitou senão tristezas que a obrigavam a partir.

Aguardam a resposta das negociações quando Saint-Surin chega ao castelo. Antes de ousar apresentar-se à antiga ama, manda pedir a Dorgeville permissão para saudá-lo. Recebem-no com satisfação.

Saint-Surin diz que o calor com que assumiu os interesses de Cécile fez com que perdesse a colocação, que vem reclamar sua bondade e despedir-se da ama antes de buscar fortuna alhures.

– Não nos deixareis – diz Dorgeville, movido de compaixão, não vendo naquele homem senão uma compra agradável a fazer, que certamente agradaria à mulher. – Não, não nos deixareis.

E Dorgeville, logo fazendo desse acontecimento um lisonjeiro tema de surpresa para aquela que adora, entra nos aposentos de Cécile apresentando-lhe Saint-Surin como primeiro criado da casa. A Sra. Dorgeville chora, muito comovida, beija o marido, cem vezes agradece a singular atenção, e em sua frente testemunha ao criado quão sensível é à afeição que ele sempre conservou para com ela. Por um instante conversaram sobre o Sr. e a Sra. Duperrier; Saint-Surin os pinta com os mesmos traços de rigor que os caracterizou aos olhos de Dorgeville, e passam a tratar apenas dos planos de uma rápida partida.

Chegaram as novas de Amiens. Positivamente haviam encontrado o que convinha, e os esposos estavam a ponto de ir tomar posse da residência quando o mais inesperado e cruel acontecimento veio abrir os olhos de Dorgeville, destruir sua tranquilidade e desmascarar, enfim, a infame criatura que dele abusava há seis meses.

Tudo estava calmo no castelo; acabavam de jantar em paz. Dorgeville e sua mulher, absolutamente sós nesse dia, conversavam no salão, naquele doce repouso da felicidade, por Dorgeville provado sem medo e sem remorso, mas certamente não sentido com a mesma pureza por sua mulher. A felicidade não foi feita para o crime; o ser bastante depravado para nele seguir carreira pode fingir a feliz tranquilidade de uma bela alma, mas a goza mui raramente. De repente, um ruído horrível é ouvido, as portas são abertas com estrondo, Saint-Surin, a ferros, aparece no meio de uma tropa de cavaleiros da polícia, cujo oficial, seguido por quatro homens, atira-se sobre Cécile, que quer fugir. Retém-na e, sem nenhuma atenção a seus gritos ou aos protestos de Dorgeville, prepara-se para levá-la imediatamente.

– Senhor... senhor! – exclama Dorgeville aos prantos.
– Em nome do céu, escutai-me... O que fez esta senhora, para onde pretendeis conduzi-la? Ignorai que ela me pertence e que estais em minha casa?

– Senhor – responde o oficial, um pouco mais tranquilo vendo-se em posse das duas presas –, o maior infortúnio que pode ter se abatido sobre um homem honesto como vós certamente foi ter desposado esta criatura; mas o título que ela usurpou com tanta infâmia e imprudência não pode poupá-la da sorte que a espera... Perguntais-me aonde vou conduzi-la? A Poitiers, senhor, onde, segundo a ordem de prisão contra ela pronunciada em Paris, e que até então evitou com suas artimanhas, será queimada viva com seu indigno amante que cá está – continuou o oficial apontando Saint-Surin.

Depois dessas palavras funestas, as forças de Dorgeville o abandonam. Ele cai inconsciente, acodem-no; até o oficial, seguro de seus prisioneiros, coopera nas atenções que o infeliz esposo exige. Enfim Dorgeville recupera os sentidos... Cécile, sentada numa cadeira, guardada como criminosa naquele salão onde, uma hora antes, reinava como dona... Saint-Surin, na mesma posição, estava a dois ou três passos dela, preso com segurança, mas bem menos calmo do que Cécile, em cuja fronte não se percebia nenhuma alteração. Nada perturbava a tranquilidade daquela infeliz; sua alma, feita para o crime, via a punição sem terror.

– Agradecei ao céu, senhor – ela diz a Dorgeville. – Eis uma aventura que salva vossa vida: no dia seguinte ao de nossa chegada à nova morada, onde contáveis vos estabelecer, esta dose – continua, tirando do bolso um pacote de veneno – seria misturada à vossa comida e expiraríeis seis horas depois. Senhor – diz a horrível criatura ao oficial –, agora sois dono de mim, uma hora a mais ou a menos não deve ter grande importância: peço que ma concedais para eu instruir Dorgeville das circunstâncias singulares que o interessam. Sim, senhor – prossegue, dirigindo-se ao marido –, sim, nisto tudo estais muito mais comprometido do que podeis imaginar. Consegui que eu possa conversar convosco por uma hora, e sabereis coisas que vos surpreenderão. Poderíeis escutá-las tranquilamente até o fim, sem que duplicassem o horror que deveis ter por mim. Vereis, pelo menos, através desse horrível relato, que eu sou a mais infeliz e criminosa das mulheres... e que este monstro – diz, apontando Saint-Surin – é, sem dúvida, o mais celerado dos homens.

Era cedo; o oficial consentiu no relato que a cativa anunciava; seria, talvez, bem mais fácil ele próprio obtê-lo, embora soubesse dos crimes de sua prisioneira e de sua relação com Dorgeville. Apenas dois cavaleiros permaneceram no salão com o oficial e os dois réus; os outros se retiraram, fecharam-se as portas, e a falsa Cécile Duperrier iniciou o relato com os seguintes termos:

– Vedes em mim, Dorgeville, a criatura que o céu pôs no mundo para ser o tormento de vossa vida e o opróbrio de vossa casa. Soubestes na América que, alguns anos depois de vossa partida de França, nascera-vos uma irmã; soubestes também que, muito tempo depois, essa irmã, para gozar à vontade o amor de um homem que ela adorava, ousou erguer a mão sobre os que lhe deram a vida e, em seguida, fugiu com esse amante... Vede se me custam os crimes e se não sei multiplicá-los quando preciso! Sabei agora como vos enganei, Dorgeville... e acalmai-vos – diz ela, ao ver seu infeliz irmão recuar de horror, prestes a perder os sentidos mais uma vez... – Sim, recomponde-vos, meu irmão, sou eu quem devia fremir... vedes como estou tranquila. Talvez eu não tenha nascido para o crime, e sem os pérfidos conselhos de Sant-Surin, talvez ele nunca tivesse sido despertado em meu coração... É a ele que deveis a morte de nossos pais: aconselhou-ma, forneceu-me o necessário para executá-la; foi igualmente de sua mão que recebi o veneno que devia pôr fim à vossa vida.

Desde que executamos nossos primeiros projetos, suspeitaram de nós. Foi preciso partir, mesmo sem levar o montante de que contávamos nos apropriar. Logo as suspeitas se transformaram em provas; instruíram nosso processo, pronunciaram contra nós a funesta detenção que vamos sofrer. Afastamo-nos... mas não o bastante, infelizmente: passamos o boato de uma evasão para a Inglaterra, acreditaram, loucamente imaginamos que era inútil ir mais longe. Sant-Surin apresentou-se como criado na casa do Sr. Duperrier; seus talentos fizeram com que logo fosse aceito. Escondeu-me numa aldeia vizinha da terra desse homem honesto; via-me secretamente, e, nesse intervalo de tempo, nunca apareci a outros olhos senão aos da mulher que me alojara.

Essa maneira de viver entediava-me, não me sentia feita para uma vida tão ignorada. Muita vez há ambição nas almas criminosas; interrogai todos os que ascenderam sem mérito e vereis que raramente isso ocorre sem crime. De bom grado Saint-Surin consentia em buscar outras aventuras, mas eu estava grávida, antes de tudo era preciso livrar-me de meu fardo. Saint-Surin quis enviar-me, para o parto, a uma aldeia mais distante ainda da morada de seus amos, à casa de uma amiga de minha hospedeira. Sempre com a intenção de melhor observar o mistério, foi resolvido que eu iria sozinha: estava a caminho quando me encontrastes; as dores tinham se apoderado de mim antes de chegar à casa daquela mulher, e eu me despachava sozinha ao pé de uma árvore... Então, tomada por um movimento de desespero, vendo-me abandonada como estava, eu, nascida na opulência, e que, com uma conduta mais regrada, poderia pretender os melhores partidos da província, quis matar o infeliz fruto de minha libertinagem, e apunhalar-me, a mim mesma, depois. Passastes, meu irmão, fizestes semblante de interessar-vos por minha sorte; logo a esperança de realizar novos crimes acendeu-se em meu peito: resolvi enganar-vos para aumentar o interesse que parecia terdes por mim. Cécile Duperrier acabava de fugir da casa paterna, para escapar à punição e à vergonha de um erro cometido com um amante que a pusera nas mesmas condições que eu; de fato, estando perfeitamente nas mesmas circunstâncias, resolvi desempenhar o papel dessa moça. Estava certa de duas coisas: que ela não reapareceria, e que seus pais, ainda que ela própria se atirasse a seus pés, nunca perdoariam sua conduta. Esses dois pontos me bastaram para estabelecer minha história toda. Vós vos encarregastes em pessoa da carta pela qual eu instruía Saint-Surin e na qual o informava do espanto do encontro com um irmão, que eu nunca teria conhecido se não tivesse o mesmo nome que eu, e também da ousada esperança que tinha de que ele pudesse servir, sem que suspeitasse, ao restabelecimento de nossa fortuna.

Saint-Surin respondeu-me por vós e, desse momento em diante, sem vosso conhecimento, não deixamos de nos escrever, nem de nos ver, alguma vez, em segredo. Lembrai-vos de vosso fracasso em casa dos Duperrier: eu não me opunha às negociações, pois nada tinha a temer de um encontro com esse homem, e elas permitiam que conhecêsseis Sant-Surin, podendo vós interessar-vos pelo amante que eu tinha intenção de trazer para perto de nós. Mostrastes ter amor por mim... vos sacrificastes por mim: todas essas atitudes se arranjavam aos propósitos que eu tinha de cativar-vos, vistes como respondi e constatastes, Dorgeville, se acaso os elos que me prendiam a vós impediram-me de formar os do casamento, que tão bem consolidavam meus planos todos... que me tiravam do opróbrio, do rebaixamento, da miséria, e que, pelas consequências de meus crimes, colocavam-me numa província distante da nossa, rica... e, enfim, mulher de meu amante. O céu se pôs, conheceis o resto e vedes como sou punida por meus erros... Ficareis livre de um monstro que deve ser-vos odioso... de uma celerada que não parou de abusar de vós... que, mesmo experimentando em vossos braços prazeres incestuosos, não se entregava menos, diariamente, àquele monstro, desde o momento em que o excesso de vossa comiseração imprudentemente o aproximou de nós...

– Odiai-me, Dorgeville... eu mereço... detestai-me, exorto-vos a isso... Mas amanhã, ao ver de vosso castelo as chamas que consumirão uma infeliz que tão cruelmente vos enganou... que logo cortaria o fio de vossa vida... não tirai de mim pelo menos o consolo de crer que sairá alguma lágrima desse coração sensível ainda aberto a meus infortúnios, e lembrareis, talvez, que antes de tornar-me o flagelo e o tormento de vossa vida, nasci vossa irmã e em nenhum instante devo perder os direitos que minha origem dá à vossa piedade.

A infame criatura não estava enganada: comovera o coração do infeliz Dorgeville; ele se esvaía em lágrimas durante o relato.

– Não choreis, Dorgeville, não choreis... – ela diz. – Não, errei ao pedir-vos lágrimas, não as mereço, mas já que tendes a bondade de vertê-las, permiti-me, para secá-las, de neste instante só vos lembrar de meus erros. Lançai os olhos sobre a desafortunada que vos fala, nela considerai a mais odiosa reunião de todos os crimes e tremei em vez de lamentá-la.

Depois dessas palavras, Virginie se levanta.

– Vamos, senhor – ela diz ao oficial, com firmeza –, vamos dar à província o exemplo que ela espera com minha morte: que meu fraco sexo aprenda, vendo-a, aonde conduzem o esquecimento dos deveres e o abandono de Deus.

Descendo os degraus que levavam ao pátio, pediu para ver seu filho. Dorgeville, cujo coração nobre e generoso educava a criança com o maior apuro, creu não dever recusar essa consolação. Trazem-lhe a miserável criatura: ela a pega, aperta-a contra o seio, beija-a... depois, logo extinguindo-se os sentimentos de ternura que, amolecendo sua alma, iam, talvez, deixar que penetrassem com demasiado império os horrores todos de sua situação, estrangula a criança com as próprias mãos.

– Vás – ela diz, atirando-a –, não vale a pena que vejas a luz do dia para que só conheças a infâmia, a vergonha e o infortúnio: que não reste sobre a terra nenhum traço de meus crimes, e que te tornes sua última vítima.

Depois dessas palavras, a celerada atira-se no carro do oficial. Saint-Surin segue amarrado a um cavalo e, no dia seguinte, às cinco horas da tarde, essas duas execráveis criaturas perecem em meio a assustadores suplícios que lhes reservavam a cólera do céu e a justiça dos homens.

Dorgeville, depois de uma doença cruel, legou seus bens para diversas obras de caridade, deixou Poitou e retirou-se para Trappe, onde morreu ao cabo de dois anos, sem ter podido destruir, apesar dos horríveis exemplos, nem os sentimentos de beneficência e comiseração que constituíam sua alma, nem o amor que o consumia, até o último suspiro, pela infeliz mulher... que se tornara o opróbrio de sua vida e a causa única de sua morte.

Ó vós que ledes esta história, que ela possa vos penetrar da obrigação que temos todos de respeitar deveres sagrados, dos quais nunca nos afastamos sem correr atrás da perda! Se, contidos pelo remorso que se faz sentir após a quebra do primeiro freio, tivéssemos a força de permanecer aí, os direitos da virtude nunca seriam totalmente aniquilados: mas nossas fraquezas nos perdem, terríveis conselhos corrompem, perigosos exemplos pervertem, todos os perigos parecem dissipar-se e o véu só é rasgado quando o gládio da justiça enfim detém o curso dos crimes. É então que o aguilhão do arrependimento se torna insuportável: não há mais tempo, os homens precisam de vingança, e aquele que só soube prejudicá-los cedo ou tarde termina por aterrorizá-los.

A Condessa de Sancerre
ou
A rival da filha
– Anedota da Corte de Borgonha –

Carlos, o Temerário, duque de Borgonha, sempre foi inimigo de Luís XI; sempre às voltas com seus projetos de vingança e ambição, tinha no séquito quase todos os cavaleiros de seus Estados, e esses, a seu lado, às margens do Somme, ao se preocuparem apenas em vencer ou morrer dignos do chefe, esqueciam, sob os estandartes, os prazeres de sua pátria. Eram tristes as cortes em Borgonha, desertos os castelos; não mais se viam brilhar, nos magníficos torneios de Dijon e Autun, os valorosos cavaleiros que outrora os ilustravam; e as beldades, abandonadas, negligenciavam até as lamentações, de que eles não mais podiam ser objeto; fremindo pelos dias desses queridos guerreiros, não se via mais do que preocupações e inquietações nessas frontes radiosas, animadas pelo orgulho, quando antes, no meio da arena, tantos desafios, diligência e coragem ofereciam às suas damas.

Ao seguir seu príncipe no exército, ao provar-lhe seu zelo, o conde de Sancerre, um dos melhores generais de Carlos, recomendara à mulher nada negligenciar na educação de sua filha Amélie, e deixar crescer, sem inquietação, o terno ardor que a jovem sentia pelo castelão de Monrevel, que um dia deveria possuí-la e que a adorava desde a infância. Monrevel tinha vinte e quatro anos, e por já ter feito várias campanhas junto ao duque, acabava de obter, em consideração a esse casamento, licença para permanecer em Borgonha, e sua alma jovem necessitava do amor todo que o inflamava para não se irritar com os atrasos que essa sorte de arranjos impunha aos êxitos bélicos. Porém, Monrevel, o cavaleiro mais belo de seu século, o mais amável e corajoso, sabia amar como sabia vencer; favorito das Graças e do deus da guerra, a esse arrebatava o que exigiam aquelas e ora coroava-se com louros prodigados por Belona ora com murtas que o Amor juntava à sua fronte.

Ora! Quem mais do que Amélie merecia os momentos que Monrevel roubava de Marte? A pena seria indócil àquele que quisesse pintá-la... como esboçar, com efeito, aquele corpo fino e lépido, de que cada movimento era uma graça, aquela figura fina e deliciosa, de que cada traço era um sentimento? E só virtudes embelezavam ainda mais essa criatura celeste, que mal chegara ao quarto lustro!*... A candura, a humanidade... o amor filial... Era impossível dizer, enfim, se era pelas qualidades da alma ou pelos adornos da figura que Amélie a todos prendia tão firmemente.

Mas como era possível semelhante moça ter recebido a vida no seio de uma mãe tão cruel e de caráter tão perigoso? Sob uma figura ainda bela, traços nobres e majestosos, a condessa de Sancerre escondia uma alma ciumenta, imperiosa, vingativa, em suma, capaz de todos os crimes a que essas paixões podem levar.

Celebérrima na corte de Borgonha pelo desregramento dos seus costumes e pelas galantarias, foram poucas as tristezas que deixou de causar ao esposo.

Não era sem inveja que essa mãe via os encantos da filha aumentarem, e não era sem uma tristeza secreta que conhecia a paixão de Monrevel por eles. Até esse momento, tudo o que pudera fazer fora impor silêncio aos sentimentos

---

* *Lustre*, no original. Esta é a forma literária utilizada para designar um período de cinco anos, derivada do latim *lustrum*, na acepção dada por Varro ao termo: cerimônia purificadora celebrada de cinco em cinco anos. (N.T.)

que a jovem nutria por Monrevel e, apesar das intenções do conde, ela sempre comprometera a filha a não confessar o que sentia pelo esposo que o pai lhe destinava. Ardendo no fundo do coração pelo amante da filha, afigurava-se a essa mulher assustadora uma consolação: deixar que esse amante ignorasse a paixão que a ultrajava. Mas, se constrangia os desejos de Amélie, isso não significava que fizesse a mesma violência aos seus; há muito seus olhos teriam dito tudo a Monrevel, se o jovem guerreiro tivesse querido ouvir... se não acreditasse que um outro amor, distinto do de Amélie, tornar-se-ia para ele antes uma ofensa do que um feliz acaso.

Por ordem do esposo, há um mês a condessa recebia o jovem Monrevel em seu castelo, sem que nesse tempo tivesse empregado um instante sequer que não fosse para ocultar os sentimentos da filha e manifestar os seus. Embora Amélie se calasse, embora fosse oprimida, Monrevel suspeitava que os arranjos do conde de Sancerre não desagradavam à beldade; ousava crer que dificilmente Amélie veria um outro em posse da esperança de pertencer-lhe um dia.

– Como é possível, Amélie? – dizia Monrevel à bela amante, num dos breves instantes em que não estava sendo afligido pelos olhares enciumados da sra. de Sancerre. – Como é possível que, com a certeza de um dia sermos um do outro, não vos permitam sequer dizer-me se esse projeto vos contraria ou se sou feliz que ele não vos desagrade? Qual! Assim só se consegue opor-se a que o amante, ansioso por tornar-se digno de fazer vossa felicidade, possa saber se é permitido pretendê-la!

Mas Amélie, contentando-se em olhar ternamente para Monrevel, suspirava, e reunia-se à mãe, de quem devia tudo temer se um dia as expressões de seu coração ousassem anunciar-se em seus lábios.

Tal era o estado das coisas quando um mensageiro chegou ao castelo de Sancerre e comunicou a morte do conde junto aos muros de Beauvais, no dia da retirada. Lucenai, um dos cavaleiros desse general, levava, chorando, a triste nova, com uma carta do duque de Borgonha à condessa. Desculpava-se ele dos infortúnios que o impediam de estender-se nas consolações que cria dever-lhe, e expressamente ordenava-lhe observar as intenções de seu marido para com a aliança que o general desejara entre sua filha e Monrevel, que se apressasse a união e, quinze dias depois da consumação, lhe enviasse o jovem herói, visto que na situação de seu exército não se podia dispensar um guerreiro tão corajoso como Monrevel.

A condessa vestiu luto e não mandou publicar a recomendação de Carlos, demasiado contrária a esses desejos para que dissesse uma palavra sobre eles. Dispensou Lucenai e, mais do que nunca, recomendou à filha que disfarçasse seus sentimentos, que os sufocasse até, posto que nenhuma circunstância poderia obrigar aquele casamento... que jamais se realizaria.

Tendo concluído essas disposições, a condessa ciumenta viu-se livre dos entraves que se opunham a seus sentimentos desenfreados pelo amante da filha, e passou a tratar apenas de esfriar o jovem castelão em relação a Amélie, e inflamá-lo em relação a si.

Suas primeiras providências foram apossar-se de todas as cartas que Monrevel pudesse escrever ao exército de Carlos e retê-las em casa, exasperando seu amor, deixando-lhe uma espécie de esperança longínqua que, por feri-lo incessantemente, o cativasse enquanto o desolava. Em seguida, aproveitar-se-ia do estado em que poria sua alma para, pouco a pouco dispô-la a seu favor, imaginando, como mulher hábil, que o despeito lhe traria o que não podia obter do amor.

Uma vez, certa de que nenhuma carta sairia do castelo sem que lhe fosse levada, a condessa espalhou falsos boatos: disse a todos, e, secretamente, no castelo de Monrevel, que Carlos, o Temerário, ao informá-la da morte do esposo, ordenou-lhe que casasse a filha com o sr. de Salins, ao qual determinou que fosse consumar a união em Sancerre, e acrescentou a Monrevel, em tom de segredo, que esse evento certamente não aborreceria Amélie, que há cinco anos vinha suspirando por Salins. Assim, tendo fincado o punhal no coração de Monrevel, mandou vir a filha e disse-lhe que tudo o que fazia visava apenas a afastar dela o castelão, que era recomendável apoiar esse projeto, não querendo absolutamente a aliança, e que, isso posto, mais valia dar um pretexto como aquele de que se servia do que provocar uma ruptura sem fundamento; sua querida filha, contudo, não ficaria, por isso, mais infeliz, pois prometia-lhe, em troca do pequeno sacrifício, deixá-la livre para qualquer escolha que lhe aprouvesse fazer.

Amélie quis conter as lágrimas perante as ordens cruéis; a natureza, porém, mais forte do que a prudência, fez com que ela se prostrasse de joelhos diante da condessa; pediu, por tudo o que lhe era mais caro, que não a separassem de Monrevel, que observassem as intenções do pai que adorara e que a fazia chorar tão amargamente.

A cativante moça não vertia uma lágrima que atingisse o coração da mãe.

– O quê! – diz a condessa tentando controlar-se, a fim de melhor conhecer os sentimentos da filha. – Essa paixão infeliz vos domina a ponto de não poderdes sacrificá-la? E se vosso amante tivesse partilhado da sorte de vosso pai, se vos fosse preciso chorar por ele?...

– Oh! Senhora – responde Amélie –, não me dai uma ideia tão desoladora: se Monrevel tivesse perecido eu o teria acompanhado de perto. Não duvidai que meu pai não me tenha sido caro e que meus lamentos por tê-lo perdido teriam sido eternos, sem a esperança de um dia o esposo que ele me destinava enxugar minhas lágrimas. Foi para esse esposo apenas que conservei-me; só por ele superei o desespero no qual a horrenda notícia que acabamos de receber mergulhou-me. Quereis, portanto, a um só tempo, dilacerar meu coração com tantos golpes cruéis!

– Muito bem! – diz a condessa, que sentiu que a violência só poderia irritar aquela que seu artifício obrigava a manobrar. – Continuai a fingir o que estou a propor, já que não consegui dominar-vos, e dizei a Monrevel que amais Salins: será um meio de saber se realmente ele vos é afeiçoado. O verdadeiro modo de conhecer um amante é inquietá-lo pelo ciúme. Se Monrevel mostrar despeito e vos abandonar, não ficareis feliz por terdes reconhecido que não passáveis de uma tola por amá-lo?

– E se sua paixão só vier a aumentar?

– Então, talvez, cederei; não conheceis vossos direitos sobre minha alma?

E a terna Amélie, consolada por essas últimas palavras, não parava de beijar as mãos daquela que a traía, daquela que, no fundo, a via como a mais mortal inimiga... daquela que, enfim, só nutria no seio sentimentos de ódio e horríveis projetos de vingança, enquanto consolava o coração alarmado da filha.

Amélie, todavia, trata de fazer o que dela se exige; não só promete fingir amor por Salins como garante que se servirá desse meio para pôr à última prova o coração de Monrevel, tendo por única condição que a mãe não levará as coisas longe demais e as deterá tão logo estiverem convencidas da constância e do amor do castelão. A sra. de Sancerre promete tudo; poucos dias depois, diz a Monrevel que lhe parece singular que, não mais podendo de modo razoável conservar esperanças de pertencer à sua filha, queira ele por tanto tempo enterrar-se em Borgonha, enquanto a província está sob o domínio de Carlos. Ao dizer-lhe isso, habilmente deixa-o ler as últimas linhas da carta do duque, que continha, como lemos: *Mandai-me de volta Monrevel, pois, no estado em que se encontra meu exército, não posso dispensar semelhante bravo por mais tempo.* A pérfida condessa, entretanto, cuidou de não deixá-lo ver mais.

– O quê! Senhora – diz o castelão, desesperado –, é pois verdade que estais a sacrificar-me? Então é certo que devo renunciar aos projetos que constituíam o encanto de minha vida?

— Na verdade, Monrevel, a execução de tais projetos só teria trazido infortúnio: quando se vos afigura que deveis amar uma infiel? Se Amélie alimentou em vós a esperança, sem dúvida vos enganou, seu amor por Salins era demasiado real.

— Ah! Senhora – retoma o jovem herói, deixando escapar alguma lágrima –, eu não devia ter acreditado que era amado por Amélie, concordo; mas poderia eu pensar que ela amasse outro?

E passando rapidamente da dor ao desespero:

— Não! – continua, furioso... – Não! que ela não imagine abusar de minha credulidade! Está acima de minhas forças suportar esses ultrajes. Já que a desagrado e que nada mais tenho a temer, por que haveria de pôr limites à minha vingança?... Encontrarei Salins, buscarei nos confins da Terra esse rival que me ultraja e que detesto; sua vida responderá por seus insultos, do contrário perderei a minha sob seus golpes.

— Não, Monrevel! – exclama a condessa. – Não! A prudência não permite padecer de coisas semelhantes. Ide antes, bem depressa, ao encontro de Carlos, se ousais conceber esses projetos, pois aguardo Salins em poucos dias, e devo opor-me ao vosso encontro em minha casa... A menos, contudo – continuou a condessa, com algum embaraço –, que deixeis de ser perigoso para com ele, por meio da vitória que tiverdes sobre vossos sentimentos... Ó Monrevel... Se vossa escolha tivesse recaído sobre outro objeto... Se não mais vos julgasse temível em meu castelo seria eu a primeira a insistir que cá permanecêsseis por mais tempo...

E logo retomando, lançando olhares flamejantes ao castelão:

— Quê! Então só Amélie, neste lugar, pode pretender a felicidade de agradar-vos? Como conheceis pouco os corações que vos cercam se supondes que só o dela foi capaz de ter sentido o que valeis! Acaso podeis supor um sentimento sólido na alma de uma criança? Sabe-se o que ela pensa?... Sabe-se quem se ama, em sua idade?... Crede-me, Monrevel, é preciso um pouco mais de experiência para saber amar de verdade. Uma sedução é uma conquista? Acaso triunfa-se sobre quem não sabe defender-se?... Ah! A vitória não é mais lisonjeira quando o objeto atacado, conhecendo todas as artimanhas que podem tirá-lo de vós, não opõe, contudo, a vossos atos, senão seu coração e só combate ao ceder?

– Oh! Senhora! – interrompe o castelão, que via muito bem onde a condessa queria chegar. – Ignoro as qualidades necessárias para ser capaz de bem amar, mas sei perfeitamente que só Amélie tem todas as que devem fazer com que eu a adore, e sempre, só a ela eu quererei bem neste mundo.

– Nesse caso eu vos lamento – diz asperamente a Sra. de Sancerre –, pois não só ela não vos ama como, na certeza da inabalável situação de vossa alma, vejo-me obrigada a separar-vos para sempre.

E pronunciando essas últimas palavras, deixa bruscamente o castelão.

Seria difícil descrever o estado de Monrevel, ora devorado pela dor, ora atormentado pela inquietação, pelo ciúme e pela vingança. Ele não sabia a que sentimento se entregar com mais ardor, tão imperiosamente era dilacerado por todos. Enfim, corre aos pés de Amélie.

– Ó vós que não deixei de adorar um instante sequer! – exclama, esvaindo-se em lágrimas... – Devo acreditar em tudo?... Estais a tirar-me o único bem pelo qual eu teria dado o império da Terra, se mo pertencesse?... Amélie... Amélie! É verdade que sois infiel e que Salins irá possuir-vos?

– É triste que vos tenham dito, Monrevel – responde Amélie, decidida a obedecer à mãe, para não irritá-la e para saber se realmente o castelão a amava com sinceridade. – Mas se esse segredo fatal foi descoberto hoje, não mereço vossas censuras amargas: não tendo nunca vos dado esperança, como podeis acusar-me de traição?

– É bem verdade, cruel, reconheço. Nunca pude provocar em vossa cabeça a menor faísca do fogo que devora a minha. Porque por um instante julguei-vos com o coração, ousei supor em vós um erro que não passa de consequência do amor; nunca o sentistes por mim, Amélie: de que, com efeito, estou a lamentar-me? Está bem, não me traís, não vos sacrificais por mim, mas desprezais meu amor... tornais-me o mais infeliz dos homens.

– Realmente, Monrevel, não concebo como, na incerteza, é possível desperdiçar tanta chama...

– O quê! Não devíamos nos unir?

– Assim queriam, mas era essa a única razão para que eu quisesse também? Acaso nossos corações obedecem às intenções de nossos pais?

– Então eu vos teria feito infeliz?

– Quando da conclusão eu vos teria deixado ler minha alma e não teríeis me forçado.

– Ó céu! Eis minha sentença! Devo deixar-vos... devo afastar-me, sois vós quem exigis, grande Deus!... dilacerai à vontade o coração deste que queria adorar-vos sem cessar! Muito bem! Partirei, pérfida, buscarei junto a meu príncipe meios certos de vos afastar ainda mais e, desesperado por vos ter perdido, morrerei a seu lado nos campos da glória.

Proferidas essas palavras, Monrevel saiu. A triste Amélie, que cometera uma extrema violência para submeter-se às intenções de sua mãe, não havendo mais nada que pudesse entristecê-la, esvaiu-se em lágrimas logo que ficou só.

– Ó tu que adoro! O que deveis pensar de Amélie? – exclama. – Por que sentimentos substituis tu, agora, em teu coração aqueles com que respondias à minha chama? Que censuras certamente não estás a fazer-me! Como eu as mereço! Nunca confessei-te meu amor, é verdade... mas meus olhos dele te instruíam bastante. Se, por prudência, eu retardava a confissão, minha felicidade era a de deixá-la irromper um dia... Ó Monrevel... Monrevel! Que suplício o da amante que não ousa confessar seu fogo ao homem mais digno de atiçá-lo. Obrigam-na a fingir... a substituir pela indiferença o sentimento que a devora!

A condessa surpreendeu Amélie nessa situação acabrunhante.

– Fiz o que quisestes, senhora – diz-lhe. – O castelão está tomado de dor; o que exigis mais?

– Quero que o fingimento continue – retoma a sra. de Sancerre –, quero ver a que ponto Monrevel vos é afeiçoado... Escutai-me, minha filha, o castelão não conhece o rival... Clotilde, a mais cara de minhas mulheres, tem um jovem parente com a idade e o corpo de Salins. Vou introduzi-lo no castelo; ele passará por aquele que fingimos vos amar há seis anos, mas estará aqui em sigilo, só em segredo o vereis, como que sem meu conhecimento... Monrevel terá apenas suspeitas... suspeitas que eu terei o cuidado de alimentar, e então julgaremos os efeitos de seu amor desesperado.

– Senhora, de que adiantam todos esses fingimentos? – responde Amélie. – Não duvidai dos sentimentos de Monrevel, ele acaba de dar-me as mais fortes garantias, e nelas creio de todo coração.

– Acaso é preciso confessar isso? – continua a malvada, dando prosseguimento ao plano indigno. – Escreveram-me do exército que Monrevel está longe de ter as virtudes de um cavaleiro bravo e digno... Digo-vos isto com dor, mas questionam sua coragem... Viram-no fugir em Montlhéry...

– Ele, senhora! – exclama a srta. de Sancerre. – Ele, capaz de tamanha franqueza! Não acreditai, estão vos enganando: Brezé* foi morto por ele... Ele, fugir!... Eu teria percebido... Não acreditaria... Não, senhora, não, ele partiu daqui para ir a essa batalha; permitistes que ele beijasse minha mão, esta mesma mão que ornou seu elmo com um laço de fita... Disse-me que seria invencível, tinha minhas marcas em seu coração, e é incapaz de tê-las maculado... não o fez.

– Sei – diz a condessa –, que os primeiros rumores foram em sua vantagem, mas vos deixaram na ignorância dos outros... O senescal nunca morreu por sua mão, e mais de vinte guerreiros viram Monrevel fugir... De que vos interessa essa prova a mais, Amélie? Ela nunca será sanguinária, saberei

---

* Pierre de Brezé, grande senescal de Normandia, comandava a vanguarda do exército de Luís XI no dia em que perdeu a vida. (N.A.)

detê-la a tempo... Se Monrevel fosse covarde, quereríeis conceder-lhe a mão? Acaso imaginais que numa coisa na qual age minha complacência tenho o direito de vos impor condições? O duque agora opõe-se a que Monrevel se torne vosso esposo, deu-me novas ordens; se, apesar de tudo, eu quiser ceder a vossos desejos, deveis pelo menos conceder algo aos meus.

Proferidas essas palavras, retirou-se a condessa, deixando a filha às voltas com novas perplexidades.

– Monrevel, um covarde! – dizia a si mesma Amélie, chorando. – Não, nunca acreditarei... Não pode ser, ele me ama... Então eu não o vi expor-se aos perigos de um torneio, na certeza de que o recompensaria com um olhar, vencer todos que a ele se apresentavam?... Esses olhares que o encorajavam e o acompanharam pelas planícies de França, foi sob esses que combateu, e sob os dele estava eu. Meu amante tem tanta bravura quanto amor por mim; essas duas virtudes devem ser excessivas numa alma onde nada de impuro jamais penetrou... Não importa! Se minha mãe assim quer, obedecerei... Conservarei o silêncio, não mostrarei meu coração àquele que o possui inteiramente, mas nunca suspeitarei do seu.

Assim passaram-se vários dias, durante os quais a condessa preparou suas artimanhas e Amélie continuou a sustentar a personagem que lhe impunham, apesar das dores que provava. Enfim a sra. de Sancerre mandou dizer a Monrevel que a encontrasse a sós, pois tinha algo importante a comunicar-lhe... Então, resolveu declarar-se totalmente a fim de não ter mais remorsos, caso a resistência do castelão a forçasse a cometer crimes.

– Cavaleiro – disse-lhe tão logo o viu entrar –, certo, como deveis estar agora, do desprezo de minha filha e da felicidade de vosso rival, devo necessariamente atribuir a outra causa o prolongamento de vossa permanência em Sancerre, no momento em que vosso chefe exige e deseja vossa presença a seu lado. Confessai-me, pois, sem dissimulação, o assunto que pode vos reter... Seria o mesmo... Monrevel, seria o mesmo que faz com que eu também deseje conservar-vos aqui?

Embora há muito o jovem guerreiro suspeitasse do amor da condessa, não só nunca comentara com Amélie, como, desesperado por ter podido despertá-lo, procurava escondê--lo de si mesmo. Acossado pela questão, clara demais para permitir um equívoco, respondeu, corando:

– Senhora, conhecei os grilhões que me prendem e se vos dignais a apertá-los ou soltá-los, sem dúvida eu seria o mais feliz dos homens...

Quer por fingimento, quer por orgulho, a senhora de Sancerre tomou a resposta a seu favor.

– Belo e doce amigo – diz-lhe, então, puxando-o para perto de sua poltrona –, esses grilhões serão apertados quando quiserdes... Ah! Há muito tempo eles vêm cativando meu coração; ornarão minhas mãos quando tiverdes expressado tal desejo. Eis-me hoje livre, e se desejo novamente perder minha liberdade, deveis saber com quem...

Após essas palavras Monrevel tremeu, e a condessa, que não perdia um único movimento seu, entregava-se, então, em fúria, aos transportes de sua chama. Censurou-lhe com os termos mais duros a indiferença com a qual ele sempre recompensara o ardor que nutria.

– Podias esconder de ti a chama que iluminava teus olhos, ingrato? Podias ignorá-la? – pergunta. – Acaso passou-se um dia, desde tua tenra idade, em que eu não tenha despertado esses sentimentos que desdenhas com tanta insolência? Na corte de Carlos havia um único cavaleiro que me interessasse tanto como tu? Altiva por teus sucessos, sensível aos teus infortúnios, acaso já colhestes um louro sem que minha mão se envolvesse com murtas? Acaso teu espírito concebeu um único pensamento sem que dele eu partilhasse no mesmo instante? E teu coração, acaso teve um sentimento que também não fosse meu? Festejada em toda parte, vendo a Borgonha inteira a meus pés, cercada de adoradores... embriagada de incenso, meus votos todos destinavam-se a Monrevel e só a ele, pois eu desprezava todos os outros... E enquanto adorava-te, pérfido... teus olhos desviavam-se de mim... Loucamente apaixonado por uma criança... sacrificando-me em nome dessa indigna rival... Fizeste-me odiar minha própria filha... Eu sentia todas as tuas atitudes, não havia uma que não atravessasse meu coração, contudo, eu não podia odiar-te... E agora, o que esperas? Que o despeito, pelo menos, faça com que te dês a mim, já que o amor não pode ter êxito... teu rival cá está, posso fazer com que ele triunfe amanhã, minha filha pressiona-me. Que esperança resta-te, então? Que louca esperança pode continuar a cegar-te?

– A de morrer, senhora – responde Monrevel –, pelo remorso de ter feito com que despertassem em vós sentimentos que não estão em meu alcance partilhar, de morrer pela tristeza de não poder inspirá-los ao único objeto que sempre reinará em meu coração.

A sra. de Sancerre conteve-se. O amor, a altivez, a astúcia, a vingança dominavam-na com demasiado império para que se lhe impusesse a necessidade de fingir. Uma alma aberta e franca se deixaria levar; uma mulher vingativa e falsa devia empregar o artifício, e a condessa o pôs em prática:

– Cavaleiro – diz-lhe com forçado despeito –, pela primeira vez em minha vida, fizestes-me conhecer a recusa; ela espantaria vossos rivais. Não estou surpresa; não, faço justiça a mim mesma... Eu poderia ser vossa mãe, cavaleiro... Como, com semelhante equívoco, podia eu pretender vossa mão?... Não vos importunarei mais, Monrevel, concedo à minha afortunada rival a honra de vos aprisionar e, não podendo tornar-me vossa mulher, sempre serei vossa amiga. Opor-vos-eis a isso, cruel? Almejareis a esse título?

– Oh! Senhora, nessas atitudes reconheço perfeitamente a nobreza de vosso coração – responde o castelão, seduzido pelas aparências enganadoras. – Ah! Crede – acrescenta, precipitando-se aos pés da condessa –, crede que todos os sentimentos de meu coração, os que não forem de amor, vos pertencerão para sempre; não terei no mundo amiga melhor: sereis, a um só tempo, minha protetora e minha mãe, e a vós dedicarei, incessantemente, todos os momentos em que minha paixão por Amélie não me retiver a seus pés.

– Ficarei lisonjeada pelo que me restar, Monrevel – retorquiu a condessa, erguendo-o. – Tudo é caro naquele que amamos! Sem dúvida sentimentos mais vivos ter-me-iam tocado bem mais, porém, já que não devo pretendê-los, contentar-me-ei com essa amizade sincera que estais a prometer-me e vos pagarei com a minha... Escutai, Monrevel, desde já vou dar-vos uma prova dos sentimentos que vos juro: conheceis meu desejo de fazer com que vosso amor triunfe, e de vos cativar eternamente perto de mim... Vosso rival cá se encontra, nada é mais certo: instruída das vontades de Carlos, ser-me-ia possível recusar-lhe a entrada neste castelo? Tudo que poderei conseguir para vós... para vós, cujos desígnios ele ignora, é que ele aparecerá disfarçado (e já está) e verá minha filha em segredo. Que decisão quereis que tomemos nessa circunstância?

– A que meu coração dita, senhora; a única graça que ouso implorar-vos de joelhos é a permissão de disputar minha amante com o rival, como a honra assim inspira a um guerreiro como eu.

– Essa decisão não vos trará sucesso, Monrevel. Não conheceis o homem com que tendes de tratar: acaso o vistes na carreira da honra? Pela primeira vez na vida Salins saiu dos confins de sua província, onde estava vergonhosamente, para desposar minha filha. Não concebo como Carlos pôde imaginar semelhante escolha, mas assim ele quer... nada temos a dizer. Repito, contudo: Salins, conhecido como traidor, certamente não se baterá... E se conhecesse vossos planos, se viesse a conhecê-los através de vossas atitudes, oh! Monrevel, eu temeria por vós... Busquemos outros meios e ocultemo-lhe nossas intenções... Deixai-me refletir por alguns dias, informar-vos-ei do que tiver feito, enquanto isso, permanecei aqui, e eu semearei diferentes boatos acerca dos motivos que vos retêm.

Monrevel, por demais satisfeito do pouco que obtém, não imaginando que possam enganar-lhe, porque seu coração honesto e sensível nunca conheceu desvios, torna a beijar os joelhos da condessa e retira-se com menos pesar.

A sra. de Sancerre aproveita-se desses instantes para dar ordens úteis ao sucesso de suas pérfidas intenções. O jovem parente de Clotilde, secretamente introduzido no castelo com o hábito de um pajem da casa, desempenha tão bem seu papel que Monrevel não pode deixar de percebê-lo. Quatro criados desconhecidos também estão na casa, passam por serviçais do conde de Sancerre, de volta após a morte do amo. A condessa, porém, tem o cuidado de dizer a Monrevel que esses estranhos são do séquito de Salins. Desse momento em diante, o cavaleiro mal pode conversar com a amante: se acaso vai aos seus aposentos, as mulheres o repelem, se tenta abordá-la no parque, nos jardins, ela foge ou então ele a vê com seu rival. Tais infortúnios são demasiado violentos para a alma efervescente de Monrevel: prestes a desesperar-se, aborda, enfim, Amélie, que o falso Salins acabava de deixar.

– Cruel – diz-lhe, não mais podendo conter-se –, desprezais-me, pois, a ponto de querer, diante de mim, unir os laços sinistros que vão nos separar? Agora que só dependeria de vós, agora que estou prestes a dobrar vossa mãe, sois vós, ó dor, quem desferis o golpe que me dilacera!

Prevenida das luzes de esperança que a condessa dera a Monrevel e crente que isso tudo devia levar ao feliz desenlace da cena que continuava a representar, Amélie continuava a fingir. Diz ao amante que está em seu poder poupar-se do doloroso espetáculo que ele parece temer, e que ela é a primeira a aconselhá-lo a esquecer, junto a Belona, as tristezas todas que lhe dá o amor. Mas embora a condessa lhe tenha recomendado, abstém-se de aparentar ares de suspeita quanto à coragem do amante. Amélie conhecia demais Monrevel para dele duvidar; ama-o demais, no fundo do coração, para sequer arriscar gracejos quanto a uma coisa tão sagrada.

– Então, está feito. Devo deixar-vos! – exclama o castelão, regando com lágrimas os joelhos de Amélie, que ele ousa abraçar mais uma vez. – Tendes a força de abandonar-me! Muito bem! Encontrarei em meu espírito força para obedecer-vos. Possa o feliz mortal a quem vos deixo conhecer o preço do que lhe cedo! Possa ele tornar-vos tão feliz como mereceis ser! Amélie, informar-me-eis sobre vossa felicidade; é a única graça que vos peço, e eu serei menos infeliz quando vos souber no seio da felicidade.

Amélie não pôde ouvir essas últimas palavras sem se sentir comovida... Lágrimas involuntárias a traíram, e Monrevel, arrebatando-a nos braços, clama:

– Um instante de sorte para mim! Pude ler um lamento nesse coração que por muito tempo pensei ser meu! Ó Amélie querida! Então não é verdade que amais Salins, posto que vos dignais a chorar por Monrevel? Dizei uma palavra, Amélie, uma única palavra, e que ela solte o monstro que vos tira de mim, do contrário forçá-lo-ei a bater-se ou o punirei ao mesmo tempo por sua pouca coragem e por ousar elevar-se a vossa altura.

Mas Amélie se recompusera: ameaçada de perder tudo, bem sentia a importância de sustentar o papel que lhe era imposto para que ousasse fraquejar por um instante.

– Não negarei as lágrimas que surpreendestes, cavaleiro – diz-lhe firmemente –, mas interpretais mal a causa: um momento de piedade por vós pode ter feito com que corressem, mas sem que o amor tomasse nisso qualquer parte. Há muito habituada a vos ver, bem posso estar triste por perder-vos, sem que essa mágoa seja fundada em nenhum sentimento mais terno, além da simples amizade.

– Ó justo céu! – diz o castelão. – Tirais de mim até a consolação com que meu coração se apaziguava nesse instante! Amélie! Como sois cruel para com este, cujo único erro para convosco foi adorar-vos! E é só à piedade que as devo, essas lágrimas pelas quais fui tão glorioso por um minuto? É esse, então, o único sentimento que cumpre que eu espere de vós?...

Alguém se aproxima, e nossos dois amantes foram forçados a separar-se. Um entregou-se ao desespero, sem dúvida, e o outro, alma ferida pela dor de uma pena tão cruel... mas mui conformada de que um acontecimento qualquer a impedisse de suportá-la por mais tempo.

Vários dias decorreram de então, e a condessa aproveitou-se para fazer seus últimos planos, quando Monrevel, voltando uma noite dos jardins para onde sua melancolia o arrastara, estando só e desarmado, foi bruscamente atacado por quatro homens que pareciam querer sua vida. Sem que a coragem o abandonasse em tão perigosa circunstância, defende-se, afugenta os inimigos que o oprimem... grita, e livra-se, socorrido pela criadagem da condessa, que chega tão logo o ouve. A senhora de Sancerre, instruída do perigo que ele acaba de correr... a pérfida Sancerre que sabia melhor do que ninguém de que mãos partira o artifício, pede a Monrevel que vá a seus aposentos antes de recolher-se.

– Senhora – diz-lhe o castelão, abordando-a... –, ignoro quem são os que ameaçam minha vida, mas não pensava que em vosso castelo pudessem atacar um cavaleiro desarmado...

– Monrevel – responde a condessa, vendo que ele ainda estava agitado –, é para mim impossível preservar-vos desses perigos; posso apenas ajudar-vos a deles vos defender... Atiraram-se sobre vós, o que podia eu fazer?... Tratais com um traidor, eu vos disse; em vão empregareis com ele qualquer procedimento da honra: ele não responderá desse modo e correreis perigo diariamente. Eu o queria longe de minha casa, sem dúvida, mas posso proibir a entrada àquele que o duque de Borgonha quer que eu receba como genro? Àquele que ama minha filha, e enfim, por quem ela é amada? Sede mais justo, cavaleiro, neste momento em que sofro como vós; medireis o interesse que tudo isso a mim inspira pela infinidade de elos que me prendem à vossa sorte. O golpe vem de Salins, não duvido: informou-se dos motivos que vos retêm aqui, quando os cavaleiros todos estão junto a seus chefes. Infelizmente vosso amor é demasiado conhecido, terá encontrado indiscretos... Salins vinga-se, e compreendo muito bem que é impossível desfazer-se de vós de outro modo que não seja o crime, e comete-o; tendo fracassado, tentará de novo... Ó doce cavaleiro, temo por isso... temo ainda mais do que vós!

– Muito bem, senhora! – replica o castelão. – Ordenai-o a abandonar aquele disfarce inútil e deixai-me atacá-lo de modo a obrigá-lo a revidar-me... Ora! Que necessidade há de Salins disfarçar-se, já que está em vossa casa por ordem de seu soberano? E já que é amado por aquela que procura e protegido por vós, senhora?

– Por mim, cavaleiro? Não esperava por essa injúria, mas não interessa, não é este o momento de justificar-vos. Respondamos apenas vossas alegações e vereis, depois que eu tiver dito tudo, se no que toca a essa escolha partilho das atitudes de minha filha. Perguntais-me por que Salins se disfarça? Em primeiro lugar, fui eu quem exigi isso dele, por deferência para convosco, e se permanece no fingimento, é por medo: teme-vos, evita-vos, só vos ataca como traidor... Quereis que eu consinta no duelo: crede que ele não o aceitará, Monrevel, já vos disse, e se ele viesse a saber das razões do mesmo, logo tomaria medidas que me deixariam incapacitada de responder por vós. Minha posição é tão delicada em relação a ele, que me é impossível até reprovar-lhe o que acaba de ocorrer. A vingança só pode estar em vossas mãos, é a vós, somente, que ela pertence e lamento-vos muito se não realizardes a legítima, depois da infâmia que ele acaba de cometer. Então é preciso respeitar as leis da honra com os traidores? Como podeis procurar meios diversos dos que ele se serve, sendo certo que não aceitará nenhum daqueles que vosso valor lhe propuser? Então deveis preveni-lo, cavaleiro? Ademais, a vida de um covarde é tão preciosa que não se ousa tirá-la sem combate? Medimo-nos com o homem honrado, mandamos matar o que quis privar-nos da luz do dia. Que o exemplo de vossos mestres neste caso sirva como regra: quando o orgulho de Carlos de Borgonha, que hoje nos governa, foi ofendido pelo duque de Orléans, acaso foi-lhe proposto duelo ou ele mandou assassiná-lo? Essa última opção pareceu-lhe mais segura, e a escolheu. E ele próprio, em Montereau, também não foi morto quando o Delfim teve queixas dele? Não somos menos honestos nem menos valorosos, cavaleiro, por nos desfazermos de um canalha que quer nossa vida... Sim, Monrevel, sim, quero que tenhais minha filha, quero que a tenhais a qualquer preço. Não sondai o sentimento que faz com que eu deseje vos ter por perto... sem dúvida eu coraria... e este coração ainda ulcerado... Não importa; sereis meu genro, cavaleiro, sereis... Quero ver-vos feliz, ainda que à custa de minha felicidade... Ousai dizer-me agora que protejo Salins, ousai, doce amigo, e pelo menos terei o direito de vos tratar de injusto, se desconheceis a bondade que tenho praticado até então.

Monrevel, enternecido, atira-se aos pés da condessa, pede-lhe perdão por tê-la julgado mal... Mas assassinar Salins parecia-lhe um crime acima de suas forças...

– Oh! Senhora – exclama aos prantos –, estas mãos nunca ousarão atirar-se no peito de um semelhante meu. Estais a propor-me assassinato, o mais terrível dos crimes...

– Trata-se apenas de um a mais, desde que salve nossa vida... que fraqueza, cavaleiro!... Não fica bem a um herói! Então o que fazeis, dizei-me por favor, ao partir para um combate? Os louros que vos cingem não são a paga dos assassinatos? Credes que é permitido matar o inimigo de vosso príncipe, mas tremeis ao apunhalar o vosso! Qual é, pois, a lei tirânica que pode estabelecer na mesma ação uma diferença tão grande? Ah! Monrevel, nunca devemos atentar contra a vida de ninguém, ou se essa ação pode alguma vez parecer-nos legítima, é quando ela é inspirada pela vingança de um insulto. O que estou a dizer! O que me importa! Treme, homem fraco e pusilânime, e no medo absurdo de um crime imaginário, abandona indignamente aquela que amas nos braços do monstro que a arrebatou de ti. Vê tua miserável Amélie, seduzida, desesperada, traída, enlanguescer no seio do infortúnio; ouve-a chamar-te em seu socorro e tu, pérfido, e tu a preferires covardemente o eterno infortúnio da que amas à ação justa e necessária de arrancar a vida do vil carrasco de ambos!

Percebendo que abalava Monrevel, a condessa terminou de expor tudo o que poderia suavizar o horror que lhe estava aconselhando, para fazer com que ele sentisse que, quando uma ação é tão necessária, torna-se muito perigoso não cometê-la; em suma: se ele não se apressasse, não só sua vida estaria em perigo como correria até o risco de ver raptarem a amante debaixo de seus próprios olhos, porque Salins, não podendo deixar de perceber que ela não o favorece, certo de agradar ao duque de Borgonha, empregará todos os meios para ter aquela que ama, raptá-la, talvez, no primeiro instante, e com tanto mais facilidade quanto Amélie a isso prestar-se. Enfim, ela inflama de tal modo o espírito do jovem cavaleiro que ele tudo aceita, e jura aos pés da condessa que apunhalará o rival.

Sem dúvida, até então, os propósitos dessa mulher pérfida parecem ambíguos: horríveis consequências os esclarecerão muito bem.

Monrevel saiu, mas suas resoluções logo mudaram, e a voz da nobreza, em sua alma lutando contra a vontade, com o que lhe inspirava a vingança, não quis decidir-se por nada que não empregasse os meios honestos que a honra lhe ditava. No dia seguinte, envia uma carta de desafio ao pretendente Salins e, logo depois, recebe a seguinte resposta:

Não posso disputar o que me pertence: cabe ao amante maltratado por sua bela desejar a morte. Eu, por mim, amo a vida. Como não a amaria se todos os momentos que a compõem são preciosos para minha Amélie? Se tendes vontade de vos bater, cavaleiro, Carlos precisa de heróis, ide até ele. Crede-me, os exercícios de Marte vos convêm mais do que as doçuras do amor; conquistareis a glória entregando-vos aos primeiros, os demais podem vos custar caro sem que eu arrisque nada.

À leitura dessas palavras o castelão fremiu de raiva.

– Traidor! – exclama. – Ameaça-me e sequer ousa defender-se! Agora nada me detém; pensemos em minha segurança e tratemos de conservar o objeto de meu amor, não devo hesitar nem mais um instante... Mas o que estou a dizer?... Grande Deus! Se ela o ama... se Amélie arde de paixão por esse pérfido rival, obterei eu o coração de minha amada tirando-lhe a vida? Ousarei apresentar-me a ela com as mãos tintas do sangue desse que ela adora?... Hoje lhe sou indiferente, e só... ela me odiará se for mais longe.

Essas eram as reflexões do infeliz Monrevel... Essas eram as agitações que o dilaceravam quando, mais ou menos duas horas depois de ter recebido a resposta que acabamos de ver, a condessa mandou dizer-lhe que fosse ao seu encontro.

– A fim de evitar vossas censuras, cavaleiro – diz-lhe ao vê-lo entrar –, tomei medidas mui garantidas para ser informada do que está acontecendo. Vossa vida corre novos perigos, dois crimes estão sendo preparados concomitantemente: uma hora depois do crepúsculo, sereis seguido por quatro homens que só vos deixarão quando vos tiverem apunhalado; ao mesmo tempo, Salins raptará minha filha: se opuser-me a isso, ele que instruiu o duque de minha resistência, justificar-se-á oprimindo-nos ambas. Evitai o primeiro perigo deixando-vos escoltar por seis de meus homens; eles vos esperam à porta... Quando soarem dez horas, deixai vosso séquito, penetrai sozinho na grande sala abobadada que se comunica com os aposentos de minha filha. Exatamente na hora que vos prescrevo, Salins atravessará essa sala para ir ao encontro de Amélie; ela o estará esperando, partirão juntos antes da meia-noite. Então... armado com este punhal, aceitai-o, Monrevel: quero ver-vos recebê-lo de minhas mãos... Então, como dizia, vingar-vos-eis do primeiro crime e prevenireis o segundo... Estais a vê-lo, homem injusto, sou eu quem quero armar o braço que deve punir o objeto de vosso ódio, sou eu quem vos entrego àquela que deveis amar... ainda cumulais-me de censuras?... Ingrato, eis como pago teu desprezo... Vás, corre em busca de tua vingança, Amélie te aguardará em meus braços...

– Dai-mo, senhora – diz Monrevel, demasiado furioso para continuar a hesitar –, dai-mo, nada mais pode impedir-me de imolar meu rival à raiva. A ele propus os meios da honra, ele os recusou: é um covarde, deve padecer sua sorte... Dai-mo, eu vos obedeço.

O castelão sai... Mal deixara a condessa, essa apressa-se em convocar a filha.

– Amélie – diz-lhe –, agora devemos ter certeza do amor do cavaleiro, bem como de seu valor. Quaisquer novas provas tornar-se-iam inúteis: enfim aquiesço a vossos desejos. Infelizmente, como é verdade que o duque de Borgonha vos destina a Salins... como é mui real que antes de oito dias ele esteja aqui, só vos resta fugir, se quereis ser de Monrevel. Mas é preciso que pareça que ele vos leva sem meu conhecimento, que, para tomar essa atitude, ele se apoie no último desejo de meu esposo, que negue ter tomado conhecimento da mudança de vontade de nosso príncipe, que ele vos despose secretamente em Monrevel e, em seguida, vá depressa desculpar-se junto ao duque. Vosso amante percebeu a necessidade dessas condições, aceitou-as todas, mas eu quis prevenir-vos antes que ele se abrisse para vós... Que tal vos parecem esses projetos, minha filha? Encontrai neles algum inconveniente?

– Seriam realizados, senhora – responde Amélie, com respeito e reconhecimento –, ainda que sem vosso consentimento, mas já que vos dignais a dá-lo, devo apenas beijar vossos joelhos e vos testemunhar como sou sensível a tudo o que quereis fazer por mim.

– Neste caso, não percamos um instante sequer – responde a mulher pérfida, para quem as lágrimas da filha tornaram-se mais um ultraje. – Monrevel está instruído de tudo, mas é essencial disfarçar-vos: seria imprudente que fôsseis reconhecida antes de chegardes ao castelo de vosso amante, e muito pior se fôsseis encontrada por Salins, por quem esperamos todos os dias. Veste, então, estas roupas – continua a condessa, entregando-lhe as mesmas que serviram ao pretenso Salins – e ide para vossos aposentos, lá permanecendo até que a sentinela anuncie a décima hora*: é o momento indicado, em que Monrevel irá procurar-vos; cavalos estarão à vossa espera, e ambos partireis imediatamente.

– Ó respeitável mãe! – exclama Amélie, precipitando-se aos braços da condessa. – Quem dera pudésseis ler no fundo de meu coração os sentimentos com que estais a animar-me... Quem dera...

– Não, não! – diz a Sra. de Sancerre, livrando-se dos braços da filha. – Não, vosso reconhecimento é inútil: estando feita vossa felicidade, a minha também está. Tratemos de vosso disfarce.

Aproximava-se a hora. Amélie veste as roupas que lhe dão: a condessa nada negligencia de modo a fazer com que ela pareça com o jovem parente de Clotilde, tomado por Monrevel como o senhor de Salins. Com tanta arte qualquer um poderia se enganar. Soa, enfim, a hora fatal.

– Ide – diz a condessa –, ide, minha filha, vosso amante vos espera...

Essa interessante criatura, temendo que a necessidade de uma partida imediata a impeça de rever sua mãe, atira-se aos prantos sobre seu seio. A condessa, falsa o bastante para ocultar as atrocidades que está meditando sob aparências de ternura, beija a filha e mistura suas lágrimas às dela. Amélie solta-se, corre para seus aposentos; abre a funesta sala iluminada por um raio tênue e na qual Monrevel, punhal na mão, aguarda seu rival para derrubá-lo. Tão logo vê aparecer alguém que tudo lhe faz tomar pelo inimigo que procura, lança-se a ele impetuosamente, ataca sem ver e deixa no

---

* Era o costume da época: instalada na guarita do castelo, a sentinela tocava uma trompa de hora em hora. (N.T.)

chão, nas poças de sangue, o objeto pelo qual mil vezes teria vertido todo o seu.

– Traidor! – logo exclama a condessa, surgindo com tochas. – Eis como me vingo de teu desprezo. Reconhece teu erro e vive depois, se puderes.

Amélie ainda respirava. Dirige, gemendo, algumas palavras a Monrevel.

– Ó doce amigo! – diz-lhe enfraquecida pela dor e pela abundância de sangue que está perdendo... – Que fiz eu para de tua mão merecer a morte?... Então são estes os laços que minha mãe preparava para mim? Vás, em nada te censuro: o céu faz com que eu veja tudo nestes últimos instantes... Perdoa-me, Monrevel, por ter de ti escondido meu amor. Deves saber quem a isso me forçou: que minhas últimas palavras te convençam, pelo menos, que nunca tivestes uma amiga mais sincera do que eu... que te amava mais do que a meu Deus, mais do que a vida, e expiro adorando-te...

Monrevel, contudo, nada mais ouve. No chão, debruçado sobre o corpo ensanguentado de Amélie, com a boca colada na da amada, tenta reanimar aquela alma querida, exalando a sua, ardente de amor e desespero... Ora chora e se deixa levar, ora acusa-se e maldiz o execrável autor do crime que cometeu... Levantando-se, enfim, furioso:

– O que esperas dessa indigna ação, pérfida? – diz ele à condessa. – Contavas encontrar a realização de teus horríveis desejos? Então supuseste Monrevel bastante fraco para sobreviver àquela que adora? Afasta-te, afasta-te; no estado cruel em que teus crimes me puseram, não garanto não lavá-los no teu sangue...

– Ataca – diz a condessa enlouquecida –, ataca, eis meu seio! Crês que gosto da vida agora que a esperança de possuir-te foi-me tirada para sempre? Quis vingar-me, quis desfazer-me de uma rival odiosa; não pretendo sobreviver a meu crime, nem a meu desespero. Mas que seja tua mão a tirar-me a vida, por teus golpes quero perdê-la... E então, o que te detém?... Covarde! Já não te ultrajei o bastante?...

Quem pode reter tua cólera? Acende a chama da vingança nesse sangue precioso que fiz verter, e não poupa mais aquela que deves odiar sem que tenha podido deixar de te adorar.

– Monstro! – exclama Monrevel. – Não és digna de morrer... eu não seria vingado... Vive para existires como horror de toda a Terra, para seres dilacerada por teus remorsos. É preciso que tudo aquilo que respira conheça teus horrores e te despreze; é preciso que a cada instante, assustada contigo mesma, a luz do dia te seja insuportável. Mas que pelo menos saibas que teus atos celerados não me afastarão desta que adoro... Minha alma a seguirá aos pés do Eterno e ambos o invocaremos contra ti.

Proferidas essas palavras, Monrevel se apunhala e, dando seus últimos suspiros, enlaça-se aos braços daquela que amou, e os estreitou com tanta violência que nenhum esforço humano pôde separá-los.

Foram postos no mesmo ataúde e enterrados na principal igreja de Sancerre, onde os verdadeiros amantes algumas vezes vão verter lágrimas sobre seu túmulo, e ler, com enternecimento, os versos seguintes, gravados no mármore que o cobre, e que Luís XII dignou-se a compor:

Chorai, amantes, como vós eles se amaram,
Sem que, contudo, o himeneu os unisse;
Por belos laços ambos se ligaram,
Sem que a vingança jamais os rompesse.

Só a condessa sobreviveu a esses crimes, mas para chorá-los por toda a vida. Entregou-se à mais elevada piedade e morreu, dez anos depois, religiosa em Auxerre, deixando a comunidade edificada por sua conversão, e verdadeiramente enternecida pela sinceridade de seus remorsos.

CRONOLOGIA

1740 – Nasce em Paris, a 2 de junho. Vive dos quatro aos dez anos de idade no Comtat-Venaissim.

1750 – Estuda no Collège Louis-le-Grand e também com preceptor particular.

1754 – É admitido na Escola da Cavalaria Ligeira.

1755 – Torna-se subtenente no regimento de infantaria do rei.

1757 – É promovido a oficial. Tem início a Guerra dos Sete Anos.

1759 – Torna-se capitão do regimento de cavalaria de Bourgogne.

1763 – É desmobilizado e casa-se com Renée-Pélagie de Montreuil. Passa quinze dias na prisão de Vincennes por "extrema libertinagem".

1764 – É recebido pelo parlamento de Bourgogne no cargo de lugar-tenente geral das províncias de Bresse, Bugey, Valromey e Gex.

1765/1766 – Mantém relacionamentos públicos com atrizes e dançarinas.

1767 – Falece o conde de Sade, seu pai, e nasce o seu primeiro filho.

1768 – Primeiro grande escândalo: a mendiga Rose Keller processa o Marquês por maus tratos, em Arcueil. Sade é detido em Saumur por quinze dias, e depois em Pierre--Encise, perto de Lyon, por sete meses. Festas e bailes se sucedem em seu castelo de La Coste, na Provence.

1769 – Nasce seu segundo filho.

1771 – Nasce sua filha.

1772 – Segundo grande escândalo: em Marselha, quatro prostitutas processam Sade e seu criado Latour por flagelações, sodomia e ingestão forçada de uma grande quantidade de afrodisíacos. É condenado à morte por contumácia. Foge para a Itália (provavelmente acompanhado pela jovem cunhada). É executado em efígie em Aix em 12 de setembro. Detido em Chambéry, é encarcerado em Miolans, na Savoie.

1773 – Foge de Miolans. Sua sogra, madame de Montreuil, obtém licença do rei para prendê-lo e confiscar seus documentos, mas sem resultado.

1774 – Isola-se em seu castelo de La Coste.

1775 – Organiza diversas orgias em seu castelo. Risco de novo escândalo. Foge novamente para a Itália.

1776 – Volta à França.

1777 – Falece sua mãe, madame de Sade. É capturado em Paris e encarcerado em Vincennes.

1778 – O julgamento de Aix é anulado em sua presença. Foge para Valence. É novamente detido em La Coste e aprisionado em Vincennes.

1782 – Finaliza o *Dialogue entre un prêtre et un moribond.*

1784 – É transferido para a Bastilha.

1785 – Conclui *Cent vingt journées de Sodome.*

1787 – Redige contos e pequenas histórias.

1788 – Escreve *Eugénie de Franval* e *Les infortunes de la vertu*. Organiza um catálogo de suas obras.

1789 – Provavelmente neste ano, conclui *Aline et Valcour*. É transferido precipitadamente para Charenton, na noite de 3 para 4 de julho. Com a tomada da Bastilha, são pilhados seus documentos e bens pessoais.

1790 – É libertado de Charenton. Inicia sua ligação com Marie-Constance Quesnet, que não mais o abandonará.

1791 – Publica clandestinamente *Justine ou Les malheurs de la vertu*. Escreve seu primeiro texto político. É também o ano da primeira montagem de *Oxtiern*.

1792 – O castelo de La Coste é pilhado. *Le suborneur* é levado à cena, sem sucesso.

1793 – Redige novos textos políticos. É mais uma vez acusado e detido.

1794 – Prisioneiro em Carmes, Saint-Lazare, na casa de saúde de Picpus. É condenado à morte e posteriormente liberado, por ocasião do Thermidor*.

1795 – Publica clandestinamente *La philosophie dans le boudoir* e, oficialmente, *Aline et Valcour*.

1796 – Publica clandestinamente *Histoire de Juliette*. Vende o castelo de La Coste.

1799 – *Oxtiern* é levado novamente à cena, agora em Versalhes, onde seu autor vive de forma muito modesta. A ele cabe o papel de Fabrice.

1800 – Publica oficialmente *Oxtiern* e *Crimes de l'amour*, e, clandestinamente, *La nouvelle Justine*.

1801 – É detido na editora Massé, que publica suas obras, onde também ocorre a apreensão da edição ilustrada em dez volumes de *La nouvelle Justine* e também de *Juliette*. Permanece preso em Saint-Pélagie e depois em Bicêtre.

1803 – A família obtém sua transferência para Charenton, onde ele passa a organizar espetáculos.

1807 – Escreve *Journées de Florbelle*. Os Manuscritos são apreendidos em seu quarto e, posteriormente, destruídos.

1813 – Publica oficialmente *La Marquise de Gange*.

1814 – Morre a 2 de dezembro, em Charenton.

---

* Acontecimentos iniciados em 27 de julho, que resultaram na queda de Robespierre e na ascensão das forças contrarrevolucionárias.

Coleção L&PM POCKET (LANÇAMENTOS MAIS RECENTES)

270. **99 corruíras nanicas** – Dalton Trevisan
271. **Broquéis** – Cruz e Sousa
272. **Mês de cães danados** – Moacyr Scliar
273. **Anarquistas – vol. 1 – A idéia** – G.Woodcock
274. **Anarquistas – vol. 2 – O movimento** – G.Woodcock
275. **Pai e filho, filho e pai** – Moacyr Scliar
276. **As aventuras de Tom Sawyer** – Mark Twain
277. **Muito barulho por nada** – W. Shakespeare
278. **Elogio da loucura** – Erasmo
279. **Autobiografia de Alice B. Toklas** – G. Stein
280. **O chamado da floresta** – J. London
281. **Uma agulha para o diabo** – Ruth Rendell
282. **Verdes vales do fim do mundo** – A. Bivar
283. **Ovelhas negras** – Caio Fernando Abreu
284. **O fantasma de Canterville** – O. Wilde
285. **Receitas de Yayá Ribeiro** – Celia Ribeiro
286. **A galinha degolada** – H. Quiroga
287. **O último adeus de Sherlock Holmes** – A. Conan Doyle
288. **A. Gourmet em Histórias de cama & mesa** – J. A. Pinheiro Machado
289. **Topless** – Martha Medeiros
290. **Mais receitas do Anonymus Gourmet** – J. A. Pinheiro Machado
291. **Origens do discurso democrático** – D. Schüler
292. **Humor politicamente incorreto** – Nani
293. **O teatro do bem e do mal** – E. Galeano
294. **Garibaldi & Manoela** – J. Guimarães
295. **10 dias que abalaram o mundo** – John Reed
296. **Numa fria** – Bukowski
297. **Poesia de Florbela Espanca** vol. 1
298. **Poesia de Florbela Espanca** vol. 2
299. **Escreva certo** – E. Oliveira e M. E. Bernd
300. **O vermelho e o negro** – Stendhal
301. **Ecce homo** – Friedrich Nietzsche
302. (7).**Comer bem, sem culpa** – Dr. Fernando Lucchese, A. Gourmet e Iotti
303. **O livro de Cesário Verde** – Cesário Verde
305. **100 receitas de macarrão** – S. Lancellotti
306. **160 receitas de molhos** – S. Lancellotti
307. **100 receitas light** – H. e Â. Tonetto
308. **100 receitas de sobremesas** – Celia Ribeiro
309. **Mais de 100 dicas de churrasco** – Leon Diziekaniak
310. **100 receitas de acompanhamentos** – C. Cabeda
311. **Honra ou vendetta** – S. Lancellotti
312. **A alma do homem sob o socialismo** – Oscar Wilde
313. **Tudo sobre Yôga** – Mestre De Rose
314. **Os varões assinalados** – Tabajara Ruas
315. **Édipo em Colono** – Sófocles
316. **Lisístrata** – Aristófanes / trad. Millôr
317. **Sonhos de Bunker Hill** – John Fante
318. **Os deuses de Raquel** – Moacyr Scliar
319. **O colosso de Marússia** – Henry Miller
320. **As eruditas** – Molière / trad. Millôr
321. **Radicci 1** – Iotti
322. **Os Sete contra Tebas** – Ésquilo
323. **Brasil Terra à vista** – Eduardo Bueno
324. **Radicci 2** – Iotti
325. **Júlio César** – William Shakespeare
326. **A carta de Pero Vaz de Caminha**
327. **Cozinha Clássica** – Sílvio Lancellotti
328. **Madame Bovary** – Gustave Flaubert
329. **Dicionário do viajante insólito** – M. Scliar
330. **O capitão saiu para o almoço...** – Bukowski
331. **A carta roubada** – Edgar Allan Poe
332. **É tarde para saber** – Josué Guimarães
333. **O livro de bolso da Astrologia** – Maggy Harrisonx e Mellina Li
334. **1933 foi um ano ruim** – John Fante
335. **100 receitas de arroz** – Aninha Comas
336. **Guia prático do Português correto – vol. 1** – Cláudio Moreno
337. **Bartleby, o escriturário** – H. Melville
338. **Enterrem meu coração na curva do rio** – Dee Brown
339. **Um conto de Natal** – Charles Dickens
340. **Cozinha sem segredos** – J. A. P. Machado
341. **A dama das Camélias** – A. Dumas Filho
342. **Alimentação saudável** – H. e Â. Tonetto
343. **Continhos galantes** – Dalton Trevisan
344. **A Divina Comédia** – Dante Alighieri
345. **A Dupla Sertanojo** – Santiago
346. **Cavalos do amanhecer** – Mario Arregui
347. **Biografia de Vincent van Gogh por sua cunhada** – Jo van Gogh-Bonger
348. **Radicci 3** – Iotti
349. **Nada de novo no front** – E. M. Remarque
350. **A hora dos assassinos** – Henry Miller
351. **Flush – Memórias de um cão** – Virginia Woolf
352. **A guerra no Bom Fim** – M. Scliar
353. (1).**O caso Saint-Fiacre** – Simenon
354. (2).**Morte na alta sociedade** – Simenon
355. (3).**O cão amarelo** – Simenon
356. (4).**Maigret e o homem do banco** – Simenon
357. **As uvas e o vento** – Pablo Neruda
358. **On the road** – Jack Kerouac
359. **O coração amarelo** – Pablo Neruda
360. **Livro das perguntas** – Pablo Neruda
361. **Noite de Reis** – William Shakespeare
362. **Manual de Ecologia (vol.1)** – J. Lutzenberger
363. **O mais longo dos dias** – Cornelius Ryan
364. **Foi bom pra você?** – Nani
365. **Crepusculário** – Pablo Neruda
366. **A comédia dos erros** – Shakespeare
367. (5).**A primeira investigação de Maigret** – Simenon
368. (6).**As férias de Maigret** – Simenon
369. **Mate-me por favor (vol.1)** – L. McNeil
370. **Mate-me por favor (vol.2)** – L. McNeil
371. **Carta ao pai** – Kafka
372. **Os vagabundos iluminados** – J. Kerouac
373. (7).**O enforcado** – Simenon
374. (8).**A fúria de Maigret** – Simenon
375. **Vargas, uma biografia íntima** – H. Silva
376. **Poesia reunida (vol.1)** – A. R. de Sant'Anna
377. **Poesia reunida (vol.2)** – A. R. de Sant'Anna
378. **Alice no país do espelho** – Lewis Carroll
379. **Residência na Terra 1** – Pablo Neruda
380. **Residência na Terra 2** – Pablo Neruda
381. **Terceira Residência** – Pablo Neruda

382. O delírio amoroso – Bocage
383. Futebol ao sol e à sombra – E. Galeano
384(9). O porto das brumas – Simenon
385(10). Maigret e seu morto – Simenon
386. Radicci 4 – Iotti
387. Boas maneiras & sucesso nos negócios – Celia Ribeiro
388. Uma história Farroupilha – M. Scliar
389. Na mesa ninguém envelhece – J. A. Pinheiro Machado
390. 200 receitas inéditas do Anonymus Gourmet – J. A. Pinheiro Machado
391. Guia prático do Português correto – vol.2 – Cláudio Moreno
392. Breviário das terras do Brasil – Assis Brasil
393. Cantos Cerimoniais – Pablo Neruda
394. Jardim de Inverno – Pablo Neruda
395. Antonio e Cleópatra – William Shakespeare
396. Tróia – Cláudio Moreno
397. Meu tio matou um cara – Jorge Furtado
398. O anatomista – Federico Andahazi
399. As viagens de Gulliver – Jonathan Swift
400. Dom Quixote – (v. 1) – Miguel de Cervantes
401. Dom Quixote – (v. 2) – Miguel de Cervantes
402. Sozinho no Pólo Norte – Thomaz Brandolin
403. Matadouro 5 – Kurt Vonnegut
404. Delta de Vênus – Anaïs Nin
405. O melhor de Hagar 2 – Dik Browne
406. É grave Doutor? – Nani
407. Orai pornô – Nani
408(11). Maigret em Nova York – Simenon
409(12). O assassino sem rosto – Simenon
410(13). O mistério das jóias roubadas – Simenon
411. A irmãzinha – Raymond Chandler
412. Três contos – Gustave Flaubert
413. De ratos e homens – John Steinbeck
414. Lazarilho de Tormes – Anônimo do séc. XVI
415. Triângulo das águas – Caio Fernando Abreu
416. 100 receitas de carnes – Sílvio Lancellotti
417. Histórias de robôs: vol. 1 – org. Isaac Asimov
418. Histórias de robôs: vol. 2 – org. Isaac Asimov
419. Histórias de robôs: vol. 3 – org. Isaac Asimov
420. O país dos centauros – Tabajara Ruas
421. A república de Anita – Tabajara Ruas
422. A carga dos lanceiros – Tabajara Ruas
423. Um amigo de Kafka – Isaac Singer
424. As alegres matronas de Windsor – Shakespeare
425. Amor e exílio – Isaac Bashevis Singer
426. Use & abuse do seu signo – Marília Fiorillo e Marylou Simonsen
427. Pigmaleão – Bernard Shaw
428. As fenícias – Eurípides
429. Everest – Thomaz Brandolin
430. A arte de furtar – Anônimo do séc. XVI
431. Billy Bud – Herman Melville
432. A rosa separada – Pablo Neruda
433. Elegia – Pablo Neruda
434. A garota de Cassidy – David Goodis
435. Como fazer a guerra: máximas de Napoleão – Balzac
436. Poemas escolhidos – Emily Dickinson
437. Gracias por el fuego – Mario Benedetti
438. O sofá – Crébillon Fils
439. O "Martín Fierro" – Jorge Luis Borges
440. Trabalhos de amor perdidos – W. Shakespeare
441. O melhor de Hagar 3 – Dik Browne
442. Os Maias (volume1) – Eça de Queiroz
443. Os Maias (volume2) – Eça de Queiroz
444. Anti-Justine – Restif de La Bretonne
445. Juventude – Joseph Conrad
446. Contos – Eça de Queiroz
447. Janela para a morte – Raymond Chandler
448. Um amor de Swann – Marcel Proust
449. À paz perpétua – Immanuel Kant
450. A conquista do México – Hernan Cortez
451. Defeitos escolhidos e 2000 – Pablo Neruda
452. O casamento do céu e do inferno – William Blake
453. A primeira viagem ao redor do mundo – Antonio Pigafetta
454(14). Uma sombra na janela – Simenon
455(15). A noite da encruzilhada – Simenon
456(16). A velha senhora – Simenon
457. Sartre – Annie Cohen-Solal
458. Discurso do método – René Descartes
459. Garfield em grande forma (1) – Jim Davis
460. Garfield está de dieta (2) – Jim Davis
461. O livro das feras – Patricia Highsmith
462. Viajante solitário – Jack Kerouac
463. Auto da barca do inferno – Gil Vicente
464. O livro vermelho dos pensamentos de Millôr – Millôr Fernandes
465. O livro dos abraços – Eduardo Galeano
466. Voltaremos! – José Antonio Pinheiro Machado
467. Rango – Edgar Vasques
468(8). Dieta mediterrânea – Dr. Fernando Lucchese e José Antonio Pinheiro Machado
469. Radicci 5 – Iotti
470. Pequenos pássaros – Anaïs Nin
471. Guia prático do Português correto – vol.3 – Cláudio Moreno
472. Atire no pianista – David Goodis
473. Antologia Poética – García Lorca
474. Alexandre e César – Plutarco
475. Uma espiã na casa do amor – Anaïs Nin
476. A gorda do Tiki Bar – Dalton Trevisan
477. Garfield um gato de peso (3) – Jim Davis
478. Canibais – David Coimbra
479. A arte de escrever – Arthur Schopenhauer
480. Pinóquio – Carlo Collodi
481. Misto-quente – Bukowski
482. A lua na sarjeta – David Goodis
483. O melhor do Recruta Zero (1) – Mort Walker
484. Aline: TPM – tensão pré-monstrual (2) – Adão Iturrusgarai
485. Sermões do Padre Antonio Vieira
486. Garfield numa boa (4) – Jim Davis
487. Mensagem – Fernando Pessoa
488. Vendeta *seguido de* A paz conjugal – Balzac
489. Poemas de Alberto Caeiro – Fernando Pessoa
490. Ferragus – Honoré de Balzac
491. A duquesa de Langeais – Honoré de Balzac
492. A menina dos olhos de ouro – Honoré de Balzac
493. O lírio do vale – Honoré de Balzac
494(17). A barcaça da morte – Simenon
495(18). As testemunhas rebeldes – Simenon
496(19). Um engano de Maigret – Simenon
497(1). A noite das bruxas – Agatha Christie
498(2). Um passe de mágica – Agatha Christie
499(3). Nêmesis – Agatha Christie

500. **Esboço para uma teoria das emoções** – Sartre
501. **Renda básica de cidadania** – Eduardo Suplicy
502(1). **Pílulas para viver melhor** – Dr. Lucchese
503(2). **Pílulas para prolongar a juventude** – Dr. Lucchese
504(3). **Desembarcando o diabetes** – Dr. Lucchese
505(4). **Desembarcando o sedentarismo** – Dr. Fernando Lucchese e Cláudio Castro
506(5). **Desembarcando a hipertensão** – Dr. Lucchese
507(6). **Desembarcando o colesterol** – Dr. Fernando Lucchese e Fernanda Lucchese
508. **Estudos de mulher** – Balzac
509. **O terceiro tira** – Flann O'Brien
510. **100 receitas de aves e ovos** – J. A. P. Machado
511. **Garfield em toneladas de diversão** (5) – Jim Davis
512. **Trem-bala** – Martha Medeiros
513. **Os cães ladram** – Truman Capote
514. **O Kama Sutra de Vatsyayana**
515. **O crime do Padre Amaro** – Eça de Queiroz
516. **Odes de Ricardo Reis** – Fernando Pessoa
517. **O inverno da nossa desesperança** – Steinbeck
518. **Piratas do Tietê (1)** – Laerte
519. **Rê Bordosa: do começo ao fim** – Angeli
520. **O Harlem é escuro** – Chester Himes
521. **Café-da-manhã dos campeões** – Kurt Vonnegut
522. **Eugénie Grandet** – Balzac
523. **O último magnata** – F. Scott Fitzgerald
524. **Carol** – Patricia Highsmith
525. **100 receitas de patisseria** – Sílvio Lancellotti
526. **O fator humano** – Graham Greene
527. **Tristessa** – Jack Kerouac
528. **O diamante do tamanho do Ritz** – F. Scott Fitzgerald
529. **As melhores histórias de Sherlock Holmes** – Arthur Conan Doyle
530. **Cartas a um jovem poeta** – Rilke
531(20). **Memórias de Maigret** – Simenon
532(4). **O misterioso sr. Quin** – Agatha Christie
533. **Os analectos** – Confúcio
534(21). **Maigret e os homens de bem** – Simenon
535(22). **O medo de Maigret** – Simenon
536. **Ascensão e queda de César Birotteau** – Balzac
537. **Sexta-feira negra** – David Goodis
538. **Ora bolas – O humor de Mario Quintana** – Juarez Fonseca
539. **Longe daqui aqui mesmo** – Antonio Bivar
540(5). **É fácil matar** – Agatha Christie
541. **O pai Goriot** – Balzac
542. **Brasil, um país do futuro** – Stefan Zweig
543. **O processo** – Kafka
544. **O melhor de Hagar 4** – Dik Browne
545(6). **Por que não pediram a Evans?** – Agatha Christie
546. **Fanny Hill** – John Cleland
547. **O gato por dentro** – William S. Burroughs
548. **Sobre a brevidade da vida** – Sêneca
549. **Geraldão (1)** – Glauco
550. **Piratas do Tietê (2)** – Laerte
551. **Pagando o pato** – Ciça
552. **Garfield de bom humor (6)** – Jim Davis
553. **Conhece o Mário?** vol.1 – Santiago
554. **Radicci 6** – Iotti
555. **Os subterrâneos** – Jack Kerouac
556(1). **Balzac** – François Taillandier
557(2). **Modigliani** – Christian Parisot
558(3). **Kafka** – Gérard-Georges Lemaire
559(4). **Júlio César** – Joël Schmidt
560. **Receitas da família** – J. A. Pinheiro Machado
561. **Boas maneiras à mesa** – Celia Ribeiro
562(9). **Filhos sadios, pais felizes** – R. Pagnoncelli
563(10). **Fatos & mitos** – Dr. Fernando Lucchese
564. **Ménage à trois** – Paula Taitelbaum
565. **Mulheres!** – David Coimbra
566. **Poemas de Álvaro de Campos** – Fernando Pessoa
567. **Medo e outras histórias** – Stefan Zweig
568. **Snoopy e sua turma (1)** – Schulz
569. **Piadas para sempre (1)** – Visconde da Casa Verde
570. **O alvo móvel** – Ross Macdonald
571. **O melhor do Recruta Zero (2)** – Mort Walker
572. **Um sonho americano** – Norman Mailer
573. **Os broncos também amam** – Angeli
574. **Crônica de um amor louco** – Bukowski
575(5). **Freud** – René Major e Chantal Talagrand
576(6). **Picasso** – Gilles Plazy
577(7). **Gandhi** – Christine Jordis
578. **A tumba** – H. P. Lovecraft
579. **O príncipe e o mendigo** – Mark Twain
580. **Garfield, um charme de gato (7)** – Jim Davis
581. **Ilusões perdidas** – Balzac
582. **Esplendores e misérias das cortesãs** – Balzac
583. **Walter Ego** – Angeli
584. **Striptiras (1)** – Laerte
585. **Fagundes: um puxa-saco de mão cheia** – Laerte
586. **Depois do último trem** – Josué Guimarães
587. **Ricardo III** – Shakespeare
588. **Dona Anja** – Josué Guimarães
589. **24 horas na vida de uma mulher** – Stefan Zweig
590. **O terceiro homem** – Graham Greene
591. **Mulher no escuro** – Dashiell Hammett
592. **No que acredito** – Bertrand Russell
593. **Odisséia (1): Telemaquia** – Homero
594. **O cavalo cego** – Josué Guimarães
595. **Henrique V** – Shakespeare
596. **Fabulário geral do delírio cotidiano** – Bukowski
597. **Tiros na noite 1: A mulher do bandido** – Dashiell Hammett
598. **Snoopy em Feliz Dia dos Namorados! (2)** – Schulz
599. **Mas não se matam cavalos?** – Horace McCoy
600. **Crime e castigo** – Dostoiévski
601(7). **Mistério no Caribe** – Agatha Christie
602. **Odisséia (2): Regresso** – Homero
603. **Piadas para sempre (2)** – Visconde da Casa Verde
604. **À sombra do vulcão** – Malcolm Lowry
605(8). **Kerouac** – Yves Buin
606. **E agora são cinzas** – Angeli
607. **As mil e uma noites** – Paulo Caruso
608. **Um assassino entre nós** – Ruth Rendell
609. **Crack-up** – F. Scott Fitzgerald
610. **Do amor** – Stendhal
611. **Cartas do Yage** – William Burroughs e Allen Ginsberg
612. **Striptiras (2)** – Laerte

613. **Henry & June** – Anaïs Nin
614. **A piscina mortal** – Ross Macdonald
615. **Geraldão (2)** – Glauco
616. **Tempo de delicadeza** – A. R. de Sant'Anna
617. **Tiros na noite 2: Medo de tiro** – Dashiell Hammett
618. **Snoopy em Assim é a vida, Charlie Brown! (3)** – Schulz
619. **1954 – Um tiro no coração** – Hélio Silva
620. **Sobre a inspiração poética (Íon)** e ... – Platão
621. **Garfield e seus amigos (8)** – Jim Davis
622. **Odisséia (3): Ítaca** – Homero
623. **A louca matança** – Chester Himes
624. **Factótum** – Bukowski
625. **Guerra e Paz: volume 1** – Tolstói
626. **Guerra e Paz: volume 2** – Tolstói
627. **Guerra e Paz: volume 3** – Tolstói
628. **Guerra e Paz: volume 4** – Tolstói
629. (9).**Shakespeare** – Claude Mourthé
630. **Bem está o que bem acaba** – Shakespeare
631. **O contrato social** – Rousseau
632. **Geração Beat** – Jack Kerouac
633. **Snoopy: É Natal! (4)** – Charles Schulz
634. (8).**Testemunha da acusação** – Agatha Christie
635. **Um elefante no caos** – Millôr Fernandes
636. **Guia de leitura (100 autores que você precisa ler)** – Organização de Léa Masina
637. **Pistoleiros também mandam flores** – David Coimbra
638. **O prazer das palavras** – vol. 1 – Cláudio Moreno
639. **O prazer das palavras** – vol. 2 – Cláudio Moreno
640. **Novíssimo testamento: com Deus e o diabo, a dupla da criação** – Iotti
641. **Literatura Brasileira: modos de usar** – Luís Augusto Fischer
642. **Dicionário de Porto-Alegrês** – Luís A. Fischer
643. **Clô Dias & Noites** – Sérgio Jockymann
644. **Memorial de Isla Negra** – Pablo Neruda
645. **Um homem extraordinário e outras histórias** – Tchékhov
646. **Ana sem terra** – Alcy Cheuiche
647. **Adultérios** – Woody Allen
648. **Para sempre ou nunca mais** – R. Chandler
649. **Nosso homem em Havana** – Graham Greene
650. **Dicionário Caldas Aulete de Bolso**
651. **Snoopy: Posso fazer uma pergunta, professora? (5)** – Charles Schulz
652. (10).**Luís XVI** – Bernard Vincent
653. **O mercador de Veneza** – Shakespeare
654. **Cancioneiro** – Fernando Pessoa
655. **Non-Stop** – Martha Medeiros
656. **Carpinteiros, levantem bem alto a cumeeira & Seymour, uma apresentação** – J.D.Salinger
657. **Ensaios céticos** – Bertrand Russell
658. **O melhor de Hagar 5** – Dik e Chris Browne
659. **Primeiro amor** – Ivan Turguêniev
660. **A trégua** – Mario Benedetti
661. **Um parque de diversões da cabeça** – Lawrence Ferlinghetti
662. **Aprendendo a viver** – Sêneca
663. **Garfield, um gato em apuros (9)** – Jim Davis
664. **Dilbert (1)** – Scott Adams
665. **Dicionário de dificuldades** – Domingos Paschoal Cegalla
666. **A imaginação** – Jean-Paul Sartre
667. **O ladrão e os cães** – Naguib Mahfuz
668. **Gramática do português contemporâneo** – Celso Cunha
669. **A volta do parafuso** *seguido de* **Daisy Miller** – Henry James
670. **Notas do subsolo** – Dostoiévski
671. **Abobrinhas da Brasilônia** – Glauco
672. **Geraldão (3)** – Glauco
673. **Piadas para sempre (3)** – Visconde da Casa Verde
674. **Duas viagens ao Brasil** – Hans Staden
675. **Bandeira de bolso** – Manuel Bandeira
676. **A arte da guerra** – Maquiavel
677. **Além do bem e do mal** – Nietzsche
678. **O coronel Chabert** *seguido de* **A mulher abandonada** – Balzac
679. **O sorriso de marfim** – Ross Macdonald
680. **100 receitas de pescados** – Sílvio Lancellotti
681. **O juiz e seu carrasco** – Friedrich Dürrenmatt
682. **Noites brancas** – Dostoiévski
683. **Quadras ao gosto popular** – Fernando Pessoa
684. **Romanceiro da Inconfidência** – Cecília Meireles
685. **Kaos** – Millôr Fernandes
686. **A pele de onagro** – Balzac
687. **As ligações perigosas** – Choderlos de Laclos
688. **Dicionário de matemática** – Luiz Fernandes Cardoso
689. **Os Lusíadas** – Luís Vaz de Camões
690. (11).**Átila** – Éric Deschodt
691. **Um jeito tranqüilo de matar** – Chester Himes
692. **A felicidade conjugal** *seguido de* **O diabo** – Tolstói
693. **Viagem de um naturalista ao redor do mundo** – vol. 1 – Charles Darwin
694. **Viagem de um naturalista ao redor do mundo** – vol. 2 – Charles Darwin
695. **Memórias da casa dos mortos** – Dostoiévski
696. **A Celestina** – Fernando de Rojas
697. **Snoopy: Como você é azarado, Charlie Brown! (6)** – Charles Schulz
698. **Dez (quase) amores** – Claudia Tajes
699. (9).**Poirot sempre espera** – Agatha Christie
700. **Cecília de bolso** – Cecília Meireles
701. **Apologia de Sócrates** *precedido de* **Êutifron e** *seguido de* **Críton** – Platão
702. **Wood & Stock** – Angeli
703. **Striptiras (3)** – Laerte
704. **Discurso sobre a origem e os fundamentos da desigualdade entre os homens** – Rousseau
705. **Os duelistas** – Joseph Conrad
706. **Dilbert (2)** – Scott Adams
707. **Viver e escrever** (vol. 1) – Edla van Steen
708. **Viver e escrever** (vol. 2) – Edla van Steen
709. **Viver e escrever** (vol. 3) – Edla van Steen
710. (10).**A teia da aranha** – Agatha Christie
711. **O banquete** – Platão
712. **Os belos e malditos** – F. Scott Fitzgerald
713. **Libelo contra a arte moderna** – Salvador Dalí
714. **Akropolis** – Valerio Massimo Manfredi
715. **Devoradores de mortos** – Michael Crichton
716. **Sob o sol da Toscana** – Frances Mayes
717. **Batom na cueca** – Nani
718. **Vida dura** – Claudia Tajes
719. **Carne trêmula** – Ruth Rendell

720. **Cris, a fera** – David Coimbra
721. **O anticristo** – Nietzsche
722. **Como um romance** – Daniel Pennac
723. **Emboscada no Forte Bragg** – Tom Wolfe
724. **Assédio sexual** – Michael Crichton
725. **O espírito do Zen** – Alan W. Watts
726. **Um bonde chamado desejo** – Tennessee Williams
727. **Como gostais** *seguido de* **Conto de inverno** – Shakespeare
728. **Tratado sobre a tolerância** – Voltaire
729. **Snoopy: Doces ou travessuras? (7)** – Charles Schulz
730. **Cardápios do Anonymus Gourmet** – J.A. Pinheiro Machado
731. **100 receitas com lata** – J.A. Pinheiro Machado
732. **Conhece o Mário?** vol.2 – Santiago
733. **Dilbert (3)** – Scott Adams
734. **História de um louco amor** *seguido de* **Passado amor** – Horacio Quiroga
735(11). **Sexo: muito prazer** – Laura Meyer da Silva
736(12). **Para entender o adolescente** – Dr. Ronald Pagnoncelli
737(13). **Desembarcando a tristeza** – Dr. Fernando Lucchese
738. **Poirot e o mistério da arca espanhola & outras histórias** – Agatha Christie
739. **A última legião** – Valerio Massimo Manfredi
740. **As virgens suicidas** – Jeffrey Eugenides
741. **Sol nascente** – Michael Crichton
742. **Duzentos ladrões** – Dalton Trevisan
743. **Os devaneios do caminhante solitário** – Rousseau
744. **Garfield, o rei da preguiça (10)** – Jim Davis
745. **Os magnatas** – Charles R. Morris
746. **Pulp** – Charles Bukowski
747. **Enquanto agonizo** – William Faulkner
748. **Aline: viciada em sexo (3)** – Adão Iturrusgarai
749. **A dama do cachorrinho** – Anton Tchékhov
750. **Tito Andrônico** – Shakespeare
751. **Antologia poética** – Anna Akhmátova
752. **O melhor de Hagar 6** – Dik e Chris Browne
753(12). **Michelangelo** – Nadine Sautel
754. **Dilbert (4)** – Scott Adams
755. **O jardim das cerejeiras** *seguido de* **Tio Vânia** – Tchékhov
756. **Geração Beat** – Claudio Willer
757. **Santos Dumont** – Alcy Cheuiche
758. **Budismo** – Claude B. Levenson
759. **Cleópatra** – Christian-Georges Schwentzel
760. **Revolução Francesa** – Frédéric Bluche, Stéphane Rials e Jean Tulard
761. **A crise de 1929** – Bernard Gazier
762. **Sigmund Freud** – Edson Sousa e Paulo Endo
763. **Império Romano** – Patrick Le Roux
764. **Cruzadas** – Cécile Morrisson
765. **O mistério do Trem Azul** – Agatha Christie
766. **Os escrúpulos de Maigret** – Simenon
767. **Maigret se diverte** – Simenon
768. **Senso comum** – Thomas Paine
769. **O parque dos dinossauros** – Michael Crichton
770. **Trilogia da paixão** – Goethe
771. **A simples arte de matar** (vol.1) – R. Chandler
772. **A simples arte de matar** (vol.2) – R. Chandler
773. **Snoopy: No mundo da lua! (8)** – Charles Schulz
774. **Os Quatro Grandes** – Agatha Christie
775. **Um brinde de cianureto** – Agatha Christie
776. **Súplicas atendidas** – Truman Capote
777. **Ainda restam aveleiras** – Simenon
778. **Maigret e o ladrão preguiçoso** – Simenon
779. **A viúva imortal** – Millôr Fernandes
780. **Cabala** – Roland Goetschel
781. **Capitalismo** – Claude Jessua
782. **Mitologia grega** – Pierre Grimal
783. **Economia: 100 palavras-chave** – Jean-Paul Betbèze
784. **Marxismo** – Henri Lefebvre
785. **Punição para a inocência** – Agatha Christie
786. **A extravagância do morto** – Agatha Christie
787(13). **Cézanne** – Bernard Fauconnier
788. **A identidade Bourne** – Robert Ludlum
789. **Da tranquilidade da alma** – Sêneca
790. **Um artista da fome** *seguido de* **Na colônia penal e outras histórias** – Kafka
791. **Histórias de fantasmas** – Charles Dickens
792. **A louca de Maigret** – Simenon
793. **O amigo de infância de Maigret** – Simenon
794. **O revólver de Maigret** – Simenon
795. **A fuga do sr. Monde** – Simenon
796. **O Uraguai** – Basílio da Gama
797. **A mão misteriosa** – Agatha Christie
798. **Testemunha ocular do crime** – Agatha Christie
799. **Crepúsculo dos ídolos** – Friedrich Nietzsche
800. **Maigret e o negociante de vinhos** – Simemon
801. **Maigret e o mendigo** – Simenon
802. **O grande golpe** – Dashiell Hammett
803. **Humor barra pesada** – Nani
804. **Vinho** – Jean-François Gautier
805. **Egito Antigo** – Sophie Desplancques
806(14). **Baudelaire** – Jean-Baptiste Baronian
807. **Caminho da sabedoria, caminho da paz** – Dalai Lama e Felizitas von Schönborn
808. **Senhor e servo e outras histórias** – Tolstói
809. **Os cadernos de Malte Laurids Brigge** – Rilke
810. **Dilbert (5)** – Scott Adams
811. **Big Sur** – Jack Kerouac
812. **Seguindo a correnteza** – Agatha Christie
813. **O álibi** – Sandra Brown
814. **Montanha-russa** – Martha Medeiros
815. **Coisas da vida** – Martha Medeiros
816. **A cantada infalível** *seguido de* **A mulher do centroavante** – David Coimbra
817. **Maigret e os crimes do cais** – Simenon
818. **Sinal vermelho** – Simenon
819. **Snoopy: Pausa para a soneca (9)** – Charles Schulz
820. **De pernas pro ar** – Eduardo Galeano
821. **Tragédias gregas** – Pascal Thiercy
822. **Existencialismo** – Jacques Colette
823. **Nietzsche** – Jean Granier
824. **Amar ou depender?** – Walter Riso
825. **Darmapada: A doutrina budista em versos**
826. **J'Accuse...! – a verdade em marcha** – Zola
827. **Os crimes ABC** – Agatha Christie
828. **Um gato entre os pombos** – Agatha Christie
829. **Maigret e o sumiço do sr. Charles** – Simenon
830. **Maigret e a morte do jogador** – Simenon
831. **Dicionário de teatro** – Luiz Paulo Vasconcellos
832. **Cartas extraviadas** – Martha Medeiros
833. **A longa viagem de prazer** – J. J. Morosoli
834. **Receitas fáceis** – J. A. Pinheiro Machado

835.(14).**Mais fatos & mitos** – Dr. Fernando Lucchese
836.(15).**Boa viagem!** – Dr. Fernando Lucchese
837.**Aline: Finalmente nua!!!** (4) – Adão Iturrusgarai
838.**Mônica tem uma novidade!** – Mauricio de Sousa
839.**Cebolinha em apuros!** – Mauricio de Sousa
840.**Sócios no crime** – Agatha Christie
841.**Bocas do tempo** – Eduardo Galeano
842.**Orgulho e preconceito** – Jane Austen
843.**Impressionismo** – Dominique Lobstein
844.**Escrita chinesa** – Viviane Alleton
845.**Paris: uma história** – Yvan Combeau
846(15).**Van Gogh** – David Haziot
847.**Maigret e o corpo sem cabeça** – Simenon
848.**Portal do desejo** – Agatha Christie
849.**O futuro de uma ilusão** – Freud
850.**O mal-estar na cultura** – Freud
851.**Maigret e o matador** – Simenon
852.**Maigret e o fantasma** – Simenon
853.**Um crime adormecido** – Agatha Christie
854.**Satori em Paris** – Jack Kerouac
855.**Medo e delírio em Las Vegas** – Hunter Thompson
856.**Um negócio fracassado e outros contos de humor** – Tchékhov
857.**Mônica está de férias!** – Mauricio de Sousa
858.**De quem é esse coelho?** – Mauricio de Sousa
859.**O burgomestre de Furnes** – Simenon
860.**O mistério Sittaford** – Agatha Christie
861.**Manhã transfigurada** – L. A. de Assis Brasil
862.**Alexandre, o Grande** – Pierre Briant
863.**Jesus** – Charles Perrot
864.**Islã** – Paul Balta
865.**Guerra da Secessão** – Farid Ameur
866.**Um rio que vem da Grécia** – Cláudio Moreno
867.**Maigret e os colegas americanos** – Simenon
868.**Assassinato na casa do pastor** – Agatha Christie
869.**Manual do líder** – Napoleão Bonaparte
870(16).**Billie Holiday** – Sylvia Fol
871.**Bidu arrasando!** – Mauricio de Sousa
872.**Desventuras em família** – Mauricio de Sousa
873.**Liberty Bar** – Simenon
874.**E no final a morte** – Agatha Christie
875.**Guia prático do Português correto – vol. 4** – Cláudio Moreno
876.**Dilbert (6)** – Scott Adams
877(17).**Leonardo da Vinci** – Sophie Chauveau
878.**Bella Toscana** – Frances Mayes
879.**A arte da ficção** – David Lodge
880.**Striptinhas (4)** – Laerte
881.**Skrotinhos** – Angeli
882.**Depois do funeral** – Agatha Christie
883.**Radicci 7** – Iotti
884.**Walden** – H. D. Thoreau
885.**Lincoln** – Allen C. Guelzo
886.**Primeira Guerra Mundial** – Michael Howard
887.**A linha de sombra** – Joseph Conrad
888.**O amor é um cão dos diabos** – Bukowski
889.**Maigret sai em viagem** – Simenon
890.**Despertar: uma vida de Buda** – Jack Kerouac
891(18).**Albert Einstein** – Laurent Seksik
892.**Hell's Angels** – Hunter Thompson
893.**Ausência na primavera** – Agatha Christie
894.**Dilbert (7)** – Scott Adams
895.**Ao sul de lugar nenhum** – Bukowski
896.**Maquiavel** – Quentin Skinner
897.**Sócrates** – C.C.W. Taylor
898.**A casa do canal** – Simenon
899.**O Natal de Poirot** – Agatha Christie
900.**As veias abertas da América Latina** – Eduardo Galeano
901.**Snoopy: Sempre alerta! (10)** – Charles Schulz
902.**Chico Bento: Plantando confusão** – Mauricio de Sousa
903.**Penadinho: Quem é morto sempre aparece** – Mauricio de Sousa
904.**A vida sexual da mulher feia** – Claudia Tajes
905.**100 segredos de liquidificador** – José Antonio Pinheiro Machado
906.**Sexo muito prazer 2** – Laura Meyer da Silva
907.**Os nascimentos** – Eduardo Galeano
908.**As caras e as máscaras** – Eduardo Galeano
909.**O século do vento** – Eduardo Galeano
910.**Poirot perde uma cliente** – Agatha Christie
911.**Cérebro** – Michael O'Shea
912.**O escaravelho de ouro e outras histórias** – Edgar Allan Poe
913.**Piadas para sempre (4)** – Visconde da Casa Verde
914.**100 receitas de massas light** – Helena Tonetto
915(19).**Oscar Wilde** – Daniel Salvatore Schiffer
916.**Uma breve história do mundo** – H. G. Wells
917.**A Casa do Penhasco** – Agatha Christie
918.**Maigret e o finado sr. Gallet** – Simenon
919.**John M. Keynes** – Bernard Gazier
920(20).**Virginia Woolf** – Alexandra Lemasson
921.**Peter e Wendy** *seguido de* **Peter Pan em Kensington Gardens** – J. M. Barrie
922.**Aline: numas de colegial (5)** – Adão Iturrusgarai
923.**Uma dose mortal** – Agatha Christie
924.**Os trabalhos de Hércules** – Agatha Christie
925.**Maigret na escola** – Simenon
926.**Kant** – Roger Scruton
927.**A inocência do Padre Brown** – G.K. Chesterton
928.**Casa Velha** – Machado de Assis
929.**Marcas de nascença** – Nancy Huston
930.**Aulete de bolso**
931.**Hora Zero** – Agatha Christie
932.**Morte na Mesopotâmia** – Agatha Christie
933.**Um crime na Holanda** – Simenon
934.**Nem te conto, João** – Dalton Trevisan
935.**As aventuras de Huckleberry Finn** – Mark Twain
936(21).**Marilyn Monroe** – Anne Plantagenet
937.**China moderna** – Rana Mitter
938.**Dinossauros** – David Norman
939.**Louca por homem** – Claudia Tajes
940.**Amores de alto risco** – Walter Riso
941.**Jogo de damas** – David Coimbra
942.**Filha é filha** – Agatha Christie
943.**M ou N?** – Agatha Christie
944.**Maigret se defende** – Simenon
945.**Bidu: diversão em dobro!** – Mauricio de Sousa
946.**Fogo** – Anaïs Nin
947.**Rum: diário de um jornalista bêbado** – Hunter Thompson
948.**Persuasão** – Jane Austen
949.**Lágrimas na chuva** – Sergio Faraco
950.**Mulheres** – Bukowski
951.**Um pressentimento funesto** – Agatha Christie
952.**Cartas na mesa** – Agatha Christie
953.**Maigret em Vichy** – Simenon

954. **O lobo do mar** – Jack London
955. **Os gatos** – Patricia Highsmith
956(22). **Jesus** – Christiane Rancé
957. **História da medicina** – William Bynum
958. **O Morro dos Ventos Uivantes** – Emily Brontë
959. **A filosofia na era trágica dos gregos** – Nietzsche
960. **Os treze problemas** – Agatha Christie
961. **A massagista japonesa** – Moacyr Scliar
962. **A taberna dos dois tostões** – Simenon
963. **Humor do miserê** – Nani
964. **Todo o mundo tem dúvida, inclusive você** – Édison de Oliveira
965. **A dama do Bar Nevada** – Sergio Faraco
966. **O Smurf Repórter** – Peyo
967. **O Bebê Smurf** – Peyo
968. **Maigret e os flamengos** – Simenon
969. **O psicopata americano** – Bret Easton Ellis
970. **Ensaios de amor** – Alain de Botton
971. **O grande Gatsby** – F. Scott Fitzgerald
972. **Por que não sou cristão** – Bertrand Russell
973. **A Casa Torta** – Agatha Christie
974. **Encontro com a morte** – Agatha Christie
975(23). **Rimbaud** – Jean-Baptiste Baronian
976. **Cartas na rua** – Bukowski
977. **Memória** – Jonathan K. Foster
978. **A abadia de Northanger** – Jane Austen
979. **As pernas de Úrsula** – Claudia Tajes
980. **Retrato inacabado** – Agatha Christie
981. **Solanin (1)** – Inio Asano
982. **Solanin (2)** – Inio Asano
983. **Aventuras de menino** – Mitsuru Adachi
984(16). **Fatos & mitos sobre sua alimentação** – Dr. Fernando Lucchese
985. **Teoria quântica** – John Polkinghorne
986. **O eterno marido** – Fiódor Dostoiévski
987. **Um safado em Dublin** – J. P. Donleavy
988. **Mirinha** – Dalton Trevisan
989. **Akhenaton e Nefertiti** – Carmen Seganfredo e A. S. Franchini
990. **On the Road – o manuscrito original** – Jack Kerouac
991. **Relatividade** – Russell Stannard
992. **Abaixo de zero** – Bret Easton Ellis
993(24). **Andy Warhol** – Mériam Korichi
994. **Maigret** – Simenon
995. **Os últimos casos de Miss Marple** – Agatha Christie
996. **Nico Demo** – Mauricio de Sousa
997. **Maigret e a mulher do ladrão** – Simenon
998. **Rousseau** – Robert Wokler
999. **Noite sem fim** – Agatha Christie
1000. **Diários de Andy Warhol (1)** – Editado por Pat Hackett
1001. **Diários de Andy Warhol (2)** – Editado por Pat Hackett
1002. **Cartier-Bresson: o olhar do século** – Pierre Assouline
1003. **As melhores histórias da mitologia: vol. 1** – A.S. Franchini e Carmen Seganfredo
1004. **As melhores histórias da mitologia: vol. 2** – A.S. Franchini e Carmen Seganfredo
1005. **Assassinato no beco** – Agatha Christie
1006. **Convite para um homicídio** – Agatha Christie
1007. **Um fracasso de Maigret** – Simenon
1008. **História da vida** – Michael J. Benton
1009. **Jung** – Anthony Stevens
1010. **Arsène Lupin, ladrão de casaca** – Maurice Leblanc
1011. **Dublinenses** – James Joyce
1012. **120 tirinhas da Turma da Mônica** – Mauricio de Sousa
1013. **Antologia poética** – Fernando Pessoa
1014. **A aventura de um cliente ilustre** *seguido de* **O último adeus de Sherlock Holmes** – Sir Arthur Conan Doyle
1015. **Cenas de Nova York** – Jack Kerouac
1016. **A corista** – Anton Tchékhov
1017. **O diabo** – Leon Tolstói
1018. **Fábulas chinesas** – Sérgio Capparelli e Márcia Schmaltz
1019. **O gato do Brasil** – Sir Arthur Conan Doyle
1020. **Missa do Galo** – Machado de Assis
1021. **O mistério de Marie Rogêt** – Edgar Allan Poe
1022. **A mulher mais linda da cidade** – Bukowski
1023. **O retrato** – Nicolai Gogol
1024. **O conflito** – Agatha Christie
1025. **Os primeiros casos de Poirot** – Agatha Christie
1026. **Maigret e o cliente de sábado** – Simenon
1027(25). **Beethoven** – Bernard Fauconnier
1028. **Platão** – Julia Annas
1029. **Cleo e Daniel** – Roberto Freire
1030. **Til** – José de Alencar
1031. **Viagens na minha terra** – Almeida Garrett
1032. **Profissões para mulheres e outros artigos feministas** – Virginia Woolf
1033. **Mrs. Dalloway** – Virginia Woolf
1034. **O cão da morte** – Agatha Christie
1035. **Tragédia em três atos** – Agatha Christie
1036. **Maigret hesita** – Simenon
1037. **O fantasma da Ópera** – Gaston Leroux
1038. **Evolução** – Brian e Deborah Charlesworth
1039. **Medida por medida** – Shakespeare
1040. **Razão e sentimento** – Jane Austen
1041. **A obra-prima ignorada** *seguido de* **Um episódio durante o Terror** – Balzac
1042. **A fugitiva** – Anaïs Nin
1043. **As grandes histórias da mitologia greco-romana** – A. S. Franchini
1044. **O corno de si mesmo & outras historietas** – Marquês de Sade
1045. **Da felicidade** *seguido de* **Da vida retirada** – Sêneca
1046. **O horror em Red Hook e outras histórias** – H. P. Lovecraft
1047. **Noite em claro** – Martha Medeiros
1048. **Poemas clássicos chineses** – Li Bai, Du F e Wang Wei
1049. **A terceira moça** – Agatha Christie
1050. **Um destino ignorado** – Agatha Christie
1051(26). **Buda** – Sophie Royer
1052. **Guerra Fria** – Robert J. McMahon
1053. **Simons's Cat: as aventuras de um gato travesso e comilão – vol. 1** – Simon Tofield
1054. **Simons's Cat: as aventuras de um gato travesso e comilão – vol. 2** – Simon Tofield
1055. **Só as mulheres e as baratas sobreviverão** – Claudia Tajes
1056. **Maigret e o ministro** – Simenon
1057. **Pré-história** – Chris Gosden
1058. **Pintou sujeira!** – Mauricio de Sousa
1059. **Contos de Mamãe Gansa** – Charles Perra
1060. **A interpretação dos sonhos: vol. 1** – Freu

1061. A interpretação dos sonhos: vol. 2 – Freud
1062. Frufru Rataplã Dolores – Dalton Trevisan
1063. As melhores histórias da mitologia egípcia – Carmem Seganfredo e A.S. Franchini
1064. Infância. Adolescência. Juventude – Tolstói
1065. As consolações da filosofia – Alain de Botton
1066. Diários de Jack Kerouac – 1947-1954
1067. Revolução Francesa – vol. 1 – Max Gallo
1068. Revolução Francesa – vol. 2 – Max Gallo
1069. O detetive Parker Pyne – Agatha Christie
1070. Memórias do esquecimento – Flávio Tavares
1071. Drogas – Leslie Iversen
1072. Manual de ecologia (vol.2) – J. Lutzenberger
1073. Como andar no labirinto – Affonso Romano de Sant'Anna
1074. A orquídea e o serial killer – Juremir Machado da Silva
1075. Amor nos tempos de fúria – Lawrence Ferlinghetti
1076. A aventura do pudim de Natal – Agatha Christie
1077. Maigret no Picratt's – Simenon
1078. Amores que matam – Patricia Faur
1079. Histórias de pescador – Mauricio de Sousa
1080. Pedaços de um caderno manchado de vinho – Bukowski
1081. A ferro e fogo: tempo de solidão (vol.1) – Josué Guimarães
1082. A ferro e fogo: tempo de guerra (vol.2) – Josué Guimarães
1083. Carta a meu juiz – Simenon
1084.(17). Desembarcando o Alzheimer – Dr. Fernando Lucchese e Dra. Ana Hartmann
1085. A maldição do espelho – Agatha Christie
1086. Uma breve história da filosofia – Nigel Warburton
1087. Uma confidência de Maigret – Simenon
1088. Heróis da História – Will Durant
1089. Concerto campestre – L. A. de Assis Brasil
1090. Morte nas nuvens – Agatha Christie
1091. Maigret no tribunal – Simenon
1092. Aventura em Bagdá – Agatha Christie
1093. O cavalo amarelo – Agatha Christie
1094. O método de interpretação dos sonhos – Freud
1095. Sonetos de amor e desamor – Vários
1096. 120 tirinhas do Dilbert – Scott Adams
1097. 124 fábulas de Esopo
1098. O curioso caso de Benjamin Button – F. Scott Fitzgerald
1099. Piadas para sempre: uma antologia para morrer de rir – Visconde da Casa Verde
1100. Hamlet (Mangá) – Shakespeare
1101. A arte da guerra (Mangá) – Sun Tzu
1102. Maigret na pensão – Simenon
1103. Meu amigo Maigret – Simenon
1104. As melhores histórias da Bíblia (vol.1) – A. S. Franchini e Carmen Seganfredo
1105. As melhores histórias da Bíblia (vol.2) – A. S. Franchini e Carmen Seganfredo
106. Psicologia das massas e análise do eu – Freud
107. Guerra Civil Espanhola – Helen Graham
108. A autoestrada do sul e outras histórias – Julio Cortázar
109. O mistério dos sete relógios – Agatha Christie
110. Peanuts: Ninguém gosta de mim... (amor) – Charles Schulz
1111. Cadê o bolo? – Mauricio de Sousa
1112. O filósofo ignorante – Voltaire
1113. Totem e tabu – Freud
1114. Filosofia pré-socrática – Catherine Osborne
1115. Desejo de status – Alain de Botton
1116. Maigret e o informante – Simenon
1117. Peanuts: 120 tirinhas – Charles Schulz
1118. Passageiro para Frankfurt – Agatha Christie
1119. Maigret se irrita – Simenon
1120. Kill All Enemies – Melvin Burgess
1121. A morte da sra. McGinty – Agatha Christie
1122. Revolução Russa – S. A. Smith
1123. Até você, Capitu? – Dalton Trevisan
1124. O grande Gatsby (Mangá) – F. S. Fitzgerald
1125. Assim falou Zaratustra (Mangá) – Nietzsche
1126. Peanuts: É para isso que servem os amigos (amizade) – Charles Schulz
1127.(27). Nietzsche – Dorian Astor
1128. Bidu: Hora do banho – Mauricio de Sousa
1129. O melhor do Macanudo Taurino – Santiago
1130. Radicci 30 anos – Iotti
1131. Show de sabores – J.A. Pinheiro Machado
1132. O prazer das palavras – vol. 3 – Cláudio Moreno
1133. Morte na praia – Agatha Christie
1134. O fardo – Agatha Christie
1135. Manifesto do Partido Comunista (Mangá) – Marx & Engels
1136. A metamorfose (Mangá) – Franz Kafka
1137. Por que você não se casou... ainda – Tracy McMillan
1138. Textos autobiográficos – Bukowski
1139. A importância de ser prudente – Oscar Wilde
1140. Sobre a vontade na natureza – Arthur Schopenhauer
1141. Dilbert (8) – Scott Adams
1142. Entre dois amores – Agatha Christie
1143. Cipreste triste – Agatha Christie
1144. Alguém viu uma assombração? – Mauricio de Sousa
1145. Mandela – Elleke Boehmer
1146. Retrato do artista quando jovem – James Joyce
1147. Zadig ou o destino – Voltaire
1148. O contrato social (Mangá) – J.-J. Rousseau
1149. Garfield fenomenal – Jim Davis
1150. A queda da América – Allen Ginsberg
1151. Música na noite & outros ensaios – Aldous Huxley
1152. Poesias inéditas & Poemas dramáticos – Fernando Pessoa
1153. Peanuts: Felicidade é... – Charles M. Schulz
1154. Mate-me por favor – Legs McNeil e Gillian McCain
1155. Assassinato no Expresso Oriente – Agatha Christie
1156. Um punhado de centeio – Agatha Christie
1157. A interpretação dos sonhos (Mangá) – Freud
1158. .Peanuts: Você não entende o sentido da vida – Charles M. Schulz
1159. A dinastia Rothschild – Herbert R. Lottman
1160. A Mansão Hollow – Agatha Christie
1161. Nas montanhas da loucura – H.P. Lovecraft
1162.(28). Napoleão Bonaparte – Pascale Fautrier
1163. Um corpo na biblioteca – Agatha Christie

IMPRESSÃO:

Pallotti

Santa Maria - RS - Fone/Fax: (55) 3220.4500
www.pallotti.com.br